人民共和國文化與文學叢書

初 編

李 怡 主編

第**4**冊

他者的聲音
——母語文化思維與當代藏族作家漢語創作

卓 瑪 著

花木蘭文化出版社

國家圖書館出版品預行編目資料

他者的聲音——母語文化思維與當代藏族作家漢語創作／卓瑪
著 -- 初版 -- 新北市：花木蘭文化出版社，2014〔民103〕
目 4+176 面；19×26 公分
（人民共和國文化與文學叢書 初編：第4冊）
ISBN 978-986-322-758-8（精裝）
1. 中國當代文學 2. 意識型態 3. 文學評論
820.8   103012657

特邀編委（以姓氏筆畫為序）：

ISBN-978-986-322-758-8

王一燕　　吳義勤　　宋如珊
孟繁華　　岩佐昌暲　　張志忠
張清華　　張　檸　　陳思和
陳曉明　　程光煒　　劉福春
鄭　怡

人民共和國文化與文學叢書
初　編　第四冊　　　　　　ISBN：978-986-322-758-8

他者的聲音——母語文化思維與當代藏族作家漢語創作

作　者　卓　瑪
主　編　李　怡
企　劃　北京師範大學民國歷史文化與文學研究中心
　　　　四川大學現代中國文化與文學研究中心（策劃）
總 編 輯　杜潔祥
副總編輯　楊嘉樂
編　輯　許郁翎
印　刷　普羅文化出版廣告事業
出　版　花木蘭文化出版社
社　長　高小娟
聯絡地址　235 新北市中和區中安街七二號十三樓
　　　　　電話：02-2923-1455／傳真：02-2923-1452
網　址　http://www.huamulan.tw 信箱 hml810518@gmail.com
初　版　2014 年 9 月
定　價　初編 17 冊（精裝）新台幣 30,000 元
　　　　　　　　　　　　　　　　　　版權所有‧請勿翻印

他者的聲音
——母語文化思維與當代藏族作家漢語創作

卓　瑪　著

作者簡介

卓瑪，女，藏族，1973 年 7 月出生，青海省天峻縣人。青海民族大學文學與新聞傳播學院教授，碩士生導師。2008 年於青海師範大學民俗學專業藏族民間文學方向碩士研究生畢業，獲法學（民俗學）碩士學位；2013 年於北京師範大學現當代文學專業博士研究生畢業，獲文學博士學位。研究方向為青藏多民族文學。代表性成果：論文《少數民族感生神話女性形象原型及其女性人類學闡釋》（《民間文化論壇》2009 年第 3 期），人大複印資料《中國現代當代文學研究》2009 年第 10 期全文轉載；《青海少數民族祝贊詞程式的審美分析》（《青海民族研究》2008 年第 3 期）；《雙重文化語境中的「鳥」意象——班果詩集〈雪域〉探微》（《青海社會科學》2006 年第 4 期）；2013 年 5 月獲批 2013 年度中國文聯部級項目「現代體驗中的藏族當代文學」。

提　要

　　對當代藏族作家的漢語創作展開研究，我們會發現這些創作中隱含的深層結構受到了母語文化思維的潛在影響，這些文本構成了漢語寫作一個特別面向，呈現出鮮明的民族個性。

　　從文學層面看，母語文化思維呈現在母語的詩律學、詩學思維兩大層面上。浸淫於母語文化環境的藏族詩人進行漢語詩歌創作時，將藏族傳統詩律學理論、豐富的民間口傳文學的韻律模式內化為一種對於韻律協調、順暢的詩學追求。從新時期以來的藏族詩人所創作的漢語詩歌來看，這種音韻協暢的追求與詩人們的詩歌個性結合在一起，形成「短歌」節奏、「長風浩蕩」式的長句韻律及反覆重疊的韻律表現。新時期以來，藏族詩人在基於萬物有靈信仰的前邏輯思維方式影響下，藏族傳統詩學對文學不可同化性，亦即陌生化的潛在思維影響下，保持著敏銳的直覺，充分調動自身的想像能力，構建新的表現方式。藏族漢語詩歌呈現出的聯覺、反常性、碎片化的特徵更為突出地體現出藏族詩人在本民族深層的文化思維影響下在詩歌語言上進行的獨特操作，客觀物象構成的意象系統、主觀心象構成的核心意象、原型意象的區分基本涵蓋了新時期以來漢語詩歌的意象系統。母語詩學思維潛在地影響了藏族詩人對於詩歌韻律、詩歌表現方式、意象系統的創造，形成了屬於自己的藝術特質。

　　從思想層面看，以藏傳佛教文化為基礎的傳統觀念、信仰對作家的影響是潛移默化的。民族文化思維在現代性的寫作中內在地呈現出來，以一種互文的方式構成其獨特性，在作家的漢語創作中形成獨異的面貌。筆者重點從藏傳佛教信仰中的圓形時間觀念與札西達娃小說構成的互文，思辨性的民族文化心理與萬瑪才旦小說構成的互文，傳統人性觀與阿來小說構成的互文共三個方面來闡釋了傳統信仰與觀念對當代藏族漢語小說影響的幾個方面。從話語方式與聲音修辭來看，藏族作家在漢語創作中表現出民族化的敘述方式和民族氣質的聲音修辭方式，形成一種與其他民族創作有區別的，富於個性色彩的話語方式，這也是民族文化思維的潛在影響所致。筆者以次仁羅布與梅卓作為個案，分別從民族化的語言風格、沉靜圓融的敘事策略來分析次仁羅布小說中單聲獨白話語的民族性表達；從梅卓小說中「等待者」的女性形象原型出發，闡釋了其間貫穿的女性聲音修辭。通過這兩位作家小說文本的分析，探尋到民族話語方式與民族性格、民族信仰及民族心理之間的內在聯繫。

當代藏族作家的漢語創作構成了漢語寫作的一個特別面向。藏族作家的表現方式、語言風格、內在心理等諸多因素都受到母語文化思維的內在程式的驅動。筆者運用形式主義研究範式、藏族詩學、敘事學相關理論與方法來深入作品內部，力圖探及藏族作家漢語創作的核心，揭示出母語文化思維對作家創作的深層影響，呈現出其創作的內在肌理，展示出它所具有的獨特個性。當筆者試著深入藏族文學漢語寫作這個知識形成的特定情境時，它要求我既要有對「知識學」進行把握的理性，又要具備生命體驗的激情與感性。筆者從藏族作家漢語詩歌、小說兩個體裁的內容和形式研究方面，盡力去豐富和深化藏族文學乃至中國少數民族文學研究的內涵，努力去揭示母語文化思維和作家非母語創作之間的關係，梳理出藏族作家漢語創作的內在生成狀態，希冀以此深化藏族文學研究的內涵，填補其研究的薄弱環節。目前學界對於少數民族文學研究這一「地方性知識」的關注還不夠，少數民族文學研究，尤其是「少數民族作家漢語創作」這一課題的研究未見廣泛展開。筆者選擇目前受關注度不高的藏族作家漢語創作研究，就是希望與其他研究者一起，努力消除學界在這一領域的視域盲區，為「多元共生」文學史觀的建立展開基礎性研究。

《人民共和國文化與文學叢書》總序

李　怡

　　中國當代文學是與「中國現代文學」相對的一個概念，指的是中華人民共和國建立之後的文學。追溯這一概念的起源，大約可以直達 1959 年新中國十週年之際，當時的華中師院中文系著手編著《中國當代文學史稿》，這是大陸中國最早編寫的「中國當代文學史」教材。從此以後，「當代文學」就與「現代文學」區分開來。與中國現代文學研究比較，中國的當代文學研究是一個相對年輕的學科，所以直到 1985 年，在一些「現代文學」的作家和學者的眼中，年輕的「當代文學」甚至都沒有「寫史」的必要。〔註1〕

　　但歷史究竟是在不斷發展的，從新中國建立的「十七年」到「文化大革命」十年再到改革開放的「新時期」，而後又有「後新時期」的 1990 年代以及今天的「新世紀」，所謂「中國當代文學」的歷史已達六十餘年，是「中國現代文學三十年」的整整一倍！儘管純粹的時間計量也不足說明一切，但「六十甲子」的光陰，畢竟與「史」有關。時至今日，我們大約很難聽到關於「當代文學不宜寫史」的勸誡了，因為，這當下的文學早已如此的豐富、活躍，而且當代史家已經開始了更為自覺的學科建設與史學探討，這包括洪子誠的《中國當代文學史》，孟繁華、程光煒的《中國當代文學發展史》，張健及其北京師範大學團隊的《中國當代文學編年史》等等。

　　中國當代文學研究的活躍性有目共睹，除了對當下文學現象（新世紀文學現象）的緊密追蹤外，其關於歷史敘述的諸多話題也常常引起整個文學史

〔註1〕　見唐弢：《當代文學不宜寫史》，《文藝百家》1985 年 10 月 29 日「爭鳴欄」（見
　　　　《唐弢文集》第九卷，社科文獻出版社 1995 年），及施蟄存：《關於「當代文
　　　　學史」》（見《施蟄存七十年文選》，上海文藝出版社 1996 年）。

學界的關注和討論，形成對「當代文學」之外的學術領域（例如現代文學）的衝擊甚至挑戰。例如最近一些年出現的「十七年文學研究熱」。我覺得，透過這一研究熱，我們大約可以看到中國當代文學研究的某些癥結以及我們未來的努力方向。

我曾經提出，「十七年文學研究熱」的出現有多種多樣的原因，包括新的文學文獻的發掘和使用，歷史「否定之否定」演進中的心理補償；「現代性」反思的推動；「新左派」思維的影響等等。〔註2〕尤其是最後兩個方面的因素值得我們細細推敲。在進入1990年代以後，隨著西方後現代主義對「現代性」理想的批判和質疑，中國當代的學術理念也發生了重要的改變。按照西方後現代主義的批判邏輯，現代性是西方在自己工業化過程中形成的一套社會文化理想和價值標準，後來又通過資本主義的全球擴張向東方「輸入」，而「後發達」的東方國家雖然沒有完全被西方所殖民，但卻無一例外地將這一套價值觀念當作了自己的追求，可謂是「被現代」了，從根本上說，也就是被置於一個「文化殖民」的過程中。顯然，這樣的判斷是相當嚴厲的，它迫使我們不得不重新思考我們以「現代化」為標誌的精神大旗，不得不重新定位我們的文化理想。就是在質疑資本主義文化的「現代性反思」中，我們開始重新尋覓自己的精神傳統，而在百年社會文化的發展歷史中，能夠清理出來的區別於西方資本主義理念的傳統也就是「十七年」了，於是，在「反思西方現代性」的目標下，十七年文學的精神魅力又似乎多了一層。

1990年代出現在中國的「新左派」思潮在相當大的程度上強化著我們對「十七年」精神文化傳統的這種「發現」和挖掘。與一般的「現代性反思」理論不同，新左派更突出了自「十七年」開始的中國社會主義理想的獨特性——一種反西方資本主義現代性的現代性，換句話說，十七年中國文學的包含了許多屬於中國現代精神探索的獨特的元素，值得我們認真加以總結和梳理。在他們看來，再像1980年代那樣，將這個時代的文學以「封建」、「保守」、「落後」、「僵化」等等唾棄之顯然就太過簡單了。

「反思現代性」與新左派理論家的這些見解不僅開闢了中國當代文學史寫作的新路，而且對中國現代文學的基本價值方向也形成了很大的衝擊。如果百年來的中國文學與文化都存在一個清算「西方殖民」的問題，如果這樣

〔註2〕參見李怡：《十七年文學研究「熱」的幾個問題》，《重慶大學學報》2011年1期。

的清算又是以延安—十七年的道路爲成功榜樣的話，那麼，又該如何評價開啓現代文化發展機制的五四？如何認識包括延安，包括十七年文化的整個「左翼陣營」的複雜構成？對此，提出這樣的批評是輕而易舉的：「那種忽略了具體歷史語境中強大的以封建專制主義文化意識爲主體的特殊性，忽略了那時文學作品巨大的政治社會屬性與人文精神被顛覆、現代化追求被阻斷的歷史內涵，而只把文本當作一個脫離了社會時空的、僅僅只有自然意義的單細胞來進行所謂審美解剖，這顯然不是歷史主義的客觀審美態度。」〔註3〕

利用文學介入當代社會政治這本身沒有錯，只不過，在我看來，越是在離開「文學」的領域，越需要保持我們立場的警覺性，因爲那很可能是我們都相當陌生的所在。每當這個時候，我們恰恰應該對我們自己的「立場」有一個批判性的反思，在匆忙進入「左」與「右」之前，更需要對歷史事實的最充分的尊重和把握，否則，我們的論爭都可能建立在一系列主觀的概念分歧上，而這樣的概念本身卻是如此的「名不副實」，這樣的令人生疑。在這裡，在無數令人眼花繚亂的當代文學批評的背後，顯然存在值得警惕的「僞感受」與「僞問題」的現實。

只要不刻意的文過飾非，我們都可以發現，近「三十年」特別是1990年代以來中國當代文學及其批評雖然取得了很大的發展。但是也存在許多的問題，值得我們警惕。特別需要注意的是1990年代以後中國文學現象的某種空虛化、空洞化，一些問題成爲了「僞問題」。

眞與假與僞、或者充實與空虛的對立由來已久。1980年代的現代主義文學也曾經被稱爲「僞現代派」，有過一場論爭。的確，我們甚至可以輕而易舉地指出如北島的啓蒙意識與社會關懷，舒婷的古代情致，顧城的唯美之夢，這都與詩歌的「現代主義」無關，要證明他們在藝術史的角度如何背離「現代派」並不困難，然而這是不是藝術的「作僞」呢？討論其中的「現代主義詩藝」算不算詩歌批評的「僞問題」呢？我覺得分明不能這樣定義，因爲我們誰也不能否認這些詩歌創作的眞誠動人的一面，而且所謂「現代派」的定義，本身就來自西方藝術史。我們永遠沒有理由證明文學藝術的發展是以西方藝術爲最高標準的，也沒有根據證明中國的詩歌藝術不能產生屬於自己的現代主義。也就是說，討論一部分中國新詩是否屬於眞正西方「現代派」，以

〔註3〕董健、丁帆、王彬彬：《我們應該怎樣重寫當代文學史》，《江蘇行政學院學報》2003年第1期。

「更像」西方作爲「非僞」，以區別於西方爲「僞」，這本身就是荒謬的思維！如果說 1980 年代的中國詩壇還有什麼「僞問題」的話，那麼當時對所謂「僞現代派」的反思和批評本身恰恰就是最大的「僞問題」！

不過，即便是這樣的「僞」，其實也沒有多麼的可怕，因爲思維邏輯上的某種偏向並不能掩飾這些理論探求求眞求實的根本追求，我們曾經有過推崇西方文學動向的時代，在推崇的背後還有我們主動尋求生命價值與藝術價值的更強大的願望，這樣的願望和努力已經足以抵消我們當時思維的某種模糊。

文學問題的空虛化、空洞化或者說「僞問題」的出現，之所以在今天如此的觸目驚心在我看來已經不是什麼思維的失誤了，在根本的意義上說，是我們已經陷入了某種難以解決的混沌不明的生存狀態：在重大社會歷史問題上的躲閃、迴避甚至失語——這種狀態足以令我們看不清我們生存的眞相，足以讓我們的思想與我們的表述發生奇異的錯位，甚至，我們還會以某種方式掩飾或扭曲我們的眞實感受，這個意義上的「僞」徹底得無可救藥了！1990 年代以降是中國文學「僞問題」獲得豐厚土壤的年代，「僞問題」之所以能夠充分地「僞」起來，乃是我們自己的生存出現了大量不眞實的成分，這樣的生存可以稱之爲「僞生存」。

近 20 年來，中國文學批評之「僞」在數量上創歷史新高。我們完全可以一一檢查其中的「問題」，在所有問題當中，最大的「僞」恐怕在於文學之外的生存需要被轉化成爲文學之內的「藝術」問題而堂皇登堂入室了！這不是哪一個具體的藝術問題，而是滲透了許多 1990 年代的文學論爭問題，從中，我們可以見出生存的現實策略是如何借助「文學藝術」的方式不斷地表達自己，打扮自己，裝飾自己。《詩江湖》是 1990 年代有影響的網站和印刷文本，就是這個名字非常具有時代特徵：中國詩歌的問題終於成爲了「江湖世界」的問題！原來的社會分層是明確的，文學、詩歌都屬於知識分子圈的事情，而「江湖世界」則是由武夫、俠客、黑社會所盤踞的，與藝術沒有什麼關係。但是按照今天的生存「潛規則」，江湖已經無處不在了，即便是藝術的發展，也得按照江湖的規矩進行！何況對於今天的許多文學家、批評家而言，新時期結束所造成的「歷史虛無主義」儼然已經成了揮之不去的陰影，在歷史的虛無景象當中，藝術本身其實已經成了一個相當可疑的活動，當然，這又是不能言明的事實，不僅不能言明，而且還需要巧妙地迴避它。在這個時候，生存已經在「市場經濟」的熱烈氛圍中扮演了我們追求的主體角色，兩廂比

照，不是生存滋養了文學藝術的發展，而是文學藝術的「言說方式」滋養了我們生存的諸多現實目標。

於是，在 1990 年代，中國文學繼續產生不少的需要爭論的「問題」，但是這些問題的背後常常都不是（至少也「不單是」）藝術的邏輯所能夠解釋的，其主要的根據還在人情世故，還在現實人倫，還在人們最基本的生存謀生之道，對於文學藝術本身而言，其中提出的諸多「問題」以及這些問題的討論、展開方式都充滿了不真實性，例如「個人寫作」在 20 世紀中國新詩「主體」建設中的實際意義，「知識分子寫作」與「民間寫作」的分歧究竟有多大，這樣的討論意義在哪裏？層出不窮的自我「代際」劃分是中國新詩不斷「進化」的現實還是佔領詩壇版圖的需要？「詩體建設」的現實依據和歷史創新如何定位？「草根」與「底層」的真實性究竟有多少？誰有權力成為「草根」與「底層」的的代言人？詩學理論的背後還充滿了各種會議、評獎、各種組織、頭銜的推杯換盞、觥籌交錯的影像，近 20 年的中國交際場與名利場中，文學與詩歌交際充當著相當活躍的角色，在這樣一個無中心無準則的中國式「後現代」，有多少人在苦心孤詣地經營著文學藝術的種種的觀念呢？可能是鳳毛麟角的。

在這個意義上，中國當代文學的研究與批評應該如何走出困境，盡可能地發現「真問題」呢？我覺得，一個值得期待的選擇就是：讓我們的研究更多地置身於國家歷史情態之中，形成當代文學史與當代中國史的密切對話。

國家歷史情態，這是我在反思百年來中國文學敘述範式之時提出來的概念，它是百年來中國文學生長的背景，也是文學中國作家與中國讀者需要文學的「理由」，只有深深地嵌入歷史的場景，文學的意味才可能有效呈現。對於中國現代文學研究而言，這樣的歷史場景就是「民國」，對於中國當代文學而言，這樣的歷史場景就是「人民共和國」。

感謝花木蘭文化出版社，使得我們對百年來中國文學的研究有了兩大厚重的背景——民國與人民共和國，這兩套大型叢書將可能慢慢架構起百年中國文學闡述的新的框架，由此出發，或許我們就能夠發現更多的真問題，一步一步推進我們的學術走上堅實的道路。

2014 年馬年春節於江安花園

目

次

緒　論

一、引言：母語文化思維問題的顯現

　　藏族文學擁有悠久的母語文學傳統。伴隨歷史更迭，今天的藏族文學已經形成母語創作、雙語創作、漢語創作至少三種創作形態。建國以來，尤其是漢語教育在藏區普及以來，藏族作家的漢語創作從早期的饒階巴桑、丹眞貢布、伊丹才讓、格桑多傑、益希單增、降邊嘉措等作家開始，逐步形成五大藏區漢語創作作家群體，出現了一批有影響力的作家作品。運用漢語創作的作家，或者熟習母語口語、接受漢語教育成長；或者接受過藏漢兩種語言文字的教育，能夠運用雙語寫作。按照學界相對成熟的當代文學分期來看，藏族文學的漢語寫作是以新時期開端作爲一個清晰的時間節點的。新時期前後的漢語寫作在文學觀念、題材選擇、表現方式等方面都大不相同。對於「十七年」時期的藏族文學，馬麗華有這樣的概括：「那一時代的文學基調是高光的、高調的和高蹈的，是激越的和昂揚的。響應了新生中國、新生西藏的歡欣鼓舞，寫照著這片土地上前所未有的社會變革、人民翻身做主的煥然一新的思想風貌」〔註1〕。這一概括是準確的，基本呈現了整個藏區「十七年」文學的概貌。新時期以來，一批年輕的藏族作家逐步創作出大量的漢語文學作品，並產生了較大影響。以七十年代末創刊的漢文版《西藏文學》爲陣地，「西藏新小說」成爲一個文學現象，札西達娃、馬原等作家以「先鋒小說家」的

〔註1〕 馬麗華：《雪域文化與西藏文學》〔M〕，長沙：湖南教育出版社，1998年，第72頁。

身份進入文學史，色波、賀中、吉米平階、嘉央西熱、格央、唯色、央珍、白瑪娜珍等作家十分活躍。在藏區其他省份，四川意西澤仁、列美平措、阿來、桑丹、遠泰、索朗仁稱、索窮、格絨追美、澤仁達娃，雲南饒階巴桑、阿布司南、邊札、魯倉·且正太、頓珠、永宗、央金拉姆、永基卓瑪，甘肅伊丹才讓、丹眞貢布、尕藏才旦、拉目棟智、札西才讓、阿信、完瑪央金、才旺瑙乳、旺秀才丹、郎永棟、瘦水、阿隴、王小忠、花盛、雪山魂、嚴英秀，青海格桑多傑、多傑才旦、班果、索寶、梅卓、龍仁青、江洋才讓、萬瑪才旦等作家都在運用漢語寫作的道路上用心經營。儘管這些作家有大量創作問世，但來自藏漢兩個民族的學者、讀者對他們的作品呈現出不同意味的反應，而且這種反應主要集中於這些作家使用的漢語這一寫作載體上，以藏民族身份來書寫，運用的卻是漢語，這本身就會引發語言與思維之間的文化差異。於是，問題逐步顯現，作家、學者們對母語的文化思維與漢語寫作之間的差異產生了興趣。

關於阿來及其《塵埃落定》的爭論就是一例。學者徐新建在其論文中回顧了當時的不同看法：「隨著爭論的展開，阿來和他的作品被夾在了兩種對立的看法之間。一邊將其視爲具有特色的『藏族文學』；另一邊剛好相反。有意思的是，這另一邊還有一種更尖銳的意見來自阿來的同族。德吉草認爲阿來身棲漢藏兩種文化的交界處，以漢文寫作小說，屬於『文化邊緣的邊緣人』，因此或多或少都帶著那種『被他人在乎，自己已忘卻的失語的尷尬』。這種所謂被忘卻的失語，指的便是藏族自身的母語和文字。在這點上，漢族評論者的看法可以說是『漢語本位』觀，他們爲阿來的漢語才能感到讚歎，說『一個藏族青年作家用漢語寫作，把語言運用得這樣清新、明淨、有光彩，實在難得』；或誇獎其『用漢語寫作，表達出的卻是濃濃的藏族人的意緒情味，亦給人以獨特享受』；來自藏族的評論話語卻對此有所保留，甚至感到一種遺憾——爲阿來沒能用本族母語和文字『與自己民族的文化作面對面、眞實赤裸的對視與交流』而遺憾，認爲『屬於一個作家『民族記憶』的文字，始終是不需要中介的力量』；因此虔誠地（用梵音加持的母語）祈禱，願阿來自始至終『背靠藏族文化這棵大樹』」〔註2〕。從爭論的雙方來看，學者德吉草代表的是母語文學界的主流聲音，在母語文學中，民族語言文字被認爲是一個代

〔註2〕徐新建：《出入於雙重歷史文化空間（以阿來爲例）》〔A〕，關紀新：《20世紀中華各民族文學關係研究》〔C〕，北京：民族出版社，2006年，第130頁。

表本族文學的本質性因素，因此母語文學界對阿來以及更多的藏族作家的漢語創作表現出的是一種沉默。這種沉默可以理解爲面對作家選擇文字的一種失語，也可以理解爲藏族作家的漢語創作是在母語文學界的視域之外的。基於母語文學界的認識，這一類創作顯然成爲學界視域的一個盲區。然而，失語與視域盲區並不意味著這種文學現象的不存在，相反，在《塵埃落定》獲得茅盾文學獎之後的十餘年，不僅有一批藏族作家創作出一批有特點的作品，而且由其他民族作家（主要是漢族作家）創作的涉藏題材作品成爲暢銷書，繼而引發一股熱潮。像何馬的《藏地密碼》、范穩的《水乳大地》、楊志軍的《藏獒》、《伏藏》、寧肯的《天·藏》等作品引發了一股「藏地題材」熱。且不論「藏地題材」熱與這一時期社會思想的變化有何聯繫，僅僅從題材看，用漢語創作這一題材就是有意義和有趣味的一件事，因此，藏族作家以一種「文化持有者」的眼光運用漢語來書寫雪域可能就顯得更有意義。另一方面，漢族評論者的評價同樣意味深長，他們認爲阿來的漢語「清新、明淨、有光彩」，認爲他用漢語寫出了「藏族人的意緒情味」，這種評價指出了阿來文學的個性所在，即不同於主流漢語文學的藏族作家漢語創作的獨特個性。然而，這種獨特個性被感受到了，卻一直缺乏學理上的爬梳與探究。

　　另一個文學事件也引發了對藏族作家漢語創作的獨特個性的關注。這是同樣運用漢語創作的藏族作家色波主編了藏族中青年作家的漢語作品，總名爲《瑪尼石藏地文叢》，包括詩歌、中短篇小說及散文四大卷，由四川文藝出版社於 2002 年出版。他在編輯這套文叢時，對這種創作的特徵予以歸納，認爲：「第二個特徵是：由於使用的是漢語寫作，因此特別強調與漢文學的差異。這一點在二十世紀八十年代的主流寫作中尤其如此，也是當代藏族文學漢語寫作最終走向創新的直接原因。強調差異是一種意願，而使用的畢竟就是漢語，這又是不爭的事實；正是對這種意願與事實之間的尖銳摩擦和激烈碰撞的清醒認識，重塑了當代藏族文學漢語寫作新一代的品質。……第四，是崇尚自然寫作。這類作者大都起步於更爲晚近的年代，具有較強的母語意識和文學的自信。母語與寫作語言之間時常出現的思維錯位，是這類作品最爲有趣的看點，也給編輯工作帶來了一定的難度」〔註3〕。色波以一個作家的敏感意識到新一代藏族作家的漢語創作呈現出的複雜面貌：一方面，這種創作希

〔註3〕　色波：《瑪尼石藏地文叢序言》〔A〕，色波：《瑪尼石藏地文叢·中篇小說卷·月光裏的銀匠》〔Z〕，成都：四川文藝出版社，2002 年，第 4～5 頁。

望以差異化體現出自己的特質；另一方面，由於使用漢語寫作，這種差異化在文字層面、在表達方式上顯得難以凸顯自身試圖體現的特點，這的確是一個呈現在諸多藏族作家身上的現象。但是，正如色波所言，「母語與寫作語言之間時常出現的思維錯位」以一種或隱或現的方式形成與總體漢語寫作之間的差異，並且，這種思維錯位往往是一種文化思維的錯位，對這種思維錯位的探究也就往往需要我們更深層地掘向民族文化的沉積岩層，才能相對接近藏族文學漢語寫作的差異化形態。

長期從事少數民族文學史研究的學者李鴻然也關注到了這種漢語寫作的差異化。他認為：「數千位少數民族作家運用漢語創作，不僅有利於少數民族作家利用這一強勢語言走向全國或進入世界，而且豐富了漢語，擴大了漢語的文化蘊含，使漢語產生了新的生長點和新的能量。一些當代少數民族作家在利用漢語的同時，還努力『突破方塊字』，使它表現與漢文化異質的少數民族文化的內涵。這都是當代少數民族作家對漢語的重大貢獻，可惜尚未引起文學界和語言學界的注意」〔註4〕。李鴻然進一步論證老舍、啓功精微的漢語書寫「盡現滿族文化精神」；張承志、霍達、石舒清的文本中有意使用的「經堂語」呈現鮮明的伊斯蘭文化色彩；董秀英以漢語和佤族語的「混合語」來呈現民族文化心理的積澱，認為「我國少數民族作家對漢語的創造性運用，在表現本民族生活與本民族人民思想感情的同時，證實了漢語這些良好特性，也拓寬了漢語的生存空間，豐富了漢語的生命形態」〔註5〕。李鴻然所認為的這種對漢語的拓展與豐富，從另一個角度看呈現的正是少數民族作家漢語寫作的異質化特徵。

對於以上所述及的這種藏族作家進行漢語創作時產生的差異以及因此形成的富有意義的個性化特徵，學界無法不表現出對它的關注。這些創作中隱含的深層結構，或多或少會受到母語文化思維的潛在影響，這些文本構成了漢語寫作一個特別的面向，在某種程度上激活了漢語更為豐富的內涵，拓寬了漢語文學的表現能力，而這一面向是我們從事這一領域研究時無法迴避的課題。鑒於此，筆者選擇了「母語文化思維與當代藏族作家的漢語創作」這樣一個選題。

〔註4〕李鴻然：《中國當代少數民族文學史論（上卷）》〔M〕，昆明：雲南教育出版社，2004年，第50頁。

〔註5〕同上，第146頁。

　　具體到這個選題，有必要對「母語文化思維」這一術語進行學理上的探究與界定。母語文化思維，在本書中的界定特指藏族文化思維，之所以選擇「母語」一詞，是相對於藏族作家的漢語創作而言的。選擇「母語文化思維」這一術語，而未直接運用「藏族文化思維」，除了反映出文化思維在藏漢兩種語言中的差異碰撞產生的獨特狀態之外，還希望這一術語能夠運用於少數民族文學非母語創作的特定領域，繼而揭示出帶有普遍性的文學問題。

　　思維，指「人腦對現實世界能動的、概括的、間接的反映過程」〔註6〕，思維方法，是指「在思維過程中複製和再現研究對象或現象的各種方式」〔註7〕。「複製」和「再現」的思維方式形成一種人們大腦活動的內在程式，對人們的言行起決定性作用。文化，就是潛在於人們頭腦中的這一內在程式。不同民族、不同文化背景的人們會複製和再現相應的思維程式，來對外界刺激進行體驗，進行應對，因此思維方式是文化心理的反映。思維方式又與語言密切相關，是語言生成和發展的深層機制，語言又促使思維方式得以形成和發展，語言因而成為思維的主要工具。藏族作家進行漢語寫作，除了作家自身的創作動機、興趣、靈感等等之外，由於他選擇的非母語——漢語這樣一個表意工具，就注定他的創作先天地具有了對話性：母語與漢語之間，母語文化與漢語文化之間，「我」與他者之間。此外，由於穿行於兩種語言，因此，兩種語言的內在特徵在藏族作家的漢語創作那裡，就呈現出第三種狀態，而這個狀態與母語文化思維有著直接密切的關係。由於眾所周知的原因，中國所有擁有本民族語言文字的民族幾乎都面臨著少數民族作家漢語創作這一獨有的文學現象。長期以來，民族文學界認為要界定一種文學是否為該民族文學，是否運用本民族語言文字成為一個重要標準。這使民族作家漢語創作長期以來處於一種十分尷尬的境地。今天，這一問題似乎已經不再困擾學界了，但民族作家的漢語創作究竟有何特質使其能夠成為民族文學，這個問題卻一直沒能得到一個更接近真實的答案。藏族文學猶是如此。因此，從藏族作家的漢語創作深深開掘下去，我們會發現其間隱藏的內在文化思維，相對於漢語文學而言，它呈現出鮮明的民族個性。這種個性背後的支撐力量就是一種母語文化思維。

〔註6〕 哲學大辭典·邏輯學卷編輯委員會：《哲學大辭典·邏輯學卷》〔Z〕，上海：
　　　　上海辭書出版社，1988年，第336頁。
〔註7〕 同上，第337頁。

在本書中，筆者從諸多藏族作家的漢語文本中挖掘出的潛在的母語文化思維涵蓋文學、宗教等文化層面。從文學層面看，母語文化思維呈現在母語的詩律學、詩學思維兩大層面上，藏族傳統詩學及聲律學理論成爲藏族詩人在進行漢語詩歌創作時的一種內在影響因素，它潛在地影響了藏族詩人對於詩歌韻律、詩歌結構的創造，並在現代詩歌理論的影響下形成屬於自己的藝術特質。從思想層面看，藏族文化傳統對作家的影響是潛移默化的，筆者重點論述的圓形時間觀念、思辨性的民族文化心理、傳統人性觀等思想和文化傳統在作家的漢語創作中形成了獨異的面貌，民族文化思維在現代性的寫作中內在地呈現出來，以一種互文的方式構成其獨特性。此外，從話語方式與聲音修辭來看，藏族作家在漢語創作中表現出民族化的敘述方式和民族氣質的聲音修辭方式，形成一種與其他民族創作有區別的，富於個性色彩的話語方式，這也是民族文化思維的潛在影響所致。文學層面與思想、信仰等層面的民族文化思維對藏族作家的漢語創作形成一種潛在的影響，構成藏族作家漢語創作相對獨特的藝術氣質。這些關注點幫助我逐步明晰了我的研究目標，即運用形式主義及敘事學理論的研究範式來深入作品內部，盡可能探及藏族作家漢語創作的核心，揭示出母語文化思維對作家創作的深層影響，呈現出藏族作家漢語創作的內在肌理，展示出它所具有的獨特性，梳理出藏族作家漢語創作的內在生成狀態，做出學理性的歸納，並以此深化藏族文學及少數民族文學研究的內涵，填補其研究的薄弱環節。這也是本選題的創新之處。

二、建立藏族文學多元研究面向的意義所在

從之前列舉的具體現象來看，這個選題在建立藏族文學研究的多元面向這個層面上是很有意義的。選擇這個研究課題與學界近年來的研究有相關性，筆者一直試圖使自己在少數民族文學，尤其是藏族文學的漢語寫作研究方面建立較強的系統性，而探究母語文化思維對這種漢語寫作的內在影響是整個藏族文學漢語創作研究一個十分重要的子課題，屬於文學的內部研究。這一課題與藏族文學的文學史研究、文化研究、影響研究、關係研究等方向結合，能更爲系統地、多元地闡釋藏族文學的種種特質，從而建立藏族文學多元研究的其中一個面向。在進入母語文化思維與藏族作家漢語創作這一問題之前，有必要首先追溯藏族文學研究的諸多面向，從這種回顧與追溯中尋找這一選題能夠生發的內在意義。

　　中國少數民族文學是中國文學的重鎮。在中國文學漫長的發展歷程中，少數民族文學以其特有的方式在各個民族間傳承、流變，爲我們留存了豐富的文學及文化遺產。「中國少數民族文學，是指現今生活於中國境內的 55 個少數民族的和一些歷史上曾存在於中國境內的少數民族的文學現象，它包括產生於這些民族中的民族口承文學和文人書面文學創作，還包括文學批評和文學理論成就。」〔註 8〕這一界定較爲準確地表現了中國少數民族文學的特質，較爲全面地反映了中國少數民族文學的內涵。中國少數民族文學學科的研究對象是中國所有少數民族的文學。從文學作品的來源、載體等特徵來看，它分爲民間口承文學和文人書面文學，我們往往又將其稱爲民間文學、口頭文學和作家文學、書面文學，在此，我們將學術的關注點集中於當代作家文學。

　　中國少數民族文學研究是今天學界愈發重視的一個研究方向。其中，藏族文學又是一個十分重要的分支學科。回顧藏族文學的研究史，必然要與少數民族文學的學科發展史相結合來梳理，以便相對清晰地展現出這兩個學科研究的發展概貌與內在關聯。

（一）多民族文學史觀的建立與藏族文學史編纂的日趨豐富

　　1918 年，中華書局出版了由謝无量編撰的《中國大文學史》，這部著作對北朝文學、遼金文學、元、清文學都列出專門章節進行介紹和分析。雖然沒有「少數民族文學」概念的提出，但這已經可以視爲少數民族文學研究的開端〔註9〕。少數民族文學系統的研究、文學史的編撰工作始於中華人民共和國建國之後。這項工作從三個方面進行：文學資料庫的建立，主要是民間文學資料的收集整理、作家文學的收集、翻譯；族別民族文學史編寫；綜合性民族文學史編寫。從少數民族文學史的編纂、民間文學的搜集和整理髮端，逐步加強了作家文學的研究，形成今天作家文學、口頭傳統等多元面向的研究現狀。民族文學研究的科學性體現在其學科架構的建立。中國少數民族文學的學科概念是在其文學史的梳理過程中逐步清晰和明確的。多民族文學史觀

〔註 8〕朝戈金：《中國少數民族文學學科的概念、對象和範圍》〔A〕，中國社會科學院民族文學研究所：《紀念中國社會科學院建院三十週年學術論文集・民族文學研究所卷》〔C〕，北京：方志出版社，2007 年，第 122 頁。

〔註 9〕梁庭望、李雲忠、趙志忠：《20 世紀中國少數民族文學編年史》〔M〕，瀋陽：遼寧民族出版社，2004 年，第 49 頁。

的建立是一個漸進的過程，經歷了從少數民族文學學科的確立到多民族文學史觀的建立這樣一個漫長歷程。

從這一學科的研究範疇來看，民族文學是涵蓋作家文學和口傳文學兩大體系的，這與一般文學史的編纂範圍有所區別。綜合性文學史的編纂有兩部著作值得重視。一是 1992 年面世、2001 年再版的由馬學良、梁庭望、張公瑾主編的第一部全面論述少數民族文學的著作《中國少數民族文學史》。二是 2004 年出版的李鴻然的《中國當代少數民族文學史論》。《中國少數民族文學史》修訂再版後分三冊五編，按照社會歷史發展線索從原始社會至社會主義社會對民族文學從民間文學和作家文學兩個版塊進行梳理，這部著作涉及面廣、資料豐富翔實。整部文學史對民族文學的價值給予認定和肯定，並且在政治意識形態主導的時代，仍對民族文學與宗教之間的密切聯繫予以關注。回族學者李鴻然長期關注少數民族文學，這部《中國當代少數民族文學史論》堪稱「二十年磨一劍」（瑪拉沁夫），以「通論」和「作家作品」兩卷來結構全書的方式使其帶有鮮明的史論色彩，對民族作家文學的把握是比較準確而入微的。

伴隨研究的逐步深入，少數民族文學學科的自我確認在文學史的編纂過程中逐步完成，但是「新興學科」的焦慮仍然伴隨著少數民族文學研究工作者。這與民族文學研究的艱巨性以及民族文學研究向主流靠攏的價值觀分不開。出於對這種價值觀的反撥，「多民族文學史觀」在學界展開了理論的闡釋與具體的建構。

1995 年，由關紀新、朝戈金撰寫的《多重選擇的世界——當代少數民族作家文學的理論描述》出版，這是較早地對民族文學所做的理論梳理，其中對中國文學多元化、多樣性的理論訴求就已初具多民族文學史觀的理論雛形。經過多年的理論實踐之後，關紀新與朝戈金對多民族文學史觀的認識趨於成熟，關紀新的《創建並確立中華多民族文學史觀》一文闡發了多民族文學史觀的理論來源、現實狀態、學術預期，提倡以多民族文學史觀來觀照中國文學研究〔註10〕。朝戈金的《「中華多民族文學史觀」三題》則具體論證漢族文學與少數民族文學的「多層面交織、疊加互滲」的關係，口傳文學與書面文學的「譜系漸變」關係，文學傳統的地方性知識與普適性學理的「張力

〔註10〕關紀新：《創建並確立中華多民族文學史觀》〔J〕，民族文學研究，2007 年 2 月，第 5～11 頁。

構架」關係〔註11〕。這兩種具有高度理論指導意義的論述從實踐上給予多民族文學史觀以操作性，意義較大。此外，由中國社會科學院民族文學研究所發起，自 2004 年開始創辦的「中國多民族文學論壇」是多元一體文學史觀逐步構建的一個重要理論平臺，多年論壇的探討及《民族文學研究》筆談欄目的開辦，使得多民族文學史觀的理論建構已日趨成熟。

在這種學科確立的努力及多民族文學史觀的建立過程中，藏族文學也首先以文學史編纂作為學科確立的重要手段展開研究。

進入 20 世紀，尤其是 20 世紀後半葉以來，藏族文學進入了一個新的發展階段。由於共和國的建立，民族聚居區的民族融合以及漢語作為官方語的使用，都在某種程度上改變了藏族文學的創作狀態。藏族文學題材的選擇更趨多樣化、創作語言兼用漢藏語、文學眼光向外拓展。最早的藏族文學史是 1960 年出版的《藏族文學史簡編》，由青海民族學院中文專科編著，青海人民出版社出版。這部專著的問世受命於 1958 年中共中央宣傳部在北京召開編寫中國少數民族文學史、文學概況的座談會。當時，參加「全國民間文學工作者大會」的各省市、自治區的部分代表出席了會議，決定首先編寫蒙古、回、藏、維吾爾等民族的文學史，並編寫一套文學作品選，最後「編寫一部以馬克思主義觀點闡述的包括各少數民族的中國文學發展史」〔註12〕。這部著作因為編寫時間較短，內容較為簡單。1985 年由馬學良、恰白・次旦平措、佟錦華主編的《藏族文學史》則是一部體例完整、材料豐富、論述客觀準確的著作，全書分四編三十三章，內容豐富。馬學良等學者以細緻深入的論證肯定了藏族文學的獨有價值。這部著作的突破是確定文學史分期時，將中央政權興衰與地方政權更迭對於藏族社會與文學的影響作為主要依據，做出了合乎實際的劃分。這部著作至今仍然是學界的重要參考書目之一。1994 年出版的《藏族當代文學》由耿予方編寫，這部斷代史對藏族當代文學的七點歸納在當時是富於創見的。此外，諸多綜合文學史均不同程度涉及藏族文學的創作。近年來，藏文文學史也不斷出新，札布主編的《藏族文學史》、且正主編的《藏族文學史》體現了學界最新成果，藏漢雙語的文學史著作互為補充，使藏族文學史研究日趨成熟。

〔註11〕中國作家協會編：《新中國成立 60 週年少數民族文學作品選・理論評論卷》〔C〕，北京：作家出版社，2009 年，第 207～225 頁。
〔註12〕趙志忠：《民族文學論稿》〔M〕，瀋陽：遼寧民族出版社，2005 年，第 55 頁。

（二）當代藏族母語文學研究漸盛

藏族當代母語文學創作豐富，其範圍包括西藏、青海、甘肅、四川、雲南等五省區的藏族地區。從母語文學發展看，60 年來，藏族文學完成了當代文學的現代轉型，「即文學隊伍從僧人到俗人的轉型，文學主體從出世向入世的轉型，文學體裁從厭世向熱愛生活的轉型，文學理論從傳統向現代的轉型。在此過程中，藏族文學脫離了宗教，走向世俗化、大眾化，並實現了人與文學的完全平等」〔註 13〕，藏文文學刊物質量較高，形成了數量可觀的藏族母語作家群。作為族別文學的藏族母語文學研究，發展較為成熟，出現了一批知名學者。南色的《新時期藏族小說研究》、札巴的《藏族當代文學研究》、德吉草的《詩意的棲居——藏族當代作家心路歷程》、才讓草的《藏族新詩學》等藏文專著是這一時期的主要成果。這些成果敏銳捕捉當代母語文學的發展變化，梳理時代變化與文學發展之間的互滲關係，對母語文學獨有的宗教文化語境、民俗文化語境均做出深入探討。正在研究過程中的國家社科基金項目，南色的《二十世紀藏族文學史》，斗拉加的《新時期藏族母語小說研究》等項目與之前的母語文學研究形成學術呼應。應該說，近些年的母語文學研究一改過去重視古典文學、重視宗教文學的傳統，在學科建設和研究方向上，都給予了正在發展的母語文學以足夠的重視，這對於母語文學的現代性探索無疑具有一定的推動力。

（三）藏族文學的漢語寫作研究不斷深化

共和國建立之後的藏族文學中，漢語創作佔據了一定的位置，創作日益增多，內涵日益豐富。從現代文化發展角度看，學界逐步達成文化相對主義理念共識，多元共生的文學史觀逐步形成，藏族文學，尤其是藏族文學漢語創作日益受到學界重視，因此出現諸多漢語研究成果。在藏族作家漢語創作研究中，筆者梳理出以下研究面向。

「中華文化板塊結構」與文化研究：文學的文化研究一直是個熱點，在民族文學研究中也是如此，尤其是學者梁庭望提出的「中華文化板塊結構」理論，為民族文學的文化研究提供了一個理論基礎。民族文學研究涉及民族眾多，且生活區域相同、文化及生產生活方式接近的民族間的聯繫比較密切，而單一民族文學研究或整體文學史研究都容易忽略這種聯繫，因此這一從地

〔註13〕札巴：《藏族當代文學 60 年學術思考》〔EB／OL〕，http://www.lssw.net.cn/mztJ/mzmwh/201202/t20120209_9961.htm，2012－02－09。

理空間概念引向文化區域時空概念的「板塊」說將中國分為中原旱地農業文化圈、北方森林草原狩獵、游牧文化圈、西南高原農牧文化圈、江南稻作文化圈四大板塊。學者梁庭望提出，板塊學說能較好地歸納出區域文化及少數民族文學的共性；能清晰地揭示民族文學與漢文學互相補充、影響、融合的互動關係；能釐清少數民族文學與周邊國家文學的關係。近年來，這一理論的應用在學界引發較大反響，並且，中央民族大學在這一理論背景下以學術團隊形式展開了一些子課題的研究，取得一些學術成果。

受到理論多樣化的影響，藏族文學的文化研究也是多向度展開的。在眾多學術成果中，作家馬麗華的《雪域文化與藏族文學》是上世紀 90 年代末重要的學術成果之一。馬麗華憑藉她作家的敏銳，長期西藏生活的經驗，從西藏地域文化入手，對古代西藏文學、西藏新小說、詩歌、散文及青年作家群體做了深入探究，構建了藏族文學漢語創作研究的基礎，至今仍有十分重要的學術參考價值。就漢語創作而言，從民族文化、宗教文化及農牧文化角度闡釋藏族文學面貌，出現了《當代藏族文學的文化走向》《從藏族文學看異質文化的影響與滲入》《當代藏族文學的文化詮釋》《當代藏族文學的多元文化背景與作家民族文化身份的建構》《變化中的現代性渴望：當代藏族文學的社會——文化現代性追求》《論藏族農牧文化與藏族文學的關係》《論當代藏族文學中的藏族傳統文化資源》等一批較有影響力的學術研究成果。這種文化批評的確能釐清文化對文學生成的影響，但是，這種「因果」式的分析還是存在一些問題，其中之一就是容易造成文學性的流失，造成文學主體性的喪失。

後現代主義研究：在這一方面具有代表性的研究者是藏族學者丹珍草的研究成果。《藏族當代作家漢語創作論》以「邊界寫作」理論、「第三空間」話語對藏族作家漢語創作，尤其是一些重要作家的創作，從主流與邊緣、大傳統與小傳統等層面進行跨文化研究，是學界第一部系統探討藏族作家漢語創作的研究。《〈塵埃落定〉的空間化書寫研究》運用空間理論，對阿來的嘉絨藏區背景進行了較為深入的探索，並以這種背景來研究其創作，獲得了比較獨到的學術見解。

作家作品研究：要進一步發掘出民族文學的內在品質，開創新的學術氣象，解釋文本、研究作家創作是一項重要的基礎性工作。在藏族作家漢語創作研究中，這些成果體現出研究者的原創能力。張清華的《從這個人開始——追

論 1985 年的札西達娃》，徐新建的《權力、族別、時間：小說虛構中的歷史與文化——阿來和他的〈塵埃落定〉》，耿占春的《藏族詩人如是說》等成果是作家作品研究的重要成果，呈現出高度的理論質感和對文本的敏銳把握。此外，德吉草的阿來研究、列美平措研究，卓瑪的梅卓研究、班果研究均呈現出一定的「自觀」特徵，深入文本的能力較強。

　　比較研究：比較文學的研究範式也是學界近些年來的熱點之一。季羨林、樂黛雲等老一代學者的理論建樹是毋庸置疑的。在民族文學領域，比較的方法似乎更能揭示其內在價值。近年來，比較文學研究越來越受到重視，出現了一些成果。蔣敏華的《全球化語境中的文化心理——兼評馬原、央珍、阿來的西藏題材小說》，卓瑪的《卡夫卡與札西達娃的宿命意識之比較——以〈訴訟〉與〈懸崖之光〉爲例》等成果具有一定的學術創見。

　　女性文學研究：運用漢語創作的藏族作家群體中有一些個性鮮明的女作家的身影，像唯色、央珍、格央、白瑪娜珍、梅卓、尼瑪潘多、嚴英秀等，她們的創作視角會自覺不自覺地關注到女性自身的命運，因而對女作家群體的研究也成爲一個面向。馬麗華曾以「女神時代」爲題對藏族女作家的創作做了綜述式的研究。李美萍的《藏族小說中的女性形象嬗變》、徐美恒的《論藏族女詩人的詩歌特色》、卓瑪的《梅卓散文詩的女性美》等成果都在這一方面就女性作家與女性題材的聯繫，運用女性主義理論進行了較爲深入的探究，認爲藏族女性除卻女性共同的命運外，還要承載民族文化給予她們的更多重負。這些研究不僅具有文學價值，還具有立足當下的現實意義。

（四）國外民間文學研究的豐富與作家文學研究的低迷

　　近年來，國際社會主流輿論倡導文化多樣性，非物質文化遺產的保護熱潮持續升溫，民族文學在族群間的功能與作用得到一定的認同，因而民族文學研究受到重視，主要體現在中國民族民間文學的神話研究、史詩研究、歌謠研究等方面。中國與西方學界在史詩研究、藏學研究上形成良性互動，其中，口頭傳統的中國學派形成令人矚目；日本、歐美對中國民族文學表現出極大興趣，例如日本學者西脅隆夫的專著《中國少數民族文學》就對中國少數民族文學做了系統研究。就藏族文學而言，國外研究主要集中在敦煌學、因明學、佛學，藏傳佛教文化與文學、藏族古典文學、藏族民間文學等方面。歐美、日本等地區和國家對藏族文學的學術興趣主要集中在古典宗教文學和民間文學上，在美國、德國、日本等國均設有專門的研究機構。對於作家文

學而言，作品的翻譯、傳播與交流比較豐富，藏族當代作家文學作品有一部分以翻譯爲傳播途徑介紹到國外。札西達娃、阿來、萬瑪才旦、端智嘉等作家的作品就被譯爲多國文字。然而，與作品的譯介豐富不相適應的是國外研究的相對薄弱，相關研究還未形成氣候，對札西達娃、阿來等作家的研究是在中國作家陣營中進行的，以藏族文學視角對藏族作家漢語創作的深入研究還比較匱乏。

從以上回顧可見，無論是文學史編纂過程中藏族文學研究的逐步深化，還是母語文學、漢語文學研究的日漸繁盛，從母語文化思維與漢語寫作碰撞之後產生的差異及其獨特個性被敏感的作家學者意識到了，卻一直未見專門的研究，這不能不說是一件憾事。從文學研究的多元面向來看，這一面向的研究還未見深入，希望這一角度的生發、體驗及闡釋能展示藏族文學漢語寫作的獨特個性，並以這種視角激發學界對少數民族文學非母語寫作的獨特面貌的關注。

三、消除學界視域與方法盲區的價值所在

從另一個角度看，這個選題在消除學界視域與方法的盲區兩個層面上是很有意義的。

民族文學研究的範疇廣泛，涉及作家文學和口傳文學；其研究領域寬泛，與諸多學科多有交叉，呈現出理論上的跨學科性。就口傳文學來看，由於口傳文學與民間文化的親緣關係，我們必須從民間文化的整體性上來考察口傳文學，因此口傳文學與文藝學、人類學、歷史學、社會學、民族學、語言學、哲學、宗教學均有交叉，呈現出學科的交叉性。作家文學研究早年的成果更注重文學意識形態的批評，多運用社會歷史批評理論與方法。近年來，民族作家文學研究汲取了口傳文學的研究範式中有益的成分，運用文學人類學、歷史學、文化學、語言學等理論，使得民族作家文學研究趨於深入，出現一批有學術價值的研究成果。以文學人類學爲例，葉舒憲等學者更好地運用文學人類學理論闡釋了文學與人類學之間的互動，出版了《文學與人類學》、《文學與治療》等富於理論指導性的著作。學者徐新建則更爲關注民族文學的人類學研究，撰寫了《全球語境與本土認同——比較文學與族群研究》這樣以人類學視野、比較文學方法進行的民族文學研究著作。民族文學研究的方法相對多元。除了田野調查、比較法、文獻法等方法，今天的民族文學研究還

充分調用了科技手段，以建立文本數據庫、影視資料等方法展開研究。在專門性研究中，史詩研究、神話研究、歌謠研究、文學關係研究都是民族文學涉足的領域。涉及作家文學、民間文學兩個領域，由朗櫻、札拉嘎主編的《中國各民族文學關係研究》、關紀新主編的《20 世紀中華各民族文學關係研究》就是這一時期的重要研究成果。僅僅數十年來，少數民族文學研究就取得較大的突破，研究數量和質量都大有提高，專門的研究機構和教學科研單位日益增多，碩士博士的研究成果也有所增加，國家社科基金項目中，少數民族文學研究項目的比重也在逐漸增加。

　　儘管新時期以來的民族文學研究取得了巨大成就，然而，由於少數民族的小眾地位，研究實力的相對薄弱，使得少數民族文學研究的整體質量仍然不高，高質量的學術成果數量不多。但是，在知識的構成中，地方性知識佔據著知識金字塔的深厚基底，我們對普適性學理、世界知識的獲得都無法脫離這個底座而確立。克利福德・吉爾茲認為「對知識的考察與其關注普遍的準則，不如著眼於如何形成知識的具體的情境條件」〔註 14〕，少數民族文學研究就屬於「地方性知識」這個知識觀念。顯然，今天的學界對這一知識觀念的關注還不夠，在對這一領域的關注上存在一個盲區。這個研究對象存在於充滿張力的認識論域中。學界應該以尊重異質文化為基本的學術倫理，在少數民族文學研究這個地方性知識場域中進行探究。出於這個願望和這種文學現象的吸引力，筆者選擇了目前受關注度不高的藏族作家漢語創作研究，希望與其他研究者一起，努力消除學界在這一領域的視域盲區和方法缺失。

　　儘管整個學科呈現出一種蓬勃發展的面貌，然而，與這種蓬勃發展不相適應的是作家文學研究方法與視野的相對貧弱。具體到藏族作家文學研究，以中國知網為平臺，筆者做了一個調查，在 1979～2011 年間，少數民族文學研究論文約有 2290 篇入選，其中，藏族文學研究論文有 370 篇。這些論文從各個角度對藏族文學的面貌做了不同的分析和研究。有關藏族文學的學術著作也日益豐富。但是，這些論文與論著有相當數量是以文化批評與研究、社會歷史批評與研究為主要研究範式的，視野與方法都相對集中，不夠多元化。誠然，文化批評，社會歷史批評對於揭示文本的思想性，從外在條件理解文學是有幫助的。正如韋勒克、沃倫在闡釋文學的外部研究時認為，文學的外

〔註14〕〔美〕克利福德・吉爾茲、王海龍、張家瑄：《地方性知識：闡釋人類學論文集》〔M〕，北京：中央編譯出版社，2000 年，第 5 頁。

部研究「探索出藝術作品與其背景及淵源之間的某種程度的關係，而且認爲有了這方面的知識便在一定程度上理解了文學作品」〔註15〕。這種外部研究涉及社會思想領域，內涵顯得十分寬泛。然而，這種研究是一種「因果」式的研究模式，外在原因或條件對於文學產生的影響往往不能產生決定性的結果。二十世紀以來，俄國形式主義、法國結構主義等文學思潮引發了研究範式革命性的轉變，「藝術品就被看成是一個爲某種特別的審美目的服務的完整的符號體系或者符號結構」〔註16〕。這種由內而外的研究路徑的轉變，會使我們更接近文學本身，接近文學活動本身。因此，藏族文學研究的整體水平還亟待提高，學界應開闊視野，汲取更豐富的理論與方法，調動全部創造力，獲得對於文本的理解力和闡釋力，獲得對於文學發展有指導意義的理論前瞻性。

根據選題，我所要運用的理論原理主要是形式主義文學研究範式，以詩學理論、敘事學、互文性理論、對話理論來展開進一步的體驗、分析與闡釋。

據韋勒克、沃倫的文學理論，他們將文學研究分爲外部研究和內部研究。外部研究是一種社會歷史批評方法，注重從文學外部，從傳記、歷史、社會學、心理學和思想史等角度研究文學。韋勒克、沃倫認爲，這種忽略作品，從因果關係解釋文學的路徑是 19 世紀文學竭力追趕自然科學的方法所導致的。由於藝術本質上的非理性，這種研究範式顯然只能解釋文學構成的潛在原因，而無法解釋文學的深層結構。文學的內部研究認爲，文學作品存在于口頭、文字、聲音序列、讀者體驗、作者經驗中，也可以將其歸納爲聲音層面、意義單元的組合層面、要表現的事物層面、「形而上性質」層面〔註17〕四個部分。具體來看，文學的內部研究涵蓋以下內容：一是聲音層面的諧音、節奏、格律問題；二是意義單元層面的文體規則問題；三是意象、隱喻、象徵、神話問題；四是敘述性小說的形式和技巧；五是文學類型、文學評價、文學史性質等問題。韋勒克、沃倫對文學研究的這種區分，科學地反映了社會歷史批評和形式主義批評的本質區別，對形式主義研究範式有一個清晰的梳理。

〔註15〕〔美〕韋勒克、沃倫、劉象愚等：《文學理論》〔M〕，北京：文化藝術出版社，2010 年，第 70 頁。

〔註16〕同上，第 151 頁。

〔註17〕這一歸納是英伽登所做的區分，〔美〕韋勒克、沃倫、劉象愚等：《文學理論》〔M〕，北京：文化藝術出版社，2010 年，第 161 頁。

形式主義是 1915 至 1930 年在俄國盛行的一股文學批評思潮。「俄國形式主義起源和發展於一種龐雜和繁複的精神氛圍中。」〔註18〕19 世紀末、20 世紀初，俄國迎來了一個創作和批評都十分繁榮的「白銀時代」，在「重估一切價值」的社會思潮影響下，一批青年學者對傳統的現實主義批評與研究展開批判，開始新的詩學探索。俄國形式主義在文學批評的研究對象、研究方法上都有自己獨特的見解，他們對文學批評的原則、功能等問題的看法帶有強烈的反傳統色彩。俄國形式主義研究「萌發出來的文學研究方向的大轉折，對當代文學美學研究的影響和意義恐怕也不次於第一次世界大戰對人類歷史進程的影響。」〔註19〕

（一）形式主義詩學與藏族詩學的理論指導意義

形式主義認為文學之所以為文學在於它的文學性，而文學性存在於形式之中，文學的價值就在於讓人們通過閱讀恢復對生活的感覺，在這一感覺的過程中產生審美快感。代表人物什克洛夫斯基反對內容形式二分法，認為形式包括表達內容的所有語言因素，內容暗示著形式的某些因素。因此，應該用「材料」、「結構」的術語來界定傳統的形式與內容，如此一來，文學作品就是出於審美目的而創造的符號體系或符號結構。另一代表人物日爾蒙斯基將詩語學說分為五部分：音韻學、詩學詞法學、詩學句法學、詩學語義學、詩學語用學。這五部分構成的詩學語言學是本選題關於詩歌音樂性研究的理論支撐。與這一理論共同支撐筆者的理論視野的是藏族詩學、詩律學的相關理論。

狹義地講，藏族文化可以用「五明」之說來概括。「佛教將古印度學術分為五類：聲明、工巧明、醫方明、因明、內明，統稱大五明。」〔註20〕五世達賴認為，藏傳佛教薩迦派領袖薩班・貢噶堅贊建立了藏族文化大小十明的知識體系。薩班在其著作《智者入門》中強調了學習五明的意義，在這十明之說中，聲明是語言學、符號學，醫方明是醫藥學，工巧明是工藝、建築學，因明是邏輯學，內明則是經論佛學，此為大五明；詩詞、修辭、韻律、歌舞

〔註18〕〔俄〕維克托・什克洛夫斯基、方珊等：《俄國形式主義文論選》〔C〕，北京：三聯書店，1989 年，第 1 頁。

〔註19〕同上，第 8 頁。

〔註20〕西北民族學院民族研究所：《藏漢佛學詞典》〔Z〕，西寧：青海民族出版社，1988 年，第 92 頁。

戲劇、星算爲小五明。從文學角度看，聲明學是藏族詩學理論的集成。由於藏族文化脫胎於印度文化，因此筆者意圖探究印度詩學的影響，結合藏族《詩鏡》理論，來一窺藏族詩學的特徵。

印度梵語詩學集中於音樂、舞蹈、詩歌等各方面。生活於七世紀下半葉的印度詩學家檀丁的詩學巨著《詩鏡》曾於十三世紀傳入西藏，由雄敦・多吉堅贊翻譯爲藏文。《詩鏡》分爲三章，分別從詩歌分類及風格、詩歌詞義修辭方式（義莊嚴）、詩歌音韻修辭方式（音莊嚴）、詩病等方面進行論述，這些理論構成了藏族詩學理論的核心。

《詩鏡》第一章「風格辨」對於文學從「身體」和「裝飾」兩個層面進行了理論闡述。所謂「身體」（一說形體）指的是詩句的組成方式，即文體。它分爲詩體（韻文體）、散文體、混合體。詩體有音步和詩律的要求，每節四句，又可分爲單節詩、組詩、庫藏詩、結集詩四類；五世達賴喇嘛將「單節詩」和「組詩」又注釋爲「解」與「類」，將「結集詩」釋爲「集聚」〔註21〕，散文體則指詞的連接不分音步，分爲傳記（一說爲小說）和故事；詩和散文的混合體則稱爲「占布」。所謂「裝飾」，是指文學修飾與修辭，《詩鏡》將風格分爲維達巴風格和高德風格兩類，前者有緊密、清晰、同一、甜蜜、柔和、易解、高尚、壯麗、美好、三昧十種「詩德」，後者則恰好與之相對。薩班・貢噶堅贊則認爲前者「柔軟而溫和」，後者「高亢而粗獷」〔註22〕

第二章「義莊嚴辨」總結和歸納出一些通用的莊嚴（修辭），有：自性、明喻、隱喻、明燈、重複、略去、補證、較喻、藏因、合說、誇張、奇想、原因、微妙、掩飾、羅列、有情、有味、有勇、迂迴、天助、高貴、否定、雙關、殊說、等同、矛盾、間接、伴贊、例證、共說、交換、祝願、混合、生動三十五種〔註23〕，這些修辭手法又有各自的分類，例如明喻可細分爲三十二種、隱喻可分爲二十一種。這些修辭手法區分細膩、界定精微。

第三章「音莊嚴和詩病辨」首先歸納出音韻的修辭方式，有疊聲、牛尿、

〔註21〕第五世達賴阿旺・羅桑嘉措：《〈詩鏡〉釋難》〔A〕，彭書麟、于乃昌、馮育柱：《中國少數民族文藝理論集成》〔Z〕，北京：北京大學出版社，2005 年，第196 頁。

〔註22〕薩班・貢噶堅贊：《智者入門》〔A〕，彭書麟、于乃昌、馮育柱：《中國少數民族文藝理論集成》〔Z〕，北京：北京大學出版社，2005 年，第168 頁。

〔註23〕黃寶生：《梵語詩學論著匯編（上冊）》〔Z〕，北京：崑崙出版社，2008 年，第 163～164 頁。

半旋、全旋及限定元音、輔音等，此外，隱語修辭也是一個重要方面，被分為十六種。在這一章裏，檀丁還歸納了意義不全、意義矛盾、意義重複、歧義、次序顛倒、用詞不當、停頓失當、詩律失調、缺乏連聲及違反地點、時間、技藝、人世經驗、正理、經驗共十種詩病。

由於《詩鏡》的巨大影響，後世學者在闡釋詩學見解時，無不引用《詩鏡》的經典論述。薩班·貢噶堅贊、第五世達賴阿旺羅桑嘉措、第司·桑結嘉措、工珠·雲丹嘉措等學者都以《詩鏡》為對象，闡釋了各自對詩學理論的認識，形成了藏族詩學的基本面貌。以《詩鏡》為代表的藏族詩學理論對當代藏族漢語詩人的影響是潛移默化的，詩人們將這種影響化為一種無意識的存在，深深潛藏於他們的詩行之中，筆者正是寄希望於此，希望再現這種來自民族傳統詩學的潛在影響。

（二）對話理論、互文性理論的啟示

巴赫金對俄國形式主義有所承繼，又有所開拓。巴赫金在《小說的美學和理論》、《陀思妥耶夫斯基的詩學問題》等著作中提出了他最為重要的學術創見之一——對話理論。巴赫金對話理論解釋了一個觀點多元、價值多元、體驗多元的真實而又豐富的世界，指出對話是人類生存的本質。對話理論提出小說成為眾多聲音的場所。生活的本質是對話，思想、藝術和語言的本質也是對話。複調是對話的最高形式，複調更具多元性和徹底性。巴赫金認為，人文科學是研究人的特點，其「原則不是認知的精確性，而是涉入的深度。」〔註24〕所有人文學科共同的客體是文本，而兩種陳述之間的任何關係都是互為文本的，即呈現為一種對話性的。用托多羅夫的話來說，這種對話也可以說是互文性的。巴赫金用對話理論表達了他對現實的觀照：對話才能帶來生機和活力，而官方話語往往是獨白式的，體現著等級、壓制和隔離。巴赫金對話理論產生有其時代背景，他的學術研究貫穿了他對現實的關注，認為對話、狂歡能表現人與人之間的親昵、平等。巴赫金用獨白與對話，對話的各種形式來闡釋了文本內部的狀態，這對剖析作家與所處社會群體之間的話語關係，作家創作的內在機理是十分有幫助的。對話理論的意義已經遠遠超出了文學理論自身的範圍。巴赫金的對話理論對所選論題具有重要的理論價值，筆者將以對話理論為工具，深入剖析文本中的種種對話行為，以此揭示

〔註24〕〔俄〕巴赫金、劉虎：《陀思妥耶夫斯基的詩學問題》〔M〕，北京：中央編譯出版社，2010年，第206～207頁。

漢語寫作所蘊含的深刻內涵。這種對話性需要借助敘事學的相關理論與方法來作爲分析手段。

　　對話理論在托多羅夫看來，也可稱爲互文性。「互文性一詞指的是一個（或多個）信號系統被移至另一個系統中」〔註25〕。薩莫瓦約在其《互文性研究》中將巴赫金的對話理論運用到互文性理論框架中，他認爲對話主義與互文性描述的是同一個現象。但如果我們細究對話理論與互文性理論，會發現互文性是巴赫金對話理論的廣義外延。互文性理論開端於文本理論的出現，文本理論將文學從歷史、社會學、心理學中抽離出來，對文學作品，即文本做直觀審視，這就爲互文理論出現奠定了基礎。這種聯繫、動態、轉變、交叉的信號系統轉移，就是互文性的反映。熱奈特將互文性分爲五種類型：互文性、類文本、元文性、超文性、統文性。這種分類強調聯繫功能，使互文性概念具體化。熱奈特還對互文手法進行了分類，分出引用、抄襲、戲擬、仿作、合併（黏貼）幾種手法。總之互文性研究視角認爲，在文學的範疇內觀照文學，勢必出現文本之間的互動，但這種互動不會是機械的重複，其間存在細密、複雜的變化。這種互文不僅在文本間展開，而且在文本與讀者間展開，正所謂：「詩應該由眾人寫成」，互文性展示了文學的變換與聯繫。當代藏族漢語小說在時間修辭、民族文化心理呈現、人性重構等方面均與其文學傳統形成了互文性的呈現。

　　我所關注的形式主義研究範式的第三個層面是敘事學中的聲音理論。韋恩・C・布斯在其《小說修辭學》的「小說中作者的聲音」中，用三章的篇幅論述小說中「作者的聲音」的存在方式，即作者通過一個可靠敘述者的評論而公開露面，或通過對不可靠的敘述者的操縱而暗中融合。詹姆斯・費倫在《作爲修辭的敘事》中將「聲音」視爲敘事的一個獨特因素，與人物、行動等其他因素相互作用，對敘事行爲所提供的交流有自己的貢獻。他認爲「聲音」具有四條內在相關原則：聲音既是一種社會現象，也是一種個體現象；聲音是文體、語氣和價值觀的融合；作者聲音的存在不必由他的直接陳述來標識，而可以在敘述者的語言中通過某種手法表示出來，以傳達作者與敘述者之間價值觀或判斷上的差異；聲音存在於文體和人物之間的空間中。基於以上觀點，費倫認爲，聲音是敘事的一個成分，聲音的有效使用不必依賴聲

〔註25〕〔法〕蒂費納・薩莫瓦約、邵煒：《互文性研究》〔M〕，天津：天津人民出版社，2003年，第5頁。

音的一致性；聲音表明敘事的方法而非敘事的內容。蘇珊‧S‧蘭瑟在其《虛構的權威——女性作家與敘述聲音》中，用「敘述聲音」建構整個論題，以「作者型敘述聲音」、「個人敘述聲音」、「集體型敘述聲音」三個方面來分析美國女性作家創作中的聲音修辭，討論個人敘述聲音與集體敘述聲音的區別，允許自我敘述指稱的敘述場景和不允許自我敘述指稱的敘述場景之間的區別。探討了女性敘述聲音怎樣在各種敘述聲音中呈現。將話語方式、聲音修辭等理論運用到藏族漢語小說，我們會更爲深入地勾勒這種話語方式及聲音修辭在文本中的狀態。

形式主義詩學語言學、巴赫金對話理論、互文性理論、敘事學聲音理論均以文學內部研究爲路徑，尋找文學的文學性由內而外的生發，試圖接近文學更清晰的面貌，觸摸文學性的肌理。筆者將運用這些理論，以形式主義爲研究範式，盡可能深描出藏族作家漢語創作的文學性所在，盡可能接近其本質。

四、選題目標與方法

近些年來的文學研究在文化研究、社會歷史研究範式的運用上十分成功，也的確出現了許多成果。但追根究底，民族文學研究是一種關於「民族文學」的意義性研究，而不僅僅是其所指。文學畢竟是以文本呈現的，在一個特定階段，文學的文化批評出現了與文學脫節的現象。由於對文學批評的一些根本問題認識不夠，在脫離文化、政治、社會、歷史等條件後，我們對文學作品的分析和探究竟然會陷入失語的境地，因此，我的選題強調以形式主義研究範式來進行研究。面對創作姿態各異的藏族作家，創作形式多樣的漢語文學，必須調動全部的感受能力和想像力，充分挖掘自身的學術積累，運用多種理論手段進行研究。在方法上，要探究地方性知識的深層肌理並善於超越這種探究，去建構普適性學理；對「知識學」保持應有的理性與敏銳，又能「感性地超越」，擁有生命體驗的激情和感性闡釋力。試圖建立多元一體文學史觀，注重宏觀研究與微觀研究結合，史論研究與文本研究結合，自觀與他觀相結合的研究理念，廣泛搜集資料，運用形式主義研究範式，以形式主義詩學語言學理論、對話理論、互文性理論、敘事學聲音理論爲手段，以文化學、文學人類學等學科爲理論背景、運用比較文學理論與方法、美學理論與方法、原型批評理論與方法、文學人類學理論與方法及文獻法、歸納法等展開研究，立足文本，進行文本細讀，力求深入、準確。

　　具體來看，筆者將從以下層面展開研究。首先，在音韻層面上，探討母語詩律學思維下漢語詩歌的音韻追求。將從伊丹才讓「七行詩」的韻律獨創、漢語詩歌協暢的音韻追求兩個大的方面展開論述。其次，討論前邏輯的民族想像方式與傳統詩學隱含的陌生化思維方式影響下藏族漢語詩歌的表現方式與意象系統的創造性。以上兩部分將以藏族現代詩歌為材料進行深入分析。再次，將從文本層面上尋找母語文化思維與漢語文本構成的互文性，將從圓形時間觀念、思辨性的民族文化心理及傳統人性觀幾個層面探討現代漢語文本的「互文本」面貌。這部分將以札西達娃、萬瑪才旦、阿來的小說作品為例展開論述。最後，將從話語層面上，從對話理論與聲音理論入手，探討漢語文本的民族化敘述與聲音修辭，將以次仁羅布的《放生羊》及梅卓的《麝香之愛》為例展開文本的敘述話語與聲音修辭研究。在這個內容稍顯博雜的選題中，我試圖解決的關鍵問題是運用形式主義及敘事學理論的研究範式來深入作品內部，盡可能探及藏族作家漢語創作的核心，盡可能揭示母語文化思維影響下藏族作家漢語創作的內在肌理，展示出它所具有的獨特性。這是這一選題所具有的難度所在，也是創新性所在。

　　通過這種闡釋，希望能在一定程度上反映出藏族作家漢語創作的內在肌理，梳理出藏族作家漢語創作的內在生成狀態。對藏族漢語文學的學術關注，可以深化藏族文學及少數民族文學研究的內涵，填補其研究的薄弱環節。

　　針對選題內容，我具體預設了以下學術目標，期望能夠實現。

　　1、通過對當代藏族第一代詩人代表伊丹才讓的七行詩，新時期以來的藏族漢語詩歌的音韻特點的分析，尋找藏族詩律學特徵、民間文學韻律特徵對詩人的影響及其與漢語詩歌構成的雜糅，以及這種雜糅形成的漢語詩歌協調順暢的音韻追求。

　　2、挖掘藏語詩學特質與詩學思維在漢語寫作中的深層呈現，歸結出藏族漢語詩歌的陌生化藝術、非理性化詩學追求下形成的表現方式和意象系統的獨特性。

　　3、挖掘漢語文本與民族文化思維、藏漢雙語文學及民間文學的互文狀態，從圓形時間觀念、民族文化心理、傳統人性觀等層面體現藏族漢語寫作「互文本」的獨特樣式。

　　4、以對話理論為工具，以聲音敘事為切入點，深入剖析文本中的敘述話語及聲音修辭，以此揭示藏族漢語小說所蘊含的與民族現代性境遇、女性聲音等命題相關的深刻內涵。

第一章 藏族漢語詩歌的韻律追求

第一節 藏族詩歌韻律的當代發展

　　藏族文學源遠流長，歷史悠久，文學遺產非常豐富。民間文學門類眾多，在神話、傳說、故事、民間歌謠、史詩、敘事詩、諺語、民間說唱和民間戲劇等方面均有傳世的文學作品。詩歌這一韻文體式十分發達。英雄史詩《格薩爾王》是世界上最長的史詩，與世界上其他史詩相比，最重要的特點還在於它是一部活形態的史詩。藏族民間歌謠內容涉及勞動生產、社會生活、民族關係、禮節習俗和戀愛婚姻等各個領域，音韻優美。在藏族的古典詩壇上，米拉日巴的「道歌體」詩歌，阿旺·羅桑嘉措等的「年阿體」詩歌，倉央嘉措的「四六體」情歌，薩迦·貢噶堅贊的《薩迦格言》等格言體短詩，這些作品體裁獨特，內容多涉及藏族社會生活的方方面面，用典豐富，有深刻的哲理性。詩歌成為藏族文學中具有豐厚傳統的一種文學樣式，並在藏族詩歌發展的過程中始終給予它源源不斷的滋養，對藏族詩歌今天的發展面貌產生著重大影響。

　　豐厚的詩歌藝術傳統給予後世的滋養之一，在於藏族先賢往往運用詩歌來傳達神聖的宗教情感、占卜吉凶、教誨訓誡乃至理論經典，因而詩歌這一體式具有其他文體不可替代的神聖色彩，往往用以傳達高尚、優美、深刻的思想與情感。例如米拉日巴以詩歌體式宣示佛法：

　　　　陶罐現有又現無，

　　　　例證有為皆無常，

更示人身亦無常，

因此瑜伽米拉我，

應無散逸苦修行。

我的財產唯此罐，

如今罐破是上師，

宣示無常之法真奇哉！〔註1〕

除卻大量宣講佛法的道歌，藏族格言也善用詩歌體式。《薩迦格言》、《甘丹格言》、《水樹格言》等眾多格言詩深刻影響著藏族民眾的行為規範。這一類格言體詩歌獨具韻味：

正直的人即使貧困，

品德也會顯得高尚；

儘管火把朝下低垂，

火舌仍然向上燃燒。〔註2〕

以詩歌體式傳播的大量格言及民間諺語具有強大的生命力，即使在今天它也仍舊存活於藏族人的口舌之中，「口吐蓮花」的人在婚喪嫁娶、節慶儀禮的社會生活中地位重要，備受尊崇。

再以文學理論經典為例，藏族重要的古典文學經典幾乎都是以韻文體著述流傳後世的。《詩鏡》三章都是以詩的形式寫出的，分別以 105 首詩、365 首詩、186 首詩，合計 656 首詩來闡釋了詩歌分類及風格、詩歌詞義修辭方式（義莊嚴）、詩歌音韻修辭方式（音莊嚴）、詩病等內容。此外，諸如薩班的《智者入門》、《樂論》，五世達賴喇嘛阿旺・羅桑嘉措的《〈詩鏡〉釋難》、久・米旁的《歌舞幻化音樂》、工珠・雲丹嘉措的《知識總匯》等文學藝術理論著作均是以頌偈體寫成，或是以頌偈體寫成理論，以散文作注完成的理論經典。這些詩歌體式的經典形成了藏族文學在詩歌方面的豐富傳統，並給詩歌藝術塗抹了一層神聖的色彩。

儘管母語詩歌有著豐富的傳統，但文學變革仍舊以其漸進的方式發生著。1980 年發表於《西藏文藝》的詩歌《冬之高原》是一首運用傳統格律寫

〔註1〕米拉日巴：《道歌》〔A〕，中央民族學院《藏族文學史》編寫組：《藏族文學史》〔M〕，成都：四川民族出版社，1985 年，第 329 頁。

〔註2〕薩班・貢嘎堅贊、次旦多吉等：《薩迦格言》〔M〕，拉薩：西藏人民出版社，1985 年，第 9 頁。

成的詩歌，沿襲了《詩鏡》的詩學理論，然而，在這一首傳統格律詩的內容上，詩人恰白‧次旦平措呈現了鮮明的時代內容。普通藏族人的情感、心境在詩歌中流露出來，在內容上與傳統詩作產生較大差異，產生了很大反響。母語詩歌發展進程中最重要的變革莫過於自由詩的出現。八十年代初，青海著名作家、詩人、學者端智加創作了長詩《青春的瀑布》，開創了藏族詩歌自由詩的先河。這首詩作在新時期之初呼應了當時的思想變革，呼籲年青一代對舊的生存方式進行反思。同時，該詩以自由體形式展示了母語詩歌在突破格律束縛上的嘗試，自由體形式與呼籲自由開放的內容相結合，成為母語自由詩的開山之作。此後，伍金多吉、多傑才讓等詩人都有大量自由詩問世。伴隨詩歌創作的發展，自由詩、現代主義詩歌的嘗試更加豐富，形成一股創作潮流，出現一批代表性詩人，如居‧格桑、江瀑、周拉加、華則、曼拉傑甫、西德尼瑪等詩人一直在向詩歌藝術更深層的領域掘進。

　　與母語創作相似的是，藏族漢語詩歌於 20 世紀中葉出現在中國詩壇，二十世紀八十年代以來形成相當的寫作規模。詩人身處藏族文化與漢族文化的雙重語境之中，身處傳統與現代的雙重選擇之下，形成了漢語詩歌獨特的蘊含。共和國建立之初，運用漢語寫作的藏族第一代詩人是較早接受漢語教育的知識分子。以饒階巴桑爲例，他既是高原牧民的兒子，又是出身軍人的「軍旅詩人」。他的代表作《牧人的幻想》充滿奇麗幻想，抒情昂揚，通過對一位老牧人的形象塑造，展示了牧民在新舊社會中不同的生存狀態和命運變遷。因爲「軍旅詩人」的身份，他的許多詩篇「都有戰士的身影，這不僅說明藏族人民和解放軍的魚水關係，也是詩人自己思想情感的眞實抒發，他是以親歷者和見證人的身份出現在詩中的，詩中融貫著藏族人民特有的心理、氣質和性格特徵，讀來也就顯得格外親切、動人」〔註3〕。饒階巴桑的創作經歷具有一定代表性，雙重的文化語境對他的影響使他的詩歌「有著深厚的本民族詩歌的淵源，但卻不是簡單的原始的民歌，而是全新的創造」〔註4〕。丹眞貢布、伊丹才讓、格桑多傑等詩人的詩歌有著與饒階巴桑詩歌相似的文學實踐，在那種文學環境下詩歌藝術體現出更爲濃厚的「言志」色彩，構成當代藏族第一代詩人的詩歌品格。

〔註 3〕梁庭望、李雲忠、趙志忠：《20 世紀中國少數民族文學編年史》〔M〕，瀋陽：遼寧民族出版社，2004 年，第 331 頁。

〔註 4〕謝晃：《和新中國一起歌唱》〔A〕，李鴻然：《中國當代少數民族文學史論（上卷）》〔M〕，昆明：雲南教育出版社，2004 年，第 450 頁。

藏族詩歌給予後世的另一種滋養在於，運用詩歌這種韻文形式無所不在的韻律感培養了藏族人對音韻的審美心理，形成對音韻美感的敏感，在文學體驗中往往有意識或無意識地追求著音韻感。

在韻律追求上，當代藏族漢語詩歌在第一代詩人身上體現出與傳統詩律的密切聯繫。第一代詩人由於多受嚴格的傳統文學教育，深受《詩鏡》傳統的影響，因而詩歌雖然稱得上是自由體，但對韻律的追求是一種自覺的行為，韻律感很強。伊丹才讓的七行詩是一個典型的例子，下節將專門論述。饒階巴桑的敘事短詩《牧人的幻想》抒寫了一位藏族牧人生活命運的歷史變遷。詩歌運用了「連章體」的有機結構：

……

> 雲兒變成低頭飲水的犛牛；
> 雲兒變成擁擠成堆的綿羊；
> 雲兒變成縱蹄飛奔的白馬……
> 天空喲，才是真正的牧場！
>
> ……
>
> 我的牛羊蓋遍了草原！
> 我的駿馬賽過了飛箭！
> 白雲喲！你為什麼
> 還是和過去一樣？
>
> ……〔註5〕

詩行節奏分明，韻律感很強。內容上形成新舊強烈對照，有力地表現了藏族人民過去的悲苦、今日的歡樂和對未來的希望。丹真貢布的《春願》也呈現出對韻律的自覺追求：

> 我那祖國積雪的屋脊
> 三部四茹古老的土地啊
> 你的久遠，你的功績
> 迫我千次地擴展胸臆
> 我像中秋沉重的紫色草穗

〔註5〕饒階巴桑：《牧人的幻想》〔A〕，李鴻然：《中國當代少數民族文學史論（上卷）》〔M〕，昆明：雲南教育出版社，2004年，第452～453頁。

深深地，深深地一躬到地

我要拓一條心谷更爲深邃

去盛放你今日新的光輝

……〔註6〕

新時期以來，受到當時活躍的漢語詩壇影響，藏族詩人的漢語詩歌創作呈現出異常豐富的狀態，出現了被學者李鴻然稱之爲「凌空出世的藏族新生代詩人群」〔註7〕。在這裡命名的「新生代」是指在上世紀八十年代初、中期開始登上詩壇的年輕詩人群體。這一群體的代表性詩人有班果、阿來、列美平措、賀中、索寶、完瑪央金、吉米平階、嘉央西熱、拉目棟智、桑丹、梅卓、文清賽讓、才旺瑙乳、旺秀才丹、唯色、郎永棟、白瑪娜珍、多傑群增、札西才讓、道幃多吉等，在詩歌創作上表現得非常活躍。他們探索詩歌語言與形式，廣泛涉獵漢語詩作，學習西方詩歌藝術，努力尋求詩歌藝術更多的可能性。上世紀九十年代中期以來的這近二十年來的母語詩歌在自身所具有的豐厚傳統下，擁有著廣泛的寫作群體，僧侶、教師、學生都是這個群體中十分重要的基礎性的文學創作力量。這種詩歌氛圍在當時的文學生態中顯得十分可貴，因而母語詩歌也迎來十分豐富的收穫，出現了尖·梅達、崗迅、白瑪措、華毛、桑秀吉、傑欽德卓、赤·桑華等一批晚生代的母語詩人。「晚生代」這個命名與「新生代詩人群」相對應，「晚生代詩人群」指向上世紀九十年代中、後期登上詩壇並逐步獲得影響的一代年輕詩人。這個命名同樣適用於同一時期產生影響的藏族漢語詩人，札西才讓、阿信、洛嘉才讓、華多太、江洋才讓、曹有云、嘎代才讓、剛傑·索木東、梅薩等詩人就是晚生代詩人群的代表。與第一代詩人對於詩歌韻律的自覺追求相比，新生代、晚生代詩人受到的格律束縛相對較小，對於詩歌韻律有自己的感受。然而，如同心臟的跳動、血液的流動具有一種天然的律動感一樣，母語帶來的韻律感也深深烙刻在詩人的無意識中之中，潛移默化地影響了這兩代詩人在韻律方面的追求，新時期以來的詩歌韻律地呈現出一種和諧、順暢的音韻特點。

〔註6〕 丹眞貢布：《春願》〔A〕，瑪拉沁夫：《中國新文藝大系（1976～1982）·少數民族文學集》〔Z〕，北京：中國文聯出版公司，1985年，第718頁。

〔註7〕 李鴻然：《中國當代少數民族文學史論（上卷）》〔M〕，昆明：雲南教育出版社，2004年，第463頁。

第二節　藏族漢語詩歌的韻律意識
——以伊丹才讓「七行詩」爲例

伊丹才讓（1933～2005）是一位極富激情的藏族詩人，他獨創的「七行詩」是藏族詩歌形式上的一種創造。伊丹才讓這樣評價自己的「七行詩」：「這種『四一二式七行詩』，成了載著我的心聲，通往人民心靈的載體，它像雲一樣瀟灑自在，山一樣磊落實在，時不時，還傳出兩聲雪獅吟嘯的回聲。」〔註8〕學者關紀新評價伊丹才讓說：「他一個人，就構成了一個全息的藏族文化的小世界」〔註9〕。他的漢語詩歌從內容到形式，都充滿著濃鬱的民族韻味。

藏族古典詩歌有解、類、庫藏、集聚四種詩體。解是單節詩；類是以組詩的方式針對一個對象描述，常用一個動詞點明題旨；庫藏則停頓不同，詩歌節數、動詞均不固定；集聚則用多首詩、多個動詞講一個中心內容。無論何種詩體，詩句多以每節四行爲主。藏族當代詩人伊丹才讓的七行詩則是詩人的獨創，他在詩歌體制上進行了創新，又在韻律和諧的追求上向古典致敬。伊丹才讓的七行詩與古典律詩不同，與西方十四行詩也有所不同。十四行分八、六兩個群組，分別是上昇部分和下降部分。前八行詩以韻律平行的兩個四行詩構成，一般爲「abbaabba」的環韻，下降部分的六行詩會以三種不同的韻來連接。十四行詩體的韻律規則十分準確，也建立了相應的主題和句法。伊丹才讓的七行體詩歌則有自己的規則。以《雪域》爲例來看：

> 太陽神手中那把神奇的白銀梳子，
>
> 是我人世間冰壺釀月的淨土雪域，
>
> 每當你感悟大海像藍天平靜的心潮時，
>
> 可想過那是她傾心給天下山河的旋律
>
> 寒凝的冰和雪都是生命有情的儲蓄！
>
> 因此潮和汐總拽住日月的彩帶不捨，
>
> 再不使飛塵泯滅我激濁揚清的一隅！〔註10〕

全詩分三節，首節四行，次節一行，末節兩行，是「412」句式，這與十四行詩八、六兩個群組有鮮明區別，構成了伊丹才讓七行體詩歌的基本形式。

〔註8〕伊丹才讓：《雪域集》〔M〕，成都：四川民族出版社，1992年，第197頁。

〔註9〕關紀新：《雪域歌揚民族魂》〔J〕，民族文學研究，1993年1月，第39～42頁。

〔註10〕伊丹才讓：《雪域》〔A〕，才旺瑙乳、旺秀才丹：《藏族當代詩人詩選》〔Z〕，西寧：青海人民出版社，1997年，第1頁。

首節四行鋪敘，第二節往往用一句詩行揭示主旨、所描摹事物的本質，點明題意。末節的兩行往往是訓誡式的警句，燭照全詩。具體來看，伊丹才讓的七行詩具有以下藝術特徵。

一、音韻型詩歌

按照維克托·日爾蒙斯基在《詩的旋律構造》中的分類，抒情詩分爲口語型、吟誦型、音韻型三類，伊丹才讓的七行體詩歌顯然屬於音韻型詩歌。伊丹才讓在七行詩中講究韻腳，整個七行詩基本包孕在一個環韻當中，如《路》這首詩：

> 路坦途上我欣賞馬蹄的速度，
>
> 沙漠裏我欽佩駝背的重負，
>
> 但是連岩鷹都膽顫心驚的雪山上，
>
> 我看見吐舌的犛牛像躍澗的猛虎！
>
> 奮鬥者的足下都有一條通途！
>
> 請不要把那潛水的本領說得太玄，
>
> 我祖先的項鏈就是那海底的珊瑚！〔註11〕

首尾詩行均以「u」爲韻腳，形成全詩的迴環包孕，這種環韻是七行詩的主要特點。當然，作爲例外，七行詩也有非環韻的情況，如《雪域》首句以「i」爲韻，尾句以「u」爲韻，但詩人還是努力使韻腳接近，構成一個整體的和諧音效果。具體到內部，七行詩往往隔行押韻，靈活換韻。《雪域》首節四行，二、四行押「u」韻，整首詩七行，二、四、五、七行押「u」韻，一、三、六行不押韻，整首詩既有和諧韻律之感，又比較自由。《路》又有變化，一、二、四、五、七行共押「u」韻，整首詩音韻緊密，包孕迴環，音韻感十分強烈，但《答辯》一詩則又有不同：

> 我讚譽亞馬遜河鼓起印第安古歌的壯偉，
>
> 我歎服尼羅河聚起《一千零一夜》的星輝，
>
> 但是我並不因此對我的生身母親說三道四，
>
> 因爲黃河長江把《格薩爾》捧給群星燦爛的世界！

〔註11〕伊丹才讓：《路》〔A〕，才旺瑙乳、旺秀才丹：《藏族當代詩人詩選》〔Z〕，西寧：青海人民出版社，1997年，第2頁。

> 各民族的文明歷史都不是天界的賜予！
>
> 我的責任不是從別處引進陌生來裝束母親，
>
> 而是把生母的乳汁化作我譜寫史詩的智慧！〔註12〕

全詩僅二、七行押「ui」韻，其餘詩行則韻腳靈活，整首詩韻法穿插，錯綜而又整齊。

二、句法與主題的緊密聯繫

與十四行詩句法與主題的聯繫相似，伊丹才讓的七行詩也講求句法與主題的緊密聯繫。七行詩是「412」式的三部詩節建構，首節四行，句法封閉，內容鋪陳，四行共同構建一個主題；第二節僅一行，在某種程度上起到「詩眼」的作用，往往是上一節的總結，前後兩節的承接，是全詩承載意義的最重要部分，較前一詩節的鋪陳，這一節則顯得有高度概括性，是前一主題的綜合或總結；末節兩行，是前兩節主題的進一步生發，往往具有「豹尾」的力度，激情昂揚，戛然而止。《答辯》一詩就非常明顯：前四行借印第安文明、阿拉伯文明引出藏文化與文明，是典型的鋪陳、敘述；第二節「各民族的文明歷史都不是天界的賜予！」一句高度概括，是前一節鋪陳的總結；最後兩節有力結尾，生發出更高的主題意蘊。相似的情況在《布達拉宮──進取者的上馬石》一詩中較爲明顯：

> 月夜裏像銀塔屹立天界的城池，
>
> 豔陽下像金鑾放射人間的眞知，
>
> 一千間華宮是十明文化組成的星座，
>
> 十三層殿宇是十三個世紀差遣的信使！
>
> 紅白宮並不裝點雪域門面的粉脂！
>
> 進取的千秋兒孫該明白祖先的用意，
>
> 那宮前的高碑是等待你上馬的基石！〔註13〕

詩歌首節描述布達拉宮的壯美，第二節卻以否定性的詩句表明詩人更爲深刻的思考，而非僅僅自我感覺良好，這一節是上一節主題的承接，而非更

〔註12〕伊丹才讓：《答辯》〔A〕，才旺瑙乳、旺秀才丹：《藏族當代詩人詩選》〔Z〕，西寧：青海人民出版社，1997年，第2頁。

〔註13〕伊丹才讓：《布達拉宮──進取者的上馬石》〔A〕，才旺瑙乳、旺秀才丹：《藏族當代詩人詩選》〔Z〕，西寧：青海人民出版社，1997年，第3～4頁。

高一層的總結，在詩歌末節將這種意義的高度體現出來：輝煌的傳統是後輩向前的基石，而非僅僅是後輩匍匐膜拜的對象！詩歌在句法上的層層鋪疊、躍升，通過跨行製造不同的主題傳達，爲最終主題的揭示營造了足夠的氛圍。

　　句法上長句的運用也增強了主題的意蘊。傳統審美心理對漢語詩歌音頓的審美需要大致是四音頓、五個音節左右〔註 14〕。藏族古典詩歌沒有對音頓的具體限制，由於民間口傳文學的影響，多音頓的詩句比較常見。伊丹才讓的七行詩應該是對口傳文學借鑒得更多，因而音頓較豐富，多由四音頓、五音頓、六音頓組成，這種多音頓就構成了長句。這種長句應和了藏民族擅長思辨的思維方式，縝密的思維伴隨邏輯縝密的長句層層生發，產生「明辨」式的韻味。此外，長句也構成節奏的獨特性。一般說來，音頓有限的漢語詩歌能造成音頓和諧的節奏感，但長句音頓較多，七行體詩歌往往會形成音頓密集造成的音韻緊張感，這種緊張感也就會形成音節的跌宕起伏，猶如長風浩蕩，從而在句式上爲主題的闡發和情緒的宣泄疏通了渠道。

三、修辭與情緒的生發

　　伊丹才讓七行詩在詩歌情感抒發上有較爲固定的基調，是一種昂揚、睿智、激越的情感基調，總的情緒是富於激情的。這種情緒可從韻律、修辭等形式特徵中感受到。前文分析過七行詩的韻律以環韻爲主，這種環韻能使情緒包孕於一個相對密集的詞語空間，使情緒的醞釀和抒發在一個迴環包孕的空間中，一旦抒發則激越慷慨，這種環韻對情感抒發的強調作用十分明顯。七行詩隔行押韻，靈活換韻的韻律形式既使情感的抒發得以強調，也使意義的表達得以強化。三個詩節的主題有微妙的差異，但韻腳在整首詩的運用促使三個詩節在意義上也聯繫起來，最終實現了主題的強化。

　　在修辭上，伊丹才讓對藏族古典詩歌修辭的體式借鑒很多。其中，「誇張」是伊丹才讓運用最多的辭格。《詩鏡》中將「誇張」譽爲「最優秀的莊嚴」，認爲「誇張」運用的是超越世間限度的方法。前文列舉的《路》與《布達拉宮》的首節均是誇飾的運用，下面這首《鼓樂——歷史的教誨》也是這樣：

　　　想起長白山的虎嘯，胸中的尊嚴像海潮回升，

　　　看見西雙版納的大象，腳下的群山也列陣走動，

〔註 14〕此處借用學者李怡對新詩音頓的分析，見李怡：《中國現代新詩與古典詩歌傳統》〔M〕，重慶：西南師範大學出版社，1999 年，第 173 頁。

猛聽得蒙古草原上縱蹄的野馬嘶鳴聲陡起

我心中的岡底斯雪獅昂揚起抖落雲露的綠鬃！

風調雨順的季節，天地滄桑最愛聽鼓樂齊鳴！

當每一個民族驕傲地唱出他悦心的史詩樂章，

一個文明國度的形象就拓上子子孫孫的心屏！〔註15〕

　　首節的誇張即是爲了之後兩節詩意的烘托，以誇飾的方式展示雪域大美的自然環境及雪域人驕傲的情感體驗。

　　除卻誇張，伊丹才讓對「鋪排」這種民間歌謠的結構方式也十分偏愛。這種鋪排也被稱爲「聚合」、「添加」，是在口傳文學中對所表述的內容進行鋪陳、聚合、添加的藝術。鋪排也是基于口傳思維的特點及對記憶規則的依賴，吟誦者爲了追求吟誦的實用性，即更便於吟誦者的吟誦而使其表述具有更多言語的聚合和添加。對於書面文學，這種鋪排有時會顯得文字拖沓，內容繁複。但作爲伊丹才讓的獨創，在固定了詩節與詩行的七行詩中，這種鋪排帶來了詩歌音韻和諧、利於吟誦的效果。這種鋪排的特點是內容的添加，而非語義的遞進；是表述的聚合，而非內容的分析。這種程式化在民間歌謠中十分鮮明，在伊丹才讓的七行詩中也得到富於個性的運用。《路》的首節是典型的鋪排：將駿馬、駱駝、岩鷹、犛牛鋪排在一起，以馬的速度、駱駝的耐力、岩鷹飛翔的高度與犛牛並置在一起，烘托出犛牛勇武的形象，以這種勇於奮鬥的民族精神象徵自勵。《鼓樂》一詩與此相似，也通過將虎嘯、象鳴、馬嘶、獅吼聚合在一起，結合鼓樂齊鳴來抒發驕傲自豪的民族情感。

第三節　藏族漢語詩歌的音韻追求
　　　　——以新時期以來的詩歌爲例

　　從詩律學角度看，詩歌音韻體現在節奏、語調和韻律上。「節奏是一個一般的語言現象」〔註16〕，在文學、音樂、繪畫等藝術門類及其他領域都存在。在文學中，節奏指音節的重複性運動，具有某種周期性。藏族詩人進行漢語

〔註15〕伊丹才讓：《鼓樂——歷史的教誨》〔A〕，才旺瑙乳、旺秀才丹：《藏族當代詩人詩選》〔Z〕，西寧：青海人民出版社，1997年，第3頁。

〔註16〕〔美〕韋勒克、沃倫、劉象愚等：《文學理論》〔M〕，北京：文化藝術出版社，2010年，第174頁。

詩歌的創作時，節奏上的追求總是來自於詩人最無法言說和把握的內心深處，屬於母語詩學傳統對節奏最基本的要求。音節和諧、順暢，成爲藏族詩人漢語詩歌創作的美學需要。

藏族詩學對韻律的要求非常嚴格，三大類文體：韻文體、散文體及散韻結合體中，韻文體有嚴格的音步和詩律的要求，又可分爲單節詩、組詩、庫藏詩、結集詩四類。韻文在藏族傳統文類中佔據重要位置。藏族口傳文化發達，口傳文學有諸多韻律形式，前文所提及的「道歌體」、「格言體」、「年阿體」是一種類型，還有大量可以入樂的民歌韻律，如「魯體」（民歌）、「諧體」（弦子）、「拉伊體」（情歌）等等，這種至今仍舊活躍並流傳於藏族民眾口中的韻律節奏感很強。因此，每個藏族人對韻律的感受力都來自於長期的耳濡目染，對於藏族詩人來說，廣泛存在於書面和口傳之中的藏族文學的韻律模式，會內化爲詩人對韻律精微的把握力。

具體地看，《詩鏡》關於音韻的修辭理論很豐富，可見藏族詩學對聲律的理論研究較爲深入。《詩鏡》第一章以流行於印度南方的維達巴風格爲例來列舉詩歌的十種「詩德」，涵蓋了音韻、修辭、表意各個方面，其中第一點「緊密」即語音輕重長短的搭配協調，也被譯爲「諧和」〔註17〕，第三點「同一」也被譯爲「均勻」，指詞音組合前後一致，詩中剛、柔字數多少的勻稱和諧。這種維達巴風格的「柔軟而溫和」以及相對的高德風格的「高亢而粗獷」就涵蓋了聲律上的美學特點。與十「詩德」對應的是十「詩病」，「不合韻律」是其中一大詩病。長短音節安置不當的詩律失調、缺乏連聲及停頓失當等「詩病」是學者們反覆強調，要求詩人極力避免的。在這種詩學影響下，浸淫於母語文化環境的藏族詩人進行漢語詩歌創作時，會將嚴格的格律規範最終抽象爲一種對於韻律協調、順暢的詩學追求，會將節奏、聲調、韻律的協調、順暢作爲一種潛在於意識深處的美學需要，從而實現這種詩歌音韻的追求。從新時期以來的藏族詩人所創作的漢語詩歌來看，這種音韻協暢的追求與詩人們的詩歌個性結合在一起，形成「短歌」節奏、「長風浩蕩」式的長句韻律及音韻反覆的韻律表現。

〔註17〕中央民族學院《藏族文學史》編寫組：《藏族文學史》〔M〕，成都：四川民族
　　　　出版社，1985 年，第 389 頁，後「均勻」同。

一、清麗明快的「短歌」節奏

從狹義節奏的特點來看，現代詩音組更為豐富，相應地音頓也就呈現了不同的面貌，為了更好地傳遞現代人複雜的情緒，詩人們對節奏的把握顯得更為自由。就藏族漢語詩歌而言，這種節奏把握相對於格律詩是較為自由的。考察新時期以來詩人的諸多創作，我們會發現他們在詩歌節奏的掌控上，傾向於「短歌」式的節奏特點。所謂「短歌」式，是指詩人在音組的構製上相對儉省的一種節奏把握。這是一種與古典佛偈、格言體詩歌以及民間諺語、卜辭、謎語、唱詞等形式相近的音組狀態。我們隨手拈來的短小佛偈：「一切有為法，如夢幻泡影，如露亦如電，應作如是觀」等等是常在耳畔回響的聲音，世代流傳的短小格言至今存活於藏族人口耳相傳之中。這些體制短小的韻文形式對成長於這種語言環境的藏族詩人來說，成為他們喜愛的一種節奏，這些「短歌」式的漢語詩歌往往就形成了短小、明快、清麗的音頓效果。

新生代詩人索寶詩風清麗悠揚，又隱約蘊含著憂鬱、傷感。他有一些「短歌」就體現了這種短小、明快的節奏感：

> 為了—一句—古老的話
> 我們—又相逢—在這山崗
>
> 你—把羊群—交給風
> 我—把羊群—交給雲
>
> 是—風趕著雲？
> 還是—雲趕著風？
>
> 為了—一句—古老的話
> 我們的—羊兒—合了群〔註18〕

這首《牧羊曲》顯然具有民謠意緒。全詩音組短促，大多由二字組、三字組及四字組構成，音頓很有規律，由三頓與二頓組成，全詩四節中除第三節外，都是三音頓句式，節奏感分明而簡潔，清麗而明快，因而詩歌標題為「牧羊曲」是有意為之的，詩歌節奏的音樂感很強烈。此外，「牧羊曲」又有戀曲之意，只是詩人將這種纏綿的戀情表達得很含蓄。由於童年期深刻的草原生活記憶，後來離開草原的索寶總是徜徉於羊群、草原與牧歌之中，他有大量抒寫草原的短歌：

〔註18〕索寶：《牧羊曲》〔A〕，索寶：《雪域情》〔M〕，北京：民族出版社，1989年，第19頁。

尋找—丟失的—羊群

牧童的—拋索

打碎了—水中的—天空

白雲

飄飄揚揚—落下了

在—綠草地上—變成了羊群〔註19〕

這首名爲《牧童》的短詩將人們慣常的想像以錯位的方式呈現出來，「天空」、「白雲」不僅有其具象的狀態，它們都還存在於詩人奇妙的想像之中。整首詩歌仍以二、三、四字組構成，首尾兩節分別以三二三、一二三的音頓構成，音頓富有規律，同時音節短促，短歌的音韻效果很明顯。

班果的《牧場情緒》也凸顯了這種「短歌」式的音組構成：

河—哭泣著—去遠，—日當午

女人的—銀耳墜—一閃

天空的—金耳墜—一閃

就—黑了

我的心—被夜色—浸沒

如—隨便一頂—部落的帳篷

而—這時

我的羊群—早睡成—一塊—巨大的岩石

我的兄弟—已臥成—一座—古老的山脈

這是—牧場—最早的—圖騰〔註20〕

全詩三節，由一字組、二字組、三字組、四字組及五字組構成，首節音頓爲四三三二頓，節奏由繁至簡；第二節音組也與首節相同，音頓則爲三三二四四頓，全詩音組最多不超過五字組，32 個字組中，最多的是二字組和三字組，各有 11 個，整首詩基本上由短促的音組構成其主體，因而節奏迴環重複。尤其每節中有相同句式的兩句並置在一起，以此來強化詩歌意蘊，前者動感十足，後者畫面感很強，成爲視覺與感覺結合的範例。

〔註19〕索寶：《牧童》〔A〕，索寶：《雪域情》〔M〕，北京：民族出版社，1989 年，第 26 頁。

〔註20〕班果：《牧場情緒》〔A〕，班果：《雪域》〔M〕，西寧：青海人民出版社，1991年，第 16 頁。

　　從韻腳協調的角度看，這些「短歌」式的詩作會在短小的結構裏增強韻腳的和諧，從而爲明快的短歌更增添幾分音樂的美感。這也符合佛偈體韻律和諧的特徵。自九十年代中期就比較活躍的年輕詩人札西才讓近期詩歌則富有鮮明的短歌民謠意味。他的組詩《到卓莊去找阿卓》由六首短詩構成，詩歌非常講究音韻的協暢，音組較多，但節奏悠揚明快。其中《情歌》一首就可見對韻腳的刻意爲之：

> 像魚一樣遊走的，是心上的姑娘。
>
> 像恨一樣凝固的，是愛情的時光。
>
> 像寂滅一樣安靜的，是而今的月光。
>
> 我的情歌，如珊瑚的憂傷。
>
> 在紅塵裏傳唱，在愛欲裏消亡。〔註21〕

　　全詩押「ang」韻，這樣整齊的韻腳顯然受到了民歌的啓發，就如詩歌的標題《情歌》一樣，札西才讓很有可能是借用某一種情歌的調式來寫的，詩歌的淺淺哀傷加上韻腳帶來的餘音，總是能叩擊人的心靈。再如札西才讓的《醉歌》：

> 毀爲美色兮，是銀飾的姐妹；
>
> 化爲落葉兮，是背時的愛情；
>
> 紗若輕煙兮，是昨日的修行。
>
> 就這樣我遠離紅塵，不帶走一兩白銀。〔註22〕

　　小詩除首行外，均以「ing」押韻，韻腳也非常整齊。尤其末尾一個「銀」字，可見詩人選字時對韻律的注重，同時，白銀與銀飾暗中呼應，輾轉表達出藏家女子在婚嫁、愛情中的寄情所在。除了這種情況，藏族詩人還會在詩行中靈活換韻。還是札西才讓的《格河》（選自組詩《到卓莊去找阿卓》）：

> 山南的白塔：銀河裏的星星一顆。
>
> 山北的寺院裏，深秋的陽光還是那麼多。
>
> 問聲阿卓：飯吃啦？已是殘陽如血。
>
> 殘陽如血，流淌成河。

〔註21〕札西才讓：《到卓莊去找阿卓》〔A〕，札西才讓：《七扇門》〔M〕，北京：大眾文藝出版社，2010年，第52頁。

〔註22〕札西才讓：《醉歌》〔A〕，札西才讓：《七扇門》〔M〕，北京：大眾文藝出版社，2010年，第12頁。

河名叫格，浮著阿卓和我。〔註23〕

這首小詩韻律感很強，首行、第四行押「e」韻，第二行、末行押「o」韻，全詩五行，隔行換韻，韻腳幾乎成爲詩歌的骨架，以清晰的元音傳達出清新的韻味，民謠式的詞語對應在極短的篇幅裏竟然隱藏敘事的企圖，詩人有四兩撥千斤的語言功力。

俄國形式主義者將語調用「旋律」一詞來代替，認爲旋律指「較高聲調和較低聲調的一定交替。更確切地說，是揚音和抑音的替換。」〔註24〕雖然理論家強調了它與音樂旋律的不同，但韋勒克還是認爲「旋律」一詞易引起誤解，應棄置不用。在漢語中有專門的對於音節高低升降變化進行界定的術語——聲調，這種音高構成漢語詩歌節奏的另一重要基礎。因而我們用音高及聲調來取代「旋律」一詞。詩人對語調的敏感在於他進行詩歌創作時的一種「節奏性衝動」，詩人會在挑選詞彙時無意識地進行節奏上的調節，組織詩歌的節拍。在藏族詩人看來，漢語是極富音樂性的，因此他們對字音的選擇有自己的敏感。如果從語言發展的歷史來看，這份敏感還來自於兩種語言的古代親緣關係。現代漢語言學的奠基人高本漢就認爲：「藏語和泰語都同漢語有親屬關係」，他舉例說「『三』這個詞在藏語中是 gsum，在現代北京話中是 san，二者之間簡直毫無相似之處，可是我們一旦能證明『三』在上古漢語中讀 səm，那就能相當清楚地看出它近似於藏語的 gsum。」〔註25〕除了語言敏感，這一論斷爲藏族詩人在漢語詩歌的韻律選擇上增加了語言學的證據。如索寶的《雪域情緒》中的幾句：

雪域無疆界

｜｜—　—｜

大雪紛紛飄落覆蓋千古歲月

｜｜—　—　｜｜｜　｜｜｜

雅隆部落青燈不滅

｜—｜｜　—　—　—｜

〔註23〕札西才讓：《到卓莊去找阿卓》〔A〕，札西才讓：《七扇門》〔M〕，北京：大眾文藝出版社，2010年，第53頁。

〔註24〕〔俄〕維克托·日爾蒙斯基：《詩的旋律構造》〔A〕，維克托·什克洛夫斯基、方珊等：《俄國形式主義文論選》〔C〕，北京：三聯書店，1989年，第307頁。

〔註25〕〔瑞典〕高本漢、聶鴻飛：《漢語的本質和歷史》〔M〕，北京：商務印書館，2010年，第34頁。

慢慢點燃三石竈的煙火

｜｜｜－－－｜－－｜

雪山下芳草青青

｜－｜－｜－－

繁衍祖先的妙蓮形大地上

－－｜－｜－－｜｜｜

有憂鬱的哲人

｜－｜－－·－

默默站立如瘦長臉的山羊

｜｜｜｜－｜－｜－－

……〔註26〕

　　我們用「－」「｜」分別標識平聲（弱音）和仄聲（強音），就會看到藏族詩人在選擇字音時，有意識地選擇了平仄的強弱搭配，形成了語調的錯落有致，雖然這種錯落已不再嚴格遵照傳統音律，但傳統聲律對韻律和諧的要求仍被重視和運用。詩人們還會以平仄聲的強弱來傳達情緒。這首詩從意義上看，帶有濃鬱的歷史感，顯得肅穆莊嚴，因而詩人也多選擇仄聲開頭，使每一句詩在開頭形成音高的強度，以此來製造音韻上的效果，傳達詩意。

　　晚生代詩人洛嘉才讓詩風多變，追求詩歌表現力的多樣化。他的組詩《塔爾寺：破碎的意象》由四首短詩組成，詩人擅長抓住瞬間感受，組成短詩中一個個富有表現力的瞬間：

陽光翻動著經書。

－－－｜－－－

小僧坐在石階上

｜－｜｜－－｜

一遍一遍地擦拭著銅燈。

－｜－｜－－｜－－

斑駁的積雪正悄然融化〔註27〕

－－－－｜｜｜－－｜

〔註26〕索寶：《雪域情緒》〔A〕，索寶：《雪域情》〔M〕，北京：民族出版社，1989年，第13頁。

〔註27〕洛嘉才讓：《塔爾寺：破碎的意象》〔J〕，安多魂，2010年3月，第95～96頁。

　　這是組詩中的第一首，短短四行，僅一行以仄聲開頭，其他三行均爲平聲開頭，弱音開始的詩句給全詩營造了一種清淡、悠遠的氛圍，詩句平仄搭配，但以平聲居多，這種輕柔的音高與冬日暖陽、小僧獨坐、積雪消融同構成一個金黃、絳紅、雪白的空靈畫面，空山梵唄，悠然傳來，可見詩人選擇字音的用心所在。組詩第二首也是如此：

八塔肅穆。一群遊人嘰嘰喳喳

—｜｜｜｜｜　— — — — —

一位老僧眯眼看一隻

—｜｜— —｜｜｜—

麻雀，落在

—｜｜｜

失去枝葉的樹上

—｜—｜—｜—

開始打理漫長的冬季〔註28〕

—｜—｜｜—　— —｜

　　爲了配合「八塔肅穆」的感覺，全詩以平聲開頭，平聲與仄聲搭配協調，弱音像絮語似的在耳畔輕聲回響，遊人製造的聲響似乎也被高原冬日午後的寂靜稀釋，變成一串聲響的背景。唯有老僧與麻雀的靜謐畫面成爲這座廟宇空前的絕響。聲調韻律的諧和映襯出詩歌畫面聲響的諧和、人與物的協調，繼而形成宗教感與生命感的和諧，詩的隱含意義從韻律感中流淌出來。

　　這些詩歌短章的音組構成、韻律及聲調搭配在「短歌」的形制裏形成相應的節奏效果，明快、清麗、悠揚，成爲藏族詩人漢語詩歌音韻協暢的一種面貌。

二、「長風浩蕩」的長句律動

　　由於宗教因素，藏民族形成了善於思辨追問的思維方式。出於對外部世界做出解釋與判斷的需要，文學不可避免具有了價值判斷的功能。這些非文學的因素卻對詩人、作家的創作產生著巨大的影響。這種思辨式的創作理念反映在詩歌創作上，就是大量說理式、重邏輯的長句的出現。長句出現帶來

〔註28〕洛嘉才讓：《塔爾寺：破碎的意象》〔J〕，安多魂，2010年3月，第95～96頁。

的節奏又完全是另一種節奏效果，音組連綿而音頓錯落，整個長句讀來如「長風浩蕩」般席卷而來，在音韻與節奏上形成蕩氣迴腸的旋律美感。從聲律與句型選擇角度看，我們往往關注平仄在字詞層面的強弱搭配，但字詞連成詩句時，詩人仍舊在以音高輕重的原則在進行斟酌，仍舊在以搭配和諧的原則在選擇句型。俄國形式主義理論家 B・M・埃亨巴烏姆認爲詩歌的語調與普通口語的語調有很大區別，根據語調劃分原則可以將詩歌分爲三類：朗誦型、音韻鏗鏘型和會話型〔註 29〕，這前兩種詩歌類型的劃分就與「長風浩蕩」式的長句詩的音韻搭配有很大關係。

　　新生代詩人賀中擅作長句，他的詩歌可以看作是朗誦型的詩歌，長句帶來的多音組構成音韻上抑揚頓挫的錯落音頓。他的《西藏：聖地十四行》是這種長句詩中的一個典型詩作：

　　　　唱歌的─女孩，被─青草的汁液充溢，─無助的表情─驚豔的美麗

　　　　黑色的群馬─馳奔而來，懷抱紫花的─明亮人兒

　　　　剛好走出─眾星的懷抱，手搖─檀木的經輪，口誦─寶石的言辭

　　　　扶起─跌倒的小男孩，吹響了─絃歌一樣的─黃昏

　　　　絃歌一樣的─鉛雲，籠罩─神山的─鉛雲啊

　　　　湖鷗掠過的─午後，在高高的─山頂，低首輕語的─是誰呀！

　　　　唱歌的女孩─走上了道路──讚頌─超凡的美麗，讚頌─人間的高貴

　　　　被─汁液充溢的─人兒，懷抱紫花的─明亮人兒

　　　　孔雀的翎翼─在響，蓮花的枝葉─在響

　　　　你不斷走動的─鑽石和環佩─叮咚──身旁的水─也在叮咚

　　　　悵然的─凝望，若失的─風情，路線的─一根精脈

　　　　我們─生活中─熊熊燃燒的─氣勢，你的孩子們─向著─夢想的街區

　　　　向著─乾涸的池塘邊的─白楊，向著─瘋了的─母親，向著─遠方的舅舅

〔註 29〕　〔俄〕維克托・日爾蒙斯基：《詩的旋律構造》〔A〕，維克托・什克洛夫斯基、方珊：《俄國形式主義文論選》〔C〕，北京：三聯書店，1989 年，第 312 頁。

　　　　唱著—懷抱紫花的—明亮人兒：她—是他們的—真實大地〔註30〕

　　詩歌雖然冠以「聖地十四行」，但實際上從詩歌的句法上看，全詩無分節，
與十四行體關係不大，只是句法上的十四行而已。這首詩共 79 個字組，其中
多爲二字組和五字組，各有 26 個，比較有趣的是，二字組往往和五字組、三
字組及四字組分別組合，例如：「手搖—檀木的經輪」、「向著—瘋了的—母
親」、「在高高的—山頂」，這些二字組與三、四、五字組的組合，構成了詩歌
重複的節奏韻致，因此詩歌雖然多爲長句，音頓也較爲頻繁，但迴環往復的
節奏感卻仍舊存在，並未因長句的影響而變得散文化，從而失去節奏感，節
奏的協暢感仍十分強烈。

　　另一位安多詩人道幃多吉也很偏愛長句音韻鏗鏘的節奏效果，他的《聖
地之歌》正是這種朗誦型的長句式詩歌：

　　　　歷史：一部行動的情史

　　　　一次悲壯的生命宣言

　　　　雪域：雪和鷹的空間一聲壯烈的悠悠緯歌

　　　　高原自誕生起潛流豪放和意志的生命

　　　　崇拜太陽的部落在恐龍的骨骼裏

　　　　選擇了星球的最高點

　　　　從神猴的岩洞中牽著如山般的犛牛

　　　　馱負自由和神的家園流浪於孤獨的曠野

　　　　雄居於雍布拉康的古格贊普及其輝煌的吐蕃王朝

　　　　便在黑色的帳篷中降生

　　　　一群羊，一把青稞延續了雪的故鄉

　　　　雪域：山峰般的頭顱和冰塔般的雙手

　　　　完成了太陽和精神的聖殿——布達拉宮

　　　　彌滿天地的六字真言

　　　　不僅是輝煌的信仰

　　　　是一面千古不熄的情感旗幟

　　　　……〔註31〕

〔註30〕賀中：《西藏：聖地十四行》〔A〕，顧建平：《聆聽西藏——以詩歌的方式》〔Z〕，
　　　　昆明：雲南人民出版社，1999 年，第 268 頁。

〔註31〕道幃多吉：《聖地之歌》〔A〕，道幃多吉：《聖地：誕生》〔M〕，香港：香港天
　　　　馬圖書有限公司，1994 年，第 35 頁。

　　道幃多吉的抒情資源來自足下這片雪域大地，不止安多。因爲他在康區的豐富遊歷，所以對他而言，康區是他又一個家，而聖地自然是他精神家園中最重要的風景。作爲那個時代開始高張民族意識的一代人，這種不加審視的讚歌成爲一個階段的代表性詩作，這種讚詠的詩歌自然要配合高亢、激越的節奏和鏗鏘的音韻，長句詩歌帶來的「長風浩蕩」的音韻效果強化了這種歌詠與禮讚的表現力。

　　所謂朗誦型和音韻鏗鏘型的詩歌，實際上在選擇句型時，會以長句、疑問句等來表現，最重要的是句子在聲調上音強與音弱的搭配。另一位新生代詩人多傑群增的《藏民》開頭就體現了音韻鏗鏘的效果：

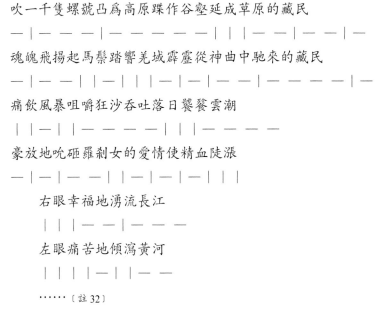

吹一千隻螺號凸爲高原蹀作谷壑延成草原的藏民

— | — — | | — | | | | — — — | —

魂魄飛揚起馬鬃踏響羌域霹靂從神曲中馳來的藏民

— | — — — | — | | | | — — | — — — | —

痛飲風暴咀嚼狂沙吞吐落日饕餮雲潮

| | — — | | — — | | — | — — —

豪放地吮砸羅刹女的愛情使精血陡漲

— | — — — | | — — | — | — | | |

右眼幸福地湧流長江

| | | — — | — — —

左眼痛苦地傾瀉黃河

| | | | — | — — —

……〔註32〕

　　這首詩平仄錯落，長句越發使這種錯落凸現出來，構成節奏上的鏗鏘力度，與詩歌內涵形成有效的互補。尤其開始一句連用四個動賓結構的短語，卻不做停頓，以「吹」、「凸」、「蹀」、「延」一氣排列，形成整首詩節奏力度的基調。多傑群增另一首詩也運用長句一氣呵成，形成粗獷、富於表現力的語調：

洞穿重圍洞穿五千年冰川世紀砰然躍下最後一塊領地
是急逼的意欲是生命的角力斫於苦難歲月屈曲的背脊

〔註32〕多傑群增：《藏民》〔A〕，才旺瑙乳、旺秀才丹：《藏族當代詩人詩選》〔Z〕，
　　　　西寧：青海人民出版社，1997年，第141頁。

雅魯藏布

……〔註33〕

詩歌《雅魯藏布》的首節就以兩行23字的長句撲面而來，使長句如激流湧來，而藏語音譯「雅魯藏布」卻如語氣詞一般，有意製造了短暫的音頓，順口易讀。長句之後的「雅魯藏布」是語言激流湧瀉到緩灘的釋放，對於習慣於藏語的詩人，這裡的「雅魯藏布」並非僅僅出於點題的需要，還是語調、節奏的需要。長句的激流與節奏的瞬間舒緩，形成激越與舒緩的音韻搭配，協調而富於音韻效果。女詩人梅卓的《這段人生》中有這樣的詩句：

……

多少困難日子—都已度過。

多少無奈記憶—正在走遠。

生命的曠野—仍是我—不能瞭解的世界。唯一的候鳥—離去，舍下—一籠經卷。

在—旌幡獵獵，在—桑煙煨動，在—香火繚繞魂魄，在—聖靈來臨時候，我—拜伏土地。

我—誦！

我—拓展生命—來完美地微笑！

……〔註34〕

詩歌頭兩行節奏勻齊，但接下來的詩行字數很多，一行多達28字、29字，音頓也多達七頓、十頓，這種遠遠超出人們對詩歌音組與音頓固有的心理期待的數字，在藏族詩人那裡卻是十分常見的詩句排列方式。這種長句是詩人有意識製造的節奏，希冀以這種多音組與多音頓形成充滿緊張感但又協調順暢的節奏。

這種長風浩蕩式的長句詩歌，在上世紀八十年代後中後期及九十年代初期的藏族詩人的漢語詩作中比較常見，這種長句詩所具有的音組特點及音頓效果，帶來的節奏韻律與那個時代的開放變化、民族意識的高揚有一定關係，也形成了特殊的協暢節奏。

〔註33〕多傑群增：《雅魯藏布》〔A〕，才旺瑙乳、旺秀才丹：《藏族當代詩人詩選》〔Z〕，西寧：青海人民出版社，1997年，第143頁。

〔註34〕梅卓：《這段人生》〔A〕，梅卓：《梅卓散文詩選》〔M〕，貴陽：貴州人民出版社，1998年，第99頁。

三、「反覆重疊」的韻律動感

反覆是口傳文化的一個重要的深層、內在的機制。博厄斯在《原始藝術》中就有清晰的闡釋，他認為：「多種藝術品的形式因素與製造工序密切相關，有時同工匠的生理現象也有聯繫；還有的體現了製造者的某種感情色彩，而這些形式因素即是裝飾藝術的基礎。由此可以做出結論：人們對於形式美的興趣是最基本的，也是最重要的」〔註35〕。根據這一論斷，博厄斯從北美洲地區的藝術，尤其是繪畫、造型、裝飾藝術的形式、象徵意味、風格入手加以探討，結合文學、音樂和舞蹈，發現並分析了圖形中的反覆、音樂節奏中的反覆、詩歌歌謠的反覆及舞蹈動作的反覆，並提出「反覆」是符合原始藝術思維特徵的一種藝術表現方式。可見，反覆是口傳文化及文學受原始文化影響很深的一個反映，各種形式的反覆既符合原始藝術思維的特徵，也符合民間文學口頭傳承和審美的需要。正是這種機制使反覆從藝術手段層面上昇為審美意識、理念層面，使今天的書面文學作品也十分強調運用反覆這種修辭手段。藏族口傳文學傳統的強大，詩歌藝術在傳承過程中對音韻內在追求的驅動力，使藏族詩人格外偏愛「反覆」這一體現韻律動感的手段。反覆的形式幾乎存在於所有口傳文學作品中，祝贊詞、情歌、諺語、兒歌等都是這種「反覆」形制的有效載體。這裡的「反覆」包括音組、音韻的重複及重疊。

阿來的長詩《三十周歲時漫遊若爾蓋大草原》隨處可以採擷到這種詩句：

5

我的情侶！

你是那鬃毛美麗的紅色牝馬

我的情侶！

你是湖水中央那團雲朵的蔭涼

我的情侶！

你是動蕩不停的風

如此遠離而又接近

草原與我心房的中央

6

跋涉於奇異花木的故土

〔註35〕〔美〕弗朗茲・博厄斯、金輝：《原始藝術》〔M〕，上海：上海文藝出版社，1989年，第56頁。

醇香牛奶與麥酒的故土

純淨白雪與寶石的故土

舌頭上失落言辭

眼睛誕生敬畏，誕生沉默

8

你的手臂閃爍黃金的光芒

夢想的光芒

歌謠及傳說的光芒

流水的光芒〔註36〕

從這些詩句看，似乎詩人不運用「反覆」的音韻修辭，就無法更好地表達激越的情感。另一個詩人吉米平階的《游牧》一詩也有這樣的詩行：

水草豐美的草地在遠方

滋養牛群的鹽湖在遠方

抵禦冬天的帳篷在遠方

撩撥情欲的女人在遠方

這裡只有雲在地上的影子

這裡只有山在深谷的影子

這裡只有鷹倏然掠過的影子

這裡只有牧人自己的影子

……〔註37〕

今天看來，現代詩歌經歷了各方面的變革之後，音韻上的這種反覆似乎已經是傳統詩歌的表現方式，但我們說在必要的地方，這種藝術修辭仍然能發揮它在音韻上的魅力，具有獨特的效果，尤其當這種方式是一種民族音韻感受方式的有效承載時，它在這一方面就同樣有意義。洛嘉才讓的《倒淌河上的風》就屬於運用強有力的反覆來呈現激越情緒的代表詩作：

這風。這深入骨髓的風。這遠離修辭格的風。這遠古的風。

這起自青海湖上的風。這來自天上的風。這帶著鹽的風。

〔註36〕阿來：《三十周歲時漫遊若爾蓋大草原》〔A〕，才旺瑙乳、旺秀才丹：《藏族當代詩人詩選》〔Z〕，西寧：青海人民出版社，1997 年，第 72～75 頁。

〔註37〕吉米平階：《游牧》〔A〕，才旺瑙乳、旺秀才丹：《藏族當代詩人詩選》〔Z〕，西寧：青海人民出版社，1997 年，第 106～107 頁。

這令許多人望而卻步的風。這讓肺部經受考驗的風。

這沒有顏色的風。這水一樣冰冷的風。這帶雪的風。這摧殘油菜花的風。

這催開格桑花心扉的風。這在貧瘠的土地上催熟青稞莊稼的風。這沾著露珠的風。

這拷打臉頰的風。這在刺骨的冰面上裸奔的風。這在牧人的皺紋中爬行的風。

這砥礪肉體的風。這扼住太陽咽喉的風。這在荒蕪的草地上夜夜吟唱的風。

……

這以後也會帶走我的風。這吹在我兒子臉上的風。這一直就這樣刮下去的風。

這古往今來的風。這南來北往的風。這沒有開始也沒有結尾的風。

這吹向未來和未來的未來的風。

這風。這風,這風……〔註38〕

整首詩從句法上使用整齊的陳述句式,不斷反覆,在韻律上使用頭韻,以這種方式形成了詩歌鏗鏘的力度。若要細微地從詩歌內部進入,則會感受到整齊反覆的陳述句式恰似一道道阻止強勁的情緒之「風」的高牆,即使如此,情緒之流仍舊奔突湧動,以不可阻遏之勢傾瀉而來,恰似倒淌河兩側山谷一路裏挾而來的風。詩歌從詩行排列上模擬了強烈疾風的侵襲,從語調上以一個個長句模擬了風暴的速度,情緒的強流在這番侵襲中一瀉千里,達到情緒宣泄的強度。

漢語詩歌對音韻的講究主要集中於韻腳,但少數民族多有押頭韻之說,蒙古族、藏族的口傳文學就很突出。也許是這種傳統的潛移默化,當代藏族詩人多有押頭韻之作,並且表現為頭韻的反覆。這種頭韻體現出的「頭語重疊」與「首詞一致」在俄國形式主義理論家那裡被稱為「聯結」,被認為是一種有效的用韻。當然,這種方式在句法上屬於反覆和排比,二者有較為一致的地方。洛嘉才讓的《我喜歡大地上落葉紛飛》也是比較典型的例子,詩歌共5節32行,所有詩行均以「喜歡」開頭,如:

〔註38〕洛嘉才讓:《倒淌河上的風》〔J〕,青海湖,2010年3月,第93～94頁。

　　喜歡落葉飛天的繽紛

　　喜歡落葉披上黃金的盔甲

　　喜歡落葉鋪滿堅硬的路面

　　喜歡落葉蓋住灰色的樓頂

　　喜歡積雪在落葉上慢慢融化

　　喜歡在落葉上收藏溫暖的詞語

　　⋯⋯〔註39〕

　　這種頭韻的使用能夠製造詩句的陣仗，在劃一的韻律中體現變化。似乎藏族詩人都比較偏愛這種頭韻，阿信在《風》這首詩中每句以「風」開頭，如開頭兩節：

　　風遇見一座森林

　　風繞過它，森林留在原地

　　風遇見一座草原

　　風穿過它，草原留在遠處

　　風遇見一座寺院，一座磨房，一座窄窄的木橋

　　風經過它們，但不能帶走它們

　　風遇見我，它已經不再客氣

　　它把我帶走，留下一具軀殼〔註40〕

　　這本是一首象徵意味很濃的詩歌，但這種押頭韻的方式也會使讀者在分析其內涵的同時欣賞這種韻律帶來的音響效果。這種押頭韻的方式形成了漢語詩歌特殊的韻律美感。

　　反覆的音韻還有一種特殊的表現形式是疊聲。疊聲是藏族傳統詩學中非常鮮明的一個音韻特徵，《詩鏡》中以很大的篇幅舉例闡釋了各種疊聲的情況，強調疊聲的「混合類別無計其數」〔註41〕，並提出特殊的音韻排列方式。疊聲可出現在音步的頭、腹、尾部，有不間隔、間隔、二者兼有的疊聲，有

〔註39〕洛嘉才讓：《我喜歡大地上落葉紛飛》〔N〕，青海日報，2010－12－17，第10頁。

〔註40〕阿信：《風》〔A〕，阿信：《阿信的詩》〔M〕，烏魯木齊：新疆美術攝影出版社，2008年，第17頁。

〔註41〕檀丁：《詩鏡》〔A〕，黃寶生：《梵語詩學論著匯編》〔Z〕（上冊），北京：崑崙出版社，2008年，第203頁。

雙音步疊聲、單音步疊聲，有重複數次的疊聲、達到四個音步即頂點的疊聲（也叫大疊聲），以及逆向疊聲等修辭方式，組合方式很多。由這些理論來看，疊聲對音韻的修辭效果具有非常強烈的表現力。它在藏族古典詩歌創作中十分重要，甚至是一種非常嚴苛的修辭方式，強調以聲音的特殊個性和音質的固有差別形成詩歌的音樂性和節奏性，形成相對和諧、順暢的音韻效果。進入現代自由體詩歌的創作之後，詩人們已不再執著於如此嚴格的韻律修辭，音韻的領域變得更為寬鬆，這也體現在創作漢語詩歌的藏族詩人身上。然而，疊聲不僅是書面文學創作的音韻特點，也是藏民族口傳文化的一個特徵。在民間文學中，疊聲比比皆是，即使是在人們的日常口語中，疊聲的運用也十分豐富。因此，深藏於藏族詩人無意識中的母語詩歌韻律還是會帶來一些影響，詩人會潛移默化地受到這種音韻修辭的影響，加之漢語固有的音樂性，形成漢語詩歌對音韻協暢的追求。詩人尖·梅達有一首詩歌《布哈河的日夜》是典型的疊聲之作：

> 布哈河黑沉沉地流淌
>
> 布哈河灰濛濛地流淌
>
> 布哈河藍幽幽地流淌
>
> 布哈河白晃晃地流淌
>
> 整日整夜
>
> 布哈河妖豔地
>
> 毫無主義地
>
> 半枯半澇地流淌〔註42〕

這首詩由另一位藏族詩人洛嘉才讓翻譯，這一次翻譯顯然是一次漢語的再創造。譯者抓住了此詩最重要的音韻表達方式——疊聲，這裡的疊聲不僅出於音律的需要，而且出於意義的需要。「黑沉沉」、「灰濛濛」、「藍幽幽」、「白晃晃」不僅是布哈河不同時段的河水色彩，疊聲的運用還引發讀者有關河水流淌的聲響的想像，疊聲韻律的動感，以及由此帶來的協暢的音響感和富於色彩的畫面感結合在一起，最終完成了詩歌的意義傳達。

〔註42〕尖·梅達：《布哈河的日夜》〔A〕，尖·梅達、洛嘉才讓：《尖·梅達的詩》〔Z〕，北京：作家出版社，2012年，第124頁。

小結

　　總的看來，當代藏族漢語詩歌在它發展的最初階段，還呈現出母語詩律的深厚影響，這在第一代詩人身上體現得尤為分明。伊丹才讓、饒階巴桑、格桑多傑、丹眞貢布的詩歌體現出韻律和諧、音節整齊、節奏分明的音韻特徵。特別是伊丹才讓，他深刻體味了《詩鏡》傳統對於詩歌抒情在韻律上的反映，結合自己的詩歌風格，創造出了韻律獨特的七行詩，體現了這一代詩人的韻律意識。正如李鴻然所評價的那樣：「由於文化屏障的隔離和其他因素，伊丹才讓其人其詩並未引起主流詩壇的充分注意」〔註43〕，通過對其七行詩的內部結構的探索，我們發現伊丹才讓的七行詩與藏族傳統詩學韻律，與藏族民間文學的表達方式有著密切的親緣關係，這種詩歌寫作自有其獨特的魅力，印刻著獨屬於伊丹才讓這位激情詩人的性格烙印。除卻這種對韻律的著意創造，當代藏族詩歌，尤其是新時期以來的一些詩歌仍舊表現出對韻律感的呈現。藏族古典詩律學十分重視韻律協調，不合韻律是十大「詩病」之一。藏族古典詩歌韻律體現在作家文學和口傳文學之中，這種韻律感潛移默化地影響了新生代、晚生代兩代詩人，對他們的韻律選擇具有很大影響。伴隨自由體詩歌的發展，韻律自由化似乎成為發展的必然，加之漢語詩歌所受到的社會發展、時代背景、詩學發展等因素的影響，這種古典詩學的韻律要求在新時期以來的藏族漢語詩歌中更多地呈現為一種對律動協暢的追求。這種律動協暢的表現在這些詩歌中具有鮮明的母語文化思維的個性色彩，明快、清麗的「短歌」形制、「長風浩蕩」的長句律動、「反覆」這一深藏於民族民間文化中的藝術形式在詩歌韻律上的再現，構成這種詩歌韻律協暢追求的三種個性特徵。

　　這種音韻勻齊的要求，在漢族古典詩歌創作中也是一個重要的創作規律。中國古典漢語詩歌注重格律嚴整，進入白話新詩階段，「新詩獨獨地接受了這一宗遺產，足見中國詩還在需要韻」〔註44〕，如同朱自清所判斷的那樣，音韻成為漢語詩歌集中意義、強調感情的重要手段。但是藏族詩人的漢語詩歌韻律與漢族詩人詩歌相比較，似乎受到母語詩學及民間口傳文學更深廣的影響：受到佛偈與格言詩體等影響的「短歌」形制，並不像現代新詩發展歷

〔註43〕　李鴻然：《中國當代少數民族文學史論》〔M〕（上卷），昆明：雲南教育出版社，2004 年，第 459 頁。
〔註44〕　朱自清：《新詩雜話》〔M〕，桂林：廣西師範大學出版社，2004 年，第 77 頁。

程中的「小詩」那樣僅僅流行一時，而是一個貫穿於整個當代藏族漢語詩歌發展過程中的重要詩歌現象；「長風浩蕩」式的長句詩歌也並非個別現象，而是藏族詩人一種特別的韻律表達方式；「反覆」的音韻從民歌到今天的藏族詩壇，都是強調感情的必要手段。母語詩律學蘊含深厚，這種影響潛在而深遠，絕非外在所見那麼簡單。

具體來看，如果追溯藏族民間詩歌的產生，最早可以追溯到吐蕃時期。今天我們所能看到的敦煌古藏文文獻中，就有包括卜辭、諺語、格言、唱詞、謎語在內的一批民間文學作品，這些作品在體裁上都十分接近詩歌，一般都為韻文體，十分講究韻律。拿卜辭來說，藏學專家周煒就認為「卜辭屬於藏族民間文學中較早的詩歌作品，文中雖然只是巫卜之流用以占卜吉凶禍福的唱詞，但在一定程度上表現了對自然及人自身的種種感受。特別是在韻律方面，簡潔整齊，並且對後世的民歌有很大影響。」〔註45〕除了韻律「簡潔整齊」，卜辭的形式短小，與諺語、格言等相似，以其短小精鍊流傳後世。從吐蕃文獻中的短篇格言諺語集《松巴母親的語錄》，到今天還口耳相傳於民眾口中的鞭闢入裏的格言諺語，都以形制短小，音韻協調為基本特點。例如藏族民諺就有概括形象，形制短小的特點：「京華皇都不安定，乞丐臥地不安穩。」「英雄生長在窮苦人中，利器藏在破刀鞘中。」「與其想著壞心念嘛尼，不如心懷良善曬太陽。」「食物經人之手變少，話語經人之口變多。」「形體有大小之分，生命卻無大小之別」等等內涵深刻的諺語同時是短小的詩歌。格言更是如此。藏族經典《大藏經》《丹珠爾》中的「修身部」收集了印度的七部格言詩，這些格言詩的翻譯歷經不同時代，但格律特徵較為一致，「藏譯文都以每句七個音節，四句為一首的格律為主要形式」〔註46〕，是一種短小的格律詩歌體式。追溯這個源頭，我們會發現當代藏族漢語詩歌的韻律追求具有非常豐富的積累，韻律感不僅存在於書面經典，更重要的是至今仍舊存活於人們的口耳相傳之中，成為藏族人日常生活中非常重要的音韻體驗之一。就以情歌拉伊來說，藏區不僅有專門的「六月歌會」進行集體的情歌對唱活動，而且幾乎在所有的民俗活動中都可以增加情歌對唱的環節。而情歌拉伊的形

〔註45〕周煒：《西藏文化的個性：關於藏族文學藝術的再思考》〔M〕，北京：中國藏學出版社，1997年，第225頁。

〔註46〕中央民族學院《藏族文學史》編寫組：《藏族文學史》〔M〕，成都：四川民族出版社，1985年，第272頁。

式就是典型的協調、順暢的韻律形式，並且形制短小。拉伊的基本形式是三段體，每段少則四句、多則十數句。六、八、九句的較爲普遍。段與段之間相應的句子在意思、用詞、節奏、停頓上有一種對稱的關係。拉伊有六言、七言等，一般每首拉伊的音節數相等。當然，也有音節參差錯落的情況。由於音節多少各異，因此音頓的節奏也不完全一致，但多數爲三個音頓。按照其內容，可分爲初識歌、結交歌、讚美歌、迷戀歌、相思歌、起誓歌等等。以結交歌爲例：「鏡子般的草原，小馬駒可以跑嗎？寶瓶般的山崗，大鵬鳥可以落嗎？鮮花般的姑娘，願和小夥子結交嗎？」這種比興式的歌謠唱詞是很注重韻律感的。藏族人就在這樣的口傳文化環境中成長，幾乎每一個人都會哼唱幾首拉伊的旋律。對詩人來說，對這種韻律感的深刻記憶使其韻律追求已經內化爲一種無意識行爲，這與漢語詩歌韻律傳統發展的環境有很大不同。同樣是對韻律協暢的追求，但對於藏族詩人來說，由於韻律傳統的豐富與強大，最重要的是韻律傳統在口傳文化中的活形態存在，使得藏族詩人的韻律追求成爲一種慣性使然的行爲。

　　短歌形制是如此，長句詩歌的律動追求也是如此。我們在前文分析「長風浩蕩」的長句律動時所分析的詩歌是可以按照俄國形式主義理論家 B・M・埃亨巴烏姆根據語調劃分的朗誦型和音韻鏗鏘型來歸類的。這種朗誦型、音韻鏗鏘的特點在藏族民間長歌中表現得比較分明。《藏族文學史》中，將甘、青藏族地區廣泛流傳著的「一些歌唱青稞、馬、羊以及讚美地方、傳授處世經驗等的長篇詩歌」以「長歌名之」〔註 47〕。當代藏族詩人漢語詩歌的長句律動之「長」體現在句式，民間長歌之「長」體現在篇幅，二者有所不同。但二者在音韻鏗鏘、適於朗誦方面非常相似。民間長歌包括祝詞、贊詞、折嘎頌詞等。祝詞和贊詞內容十分廣泛，蘊涵豐富。祝詞主要是獻給神靈、祖先的頌歌，或長輩對晚輩的祝願，是一種美好情感的流露；贊詞主要是讚美和本民族生活息息相關的景物、器物、禮品、牲畜等，多稱頌其用途、特點及功能。祝詞和贊詞常常在同一場合同時被運用，往往又被合稱爲祝贊詞。祝贊詞多在儀禮、節慶之際由專人吟誦，吟誦者可能是德高望重的長輩，也可能是擅長吟誦的藝人。祝贊詞有一定差別，但也常有祝中有贊、贊中有祝的情況。至今，藏族民眾在盛大的婚禮、節慶等盛會上，都會有專人吟誦內

〔註47〕中央民族學院《藏族文學史》編寫組：《藏族文學史》〔M〕，成都：四川民族出版社，1985 年，第 575 頁。

容豐富的祝贊詞，表達美好的祝願，盡情抒發讚美之情。此時，祝贊詞會完美地結合在一起，共同表達人們美好的祝福和喜慶之情。祝贊詞篇幅較長，因爲需要專人現場吟誦，因此，音韻多鏗鏘，韻律和諧。而追究長句律動形成的精神根源，正如前文所述，這種長風浩蕩式的長句詩歌，在上世紀八十年代後中後期及九十年代初期的藏族詩人的漢語詩作中比較常見，長句律動的音組、音頓特點與最終形成的韻律效果，和那一時期詩人詩歌中高揚的民族意識具有內在聯繫，藏族詩人們潛意識裏帶著贊詞的韻律架構來寫作長句詩歌，形成了獨有的韻律協暢的節奏感。因此，「長風浩蕩」式的長句詩歌以其多音組、多音頓的節奏表現方式形成漢語詩歌獨特的一面。

「反覆重疊」的韻律效果是民間詩歌重要的韻律表現方式。漢語古典詩歌傳統有複沓章法，有運用這一規則創作的大量民歌，《詩經·國風》就是運用複沓章法的經典。然而，這一傳統發展到現代新詩階段，「外在的形式的複沓漸減，內在的意義的複沓漸增」〔註48〕，對這一傳統在形式上的運用漸漸減弱，發展到當代詩歌，亦是如此。而在藏族漢語詩歌中，音韻上的反覆重疊還體現得非常鮮明，這與《詩鏡》傳統及民間口傳文學關係密切。藏學專家周煒以「連環結構」來命名西藏民間文學作品的結構形式。他認爲最早出現在歌謠裏的「多段迴環」結構形式是西藏民間文學傳統的審美形式，「這種形式的詩歌格律在藏族民歌中佔有特殊的地位。」〔註49〕具體體現爲一首詩歌各詩節之間意義對應，用詞對仗，並連續迴環重複，形成較爲固定的模式。可見，學者周煒所言「多段迴環」結構就是一種「反覆」的結構形式。這種形式在藏族民間文學中非常豐富。正如前文所論及的那樣，這種反覆有其形成的深層機制。以《格薩爾王傳·貴德分章本》爲例，其中有大段對裝備、武器的贊詞：「妃子珠毛你聽著，你快去開開倉庫門的鎖鑰。拿出我那勝利白額好頭盔，拿出我那世界披風好戰袍。把上邊的灰抖呀抖三下，再抖一下就把妖魔魂抖掉。拿出我那朱砂降魔劍，拿出我那水晶白把刀。抽刀出鞘亮呀亮三下，再亮一下就把妖魔魂嚇掉。拿出我那大鵬展翅好箭袋，拿出我那紅鳥七兄弟好神箭，把箭頭磨呀磨三下，再磨一下就把妖魔魂嚇掉。拿出我那大星放光的擋箭牌，拿出我那彎如牛角的好寶弓，把灰塵抖呀抖三下，再抖

〔註48〕朱自清：《新詩雜話》〔M〕，桂林：廣西師範大學出版社，2004年，第74頁。
〔註49〕周煒：《西藏文化的個性：關於藏族文學藝術的再思考》〔M〕，北京：中國藏學出版社，1997年，第235頁。

一下就把妖魔魂抖掉。從中間的倉庫裏，拿出我那紅絨方墊的好鞍韂，拿出我那光輝燦爛的金鞍子，把灰塵抖呀抖三下，再抖一下就要老妖魂抖掉。」〔註50〕這段贊詞以大段的重複讚美了格薩爾的頭盔、戰袍、劍、刀、箭、箭袋、弓、擋箭牌、鞍韂、馬鞍這些戰時的裝備及武器，在結構及語氣上均有反覆。這種反覆以較強烈的誇張手法使聽眾確定格薩爾所擁有的這些裝備、武器的神奇與珍貴，並確信這些神器所擁有的強大的禦敵力量。這種效果正是藝人通過反覆的形式進行細節鋪排來力圖營造的。由於「反覆」這一形式在韻律上形成的強調感情的效果，藏族詩人在進行漢語詩歌創作時會深受這種口傳文學創作規律的潛在影響，形成諸多運用「反覆」形式創作的詩歌，在音韻形式上與漢語詩歌形成區別。

　　韻律感是詩歌外在的一種標誌，也是它內在的生命狀態。藏族詩人雖然用漢語寫作，但母語的韻律仍給予他深刻的潛在影響，加之漢語特有的音樂感，使藏族詩人的漢語詩歌擁有了一種鮮明的韻律和節奏，並且這種韻律追求呈現出一定的獨特性。在當代詩歌整體韻律感並不十分強烈的這一常態下，藏族漢語詩歌的這種韻律追求獲得了某種特殊性，具有不同的音韻美感，產生了獨有的意義。

〔註50〕王沂暖、華甲：《格薩爾王傳‧貴德分章本》〔Z〕，蘭州：甘肅人民出版社，1981 年，第 50 頁。

第二章　藏族漢語詩歌的表現方式與意象系統

第一節　當代藏族漢語詩歌發展的文化思維背景

　　自進入新時期以來，被學者李鴻然稱之爲「新生代詩人群」的一批藏族漢語詩人出現。以班果、阿來、列美平措、賀中、索寶、桑丹、梅卓爲代表的詩人群在詩歌的抒情特質上汲取了藏民族豐富的抒情傳統，結合現代自由詩的抒情方式，將藏民族生息的這片高大陸作爲謳歌吟詠的觀照對象，像觀想唐卡那樣冥想這片高地上的草原、風、雪山和溪流，將高原淨土所特有的純淨、詩意用詩的語言表達出來。同時，詩人們對這塊土地上的神聖詩性與神性有著切身的體會與感悟，他們總是通過詩歌表達他們對生命、靈魂的本質體驗。作爲親身感受八十年代中國現代化進程的每一個普通人，詩人們一方面感受著這份來自高原的神聖與純淨，一方面又在不斷思索時代巨變中人們心靈的困惑、焦慮與迷茫。相對傳統詩歌的典雅、神聖，新生代詩人們以各種方式尋求著現代詩歌的各種可能，進行詩歌現代性的各種嘗試，形成了這一時期詩歌活躍、駁雜的藝術面貌。

　　其後，藏族詩歌繼續保持著相對活躍的發展狀態，出現了上世紀九十年代中、後期登上詩壇，以札西才讓、阿信、洛嘉才讓、華多太、江洋才讓、曹有云、嘎代才讓、剛傑·索木東、梅薩等詩人爲代表的晚生代詩人群。這一時期的漢語詩人在創作語言上也有所不同，有運用藏漢雙語寫作的詩人，

也有單純運用漢語寫作的詩人。母語詩人和漢語詩人、雙語詩人在這一時期的創作都具有鮮明的個人化、多元化的特點，但是由於所處時代與社會的迅猛變化，晚生代詩人的詩歌寫作還是與這個時代的現代化進程產生著密切的關聯，尤其當傳統、民族化的生存方式遭遇前所未有的挑戰之際，這種關聯就越發呈現出複雜的狀態。出於表現這種複雜狀態的需要，晚生代詩人有意識地在詩歌技藝上追求詩歌的現代性，具有鮮明的現代派風格。

「詩歌產生於某一歷史時刻，而且是用語言寫成的，所以詩歌形式必然與整個文化環境相關」〔註1〕，具體到詩歌的表現方式與意象系統的建立，新生代、晚生代詩人在這兩方面的嘗試表現出與民族想像方式及民族詩學思維的密切聯繫。

伴隨著工業文明的巨大進步、科學技術的飛速發展，人類社會進入現代社會。面對這種文明腳步的加快而催生的文明病，萌生了反思現代文明的浪漫主義。浪漫主義是對現代性的第一次批判。當人類社會在現代化進程中全速發展，科學主義盛行，工具理性當道，戰爭、政治格局等問題導致的社會成為一種異己的力量，個體的異化愈發嚴重，於是，反思理性主義的非理性主義思潮出現。以叔本華、尼采、柏格森等一批哲學家為代表的非理性主義哲學盛行。他們強調意志論，肯定本能、自發、非理性的力量，強調直覺主義，提倡一種體認、領悟實在的方法。尤其是弗洛伊德理論的問世更為非理性主義提供了理論支持，非理性主義思潮引發了文學領域的現代主義文學思潮，對當代文學的影響至深。

現代詩歌的創生與二十世紀的非理性主義思潮形成了合流。除了以非理性對抗理性主義，現代詩人在詩歌創作過程中還保持了另一個非理性的來源，那就是保持人類童年期的原始思維——前邏輯思維的能力與心態，以一種直覺化、非理性化的精神狀態進入寫作。這種思維方式在藏族詩人那裡體現得也十分鮮明，它首先和藏民族自身的信仰有很大關係。在佛教傳入之前的藏地，本土宗教苯教佔據著人們的思想空間，這種宗教具有原始宗教與信仰的特點，即信仰「萬物有靈」，愛德華・泰勒將這種泛靈論納入到文化遺存當中，這顯然是一種進化論思維模式，我們且不論這種模式在今天的可信度有多高，就以這種萬物有靈觀念在今天藏族民眾的頭腦中的存在就可以說明

〔註1〕〔美〕克林斯・布魯克斯、郭乙瑤等：《精緻的甕——詩歌結構研究》〔M〕，上海：世紀出版集團，2008年，第6頁。

這種觀念的深刻影響。苯教信奉的萬物有靈論在表現上反映爲弗雷澤所說的一種交感律，弗雷澤認爲這種交感律所產生的順勢巫術和接觸巫術「純粹是『聯想』的兩種不同的錯誤應用而已。」〔註 2〕這種「聯想」，是一種前邏輯思維，恰恰是文學，尤其是詩歌創作非常重要的一種想像能力。列維・布留爾將這種「爲『原始』思維所特有的支配這些表象的關聯和前關聯的原則叫做『互滲律』」，在互滲律支配下的原始思維，被列維・布留爾稱爲「原邏輯的思維，這與叫它神秘的思維有同等權利」〔註 3〕。由於信仰的原因，現代藏族詩人獲得這種能力相對比較容易，它極大化地催生了詩人的聽覺想像力和視覺想像力，並進行感覺的聯結。其次，藏傳佛教精神也具有這種非理性主義的影響力。美國學者拉・莫阿卡寧通過比較藏傳佛教與榮格心理學，認爲藏傳佛教強調通過內省來發展意識，在發展意識的初級階段「知識和智性的理解力是重要的」，但「它們必須由知覺和直觀來補充」〔註 4〕，在這一點上，榮格也強調「擴大他們（即精神療法的對象）的知覺能力，掙脫個人的意識。這對以理性觀點挫敗和壓抑了生命的精神領域的現代人來說，尤其重要。」〔註 5〕這種知覺和直觀就是精神領域內一種非理性化的認識。因爲藏傳佛教將這種知覺和直觀儀軌化和形象化了，因此非理性的認識相對容易獲得，這在全民信教的藏族民眾那裡，成爲一個普遍的現象。這也潛移默化地影響了藏族現代詩人的想像方式，幫助他們始終保持直覺的敏銳性。因此，新時期以來的一些詩歌所具有的現代詩歌的藝術特質，與藏民族固有的非理性的思維方式形成了內在、有機的聯繫，詩人充分調動這種能力，並將這種感覺能力放大和強化。

如果追蹤人類文學的起源，那麼摹仿的本能可能是一個重要的原因〔註 6〕。人類摹仿的方式和技藝不同，形成風貌各不相同的文學作品，這也是一個想像與虛構的過程。特雷・伊格爾頓在分析「文學是什麼」時，認爲如果

〔註 2〕　〔英〕詹姆斯・喬治・弗雷澤、徐育新等：《金枝》〔M〕（上），北京：大眾文藝出版社，1998 年，第 12～13 頁。

〔註 3〕　〔法〕列維・布留爾、丁由：《原始思維》〔M〕，北京：商務印書館，2010 年，第 69、71 頁。

〔註 4〕　〔美〕拉・莫阿卡寧、江亦麗、羅照輝：《榮格心理學與西藏佛教——東西方精神的對話》〔M〕，北京：商務印書館，1994 年，第 151 頁。

〔註 5〕　同上，第 72 頁，括號內容爲筆者注。

〔註 6〕　〔古希臘〕亞理斯多德、羅念生：《詩學》〔M〕，北京：人民文學出版社，1962 年，第 11 頁。

轉換思維，認爲「文學的可以定義並不在於它的虛構性或『想像性』，而是因爲它以種種特殊方式運用語言」〔註7〕，那麼，文學作爲一種「特殊的語言組織」，一直以來的追求就是調動各種手段，製造文學語言與日常語言的距離，強調文學所具有的突破我們日常經驗的能力，文學所具有的「陌生化」效果。究其根本，藏族詩學潛在的思維程式也呈現爲一種對「陌生化」的追求。藏族詩學理論強調文學語言的規範及文學的修辭。它將文學分爲身體和裝飾。身體即形體、文體，「是傳達願望意義的特殊的詞的組合」〔註8〕。這裡「特殊的詞的組合」以現代理論的眼光看就是文學性，即語言的特殊用法的追求，是一種有別於日常詞彙的「陌生化」效果的追求。《詩鏡》歸納出甜蜜、柔和、高尚、壯麗等「維達巴」風格（南方派），同時總結出豐富、熱烈、誇張等「高德」風格（東方派）。對兩種風格的歸納，也是基於一種「疏離」與「陌生化」效果的追求。舉例來看，南方派的風格之一「清晰」就是追求易於理解，而東方派則追求詞源學中不常見的詞義。同樣一句詩，南方派是：「燦若青蓮的斑點增添月亮之美」，東方派則是：「白光有一顆像不太白的蓮花的斑點」，兩句詩意義相同，只是東方派使用了比較生澀的詞彙，「白光」爲月亮之意，「不太白的蓮花」則指青蓮〔註9〕。這種有意使用生澀詞彙的修辭方式是一種運用文學的語言要素使之更具文學性的修辭，亦即陌生化。《詩鏡》強調要使表達方式產生「味」，認爲俚俗的表達往往不具備「味」，如，「姑娘啊，我愛著你，你怎麼不愛我？」就是無味的表達，但「愛神這個賤民，對我實在無情，美目女郎啊，你多幸運，他對你毫無妒意」一句就隱曲地表達了愛意，被稱爲產生「味」的表達。這種對「詩味」的注重是對日常表達的反撥，是一種「反常化」的要求。《詩鏡》關於「義莊嚴」的理論提出了形成「詩美」的諸多特徵。就拿比喻來說，《詩鏡》中深入分析了32種明喻和21種隱喻的各種用法，在比喻的材料和方法上都追求喻體與本體的奇麗。這體現了朱自清所說的「遠取譬」和「近取譬」的特點，而這個特點在今天看來，也是指文學上「陌生化」的追求。基於這種詩學思維，作家出於文學的不可同化性的目的，往往是在不斷追求著他所屬的那個時代的「陌生化」。

〔註7〕〔英〕特雷·伊格爾頓、伍曉明：《二十世紀西方文學理論》〔M〕，北京：北京大學出版社，2007年，第2頁。

〔註8〕檀丁：《詩鏡》〔M〕，黃寶生：《梵語詩學論著匯編（上冊）》〔Z〕，北京：崑崙出版社，2008年，第154頁。

〔註9〕所舉例證見檀丁：《詩鏡》〔M〕，黃寶生：《梵語詩學論著匯編（上冊）》〔Z〕，北京：崑崙出版社，2008年，第157頁。

新時期以來，藏族詩人在基於萬物有靈信仰的前邏輯思維方式影響下，保持著敏銳的直覺，充分調動自身的想像能力，構建新的表現方式。由於藏族傳統詩學對文學不可同化性，亦即陌生化的潛在思維，藏族詩人調用了各種藝術手段，造成文學與日常經驗的疏離，形成豐富、多義、反常、陌生的美學特質。伴隨時代發展，帶有非理性主義特點的重直覺、前邏輯的民族想像方式與傳統詩學隱含的陌生化思維方式合流，催生了新時期以來藏族詩人大量漢語詩歌的創作。

第二節　藏族漢語詩歌的表現方式
——以新時期以來的詩歌爲例

對於現代詩歌而言，想像力及想像方式具有了新的可能，並且，詩人努力以這種新的可能來實現詩歌的陌生化。胡戈·弗里德里希就認爲：「現代詩歌離棄了傳統意義上的人文主義，離棄了『體驗』（Erlebnis），離棄了柔情，甚至往往離棄了詩人個人的自我。詩人不是作爲私人化的人參與自己的構造物，而是作爲進行詩歌創作的智慧、作爲語言的操作者、作爲藝術家來參與的，這樣的藝術家在任意一個其自身已有意味的材料上驗證著自己的改造力量，也即專制性幻想或者超現實的觀看方式。」〔註 10〕藏族詩人接受的是具有非理性色彩的民族想像方式的影響，在追求不可同化性的詩學思維的引導下，在漢語詩歌中表現了這種陌生化藝術。這種追求與現代詩歌發展實現了一定程度的共振。具體來看，這種陌生化與反常化的藝術追求，這種「專制性幻想或超現實的觀看方式」體現在聯覺、反常性、碎片化等方面。

一、聯覺

聯覺是胡戈所謂「專制性幻想」或「超現實觀看方式」的其中一種。聯覺，在沃倫看來，是指「把兩種或兩種以上的感官的感覺和知覺聯結在一起。較爲通常的是把聽覺和視覺聯結起來」的一種文學技巧、一種隱喻的轉化形式，一種「以具有文學風格的表達方式表現出對生活的抽象的審美態度」〔註

〔註10〕〔德〕胡戈·弗里德里希、李雙志：《現代詩歌的結構》〔M〕，南京：譯林出版社，2010 年，第 3 頁。

〔註11〕〔美〕韋勒克、沃倫、劉象愚等：《文學理論》〔M〕，北京：文化藝術出版社，2010 年，第 82 頁。

11）。聯覺與通感這一修辭方式有重合之處，但聯覺還涵蓋了聽覺、視覺的意象，內涵更為豐富。在藏族詩人的漢語詩歌裏，聯覺不但體現為感覺的聯結，還體現為視覺意象與聽覺想像力，它們共同構成現代漢語詩歌陌生化藝術的手段之一。

（一）感覺聯結

這種感覺的聯結在藏族詩人的詩歌中大量存在，尤其是他們將這種感覺聯結用漢語表達出來時，有時會有特別的效果。

班果的《聽藝人唱〈格薩爾王傳〉》就有這樣體現聯覺的片段：

　　突然，藝人唱罷閉口

　　故事　便被鋸齒一般的牙

　　攔腰斬斷

　　一部世界上最長的史詩

　　於是有壯烈的半部

　　從聲帶的峭壁上，不幸

　　跌落〔註12〕

詩人將說唱藝人戛然而止的瞬間感覺放大了，並且這種感覺是有層次的。首先是形象層面，故事「被鋸齒一樣的牙」斬斷，這種想像還處於相對同質化的狀態；其次是將聽覺轉化為形象的層面，史詩中的半部「從聲帶的峭壁上」跌落，將聲音戛然而止的狀態以形象化的方式展示出來，這種想像將感覺挪移，從聽覺轉化為視覺，這樣異質化的想像狀態體現了詩人高度的想像能力及其敏銳的感受能力。

洛嘉才讓的《聆聽》將各種感覺充分調動集結起來，是感覺聯結的一次集中展示：

　　牧草萋萋，一片夕陽點燃

　　無數火狐

　　此時，聆聽一種風雨

　　是來自岩石的啟示？

　　是來自天空的啟悟？

〔註12〕班果：《聽藝人唱〈格薩爾王傳〉》〔A〕，班果：《雪域》〔M〕，西寧：青海人民出版社，1991年，第9頁。

　　牛羊安詳，拉伊密匝匝

　　瘋長在

　　牧人悠悠人生的河岸

　　河對岸，埋葬著

　　一萬條火狐的哀歌

　　斯人不語。

　　惟有聆聽。

　　聆聽，其實是一種

　　透及靈魂的證悟

　　火狐，火狐

　　哧溜閃進風雨的幕布

　　雨過風靜

　　側耳聆聽

　　人在岸上，生活在路上〔註13〕

　　詩歌開始的「火狐」顯然是夕陽光芒照耀在草原上的動感及光感的形象化表達，這裡擬人化的表達引出「聆聽」這一內涵豐富的姿態。聆聽什麼？「岩石的啓示」？「天空的啓悟」？聆聽亙古的時光在草原的顯現。「拉伊」，安多藏族對情歌的命名，此時聽覺轉化爲視覺，拉伊瘋長，伴隨牧人的一生，因此，可以聆聽亙古，可以聆聽短暫。由情歌而發「一萬條火狐的哀歌」——時光的哀歌。最後，火狐「哧溜閃進風雨的幕布」，夕陽落幕，時間永不落幕，「人在岸上，生活在路上」，詩人將在拉伊中再次生長、再次聆聽時光新一輪的律響。將夕陽擬人化處理，將歌聲視覺化顯現，將抽象具象化再現，這是一個詩人吹響了聯覺的集結號。

（二）視覺意象

　　視覺意象是一種再現性意象，它深入到我們的感覺內部，有時甚至無法清晰地界定它，但詩人往往能夠具備這種能力，並將這種感覺以詩的語言表現出來。

　　以洛嘉才讓的組詩《躁動如初‧一頭豹子》爲例：

〔註13〕洛嘉才讓：《聆聽》〔A〕，洛嘉才讓：《邊緣人》〔Z〕（民刊），西寧：德隆印刷廠，2010年，第64頁。

豹皮在陽光下

一閃

一頭生活中的豹

恰好越過正午的窗櫺〔註14〕

頭兩句與後兩句形成了感覺上的聯結。「豹皮在陽光下／一閃」這種感覺實際上並非實寫，而是正午強光下引發的視覺的聯想：強光刺激形成的瞬間光暈像豹皮似的。緊接著，「一頭生活中的豹／恰好越過正午的窗櫺」一句正是將這種視覺感覺想像化之後的畫面，然而這個畫面又是完全虛擬的：「生活中」的豹子，越過「正午的窗櫺」，詩人將強光刺激形成的光暈在那一瞬間的運動感定格在了這一畫面中，前者與後者都是想像與感覺的結合，這種將正午強光在眼睛中形成的瞬間光暈定格化、形象化的視覺想像，將極其短促的瞬間抽象感覺拉長，變形成具體可見的形象。日常生活中我們很難形容這種感覺，而詩人卻形象化地製造了日常感覺與藝術感覺之間的疏離，強化了我們的感受力。

另外一首詩也體現了這種視覺意象。這種意象與漢字有關。索緒爾認為：「語言既然是音響形象的堆棧，文字就是這些形象的可以捉摸的形式。」〔註15〕尤其是漢字，就是很有趣的圖畫式的表意文字。非粵語區的人們往往無法清楚地知曉粵語文字的含義，而在臺灣人眼裏，簡化字簡直就是受傷的漢字！那麼在母語非漢語的人們眼中，漢字則具有高度的形象性。詩人索木東的《途中，撕碎的幾個漢字》即是如此：

一場微涼的春雨裏

再次遭遇

邂逅，這個有趣的字眼時

地球的另一端

一些炮火，曖昧地詮釋

明目張膽的強姦

和一場隱晦的政治

〔註14〕 洛嘉才讓：《躁動如初》〔A〕，洛嘉才讓：《邊緣人》〔Z〕（民刊），西寧：德隆印刷廠，2010年，第43頁。

〔註15〕 〔瑞士〕費爾迪南·德·索緒爾、高明凱：《普通語言學教程》〔M〕，北京：商務印書館，1980年，第37頁。

　　而我可愛的祖國

　　脆弱的民眾

　　就在不遠處

　　被一包鹽巴

　　輕輕擊倒在地

　　清明，這個被遺忘了出處的日子

　　這個本該和微雨

　　並排而立的節氣

　　此刻，卻無法給你

　　一種能被淋濕的眞實

　　透過那些

　　比表情還要豐富的言語

　　只能在佯裝的冷漠裏

　　看到一個又一個方塊漢字

　　正被撕碎

　　端莊的外衣〔註16〕

　　詩歌寫於 2011 年 4 月日本大地震，核輻射危機之時。詩歌並無深刻的內涵，有趣的是詩人眼中見到「邂逅」二字所引發的視覺想像。「邂逅」本意指偶遇、不期而遇，頗有浪漫意味，加之偏旁「辶」延綿、曲折，能引發偶遇繾綣、纏綿的感覺，然而詩人由這兩個字卻聯想到政治、恐慌，「邂逅」這兩個漢字在形象上繾綣、纏綿的感覺被殘酷的現實代替，詩人有意識地將「邂逅」這個充滿古典意蘊的偶遇，置於兵戎相見的現代政治格局、技術理性的心理恐慌之中，充滿荒謬感。這種由漢字的視覺感受引發的想像，極大地延伸了作爲普通人的感受觸角，並使這種感覺敏銳化了。

（三）聽覺想像力

　　詩歌除了形象，還是可以傾聽的，詩歌是一個動態的存在。艾略特就認爲藝術家比其同時代的人更爲「原始」，他們擁有更強大的感覺能力。由聽覺感受轉化出的想像力也往往更具陌生化效果。

〔註16〕剛傑・索木東：《途中・撕碎的幾個漢字》，〔DB／OL〕http://gsomsdong.tibetcul.
　　　com，2011－04－08。

　　阿來的組詩《三十周歲時漫遊若爾蓋大草原》中有一首《雨水》是通過雨水「叮咚」的聲響，生發出一系列想像：

　　　雨水叮咚

　　　敲打酣睡未醒生物的眼瞼

　　　雷霆擊中緩慢前行的腳踵

　　　陽光如箭，擊中正午的湧泉

　　　天鵝：潔白，優雅，顯現於心湖

　　　彩虹如夢如幻

　　　部落的歷史

　　　家族的歷史

　　　像叢叢鮮花不斷飄香

　　　不斷迷失於不斷縱深的季節

　　　野草成熟的籽實像黃金點點

　　　雨水叮咚

　　　遠方的海洋，馬背一樣鼓蕩

　　　越來越深，愈顯幽藍

　　　珊瑚樹生長，海螺聲宏遠嘹亮〔註17〕

　　詩歌前兩節是描述性的，由雨水的叮咚聲帶來的節奏感催生了「天鵝湖」的情境，這是一處聽覺想像的延伸。最後一節集中對雨水的聲響展開想像：由雨水叮咚的聲響想像到海水跌宕起伏鼓蕩出的海浪轟鳴；由不斷掀起的海浪轟鳴轉向靜謐的海下世界、海水幽藍的色彩帶來安靜神秘的感覺；由安靜神秘轉向「海螺聲宏遠嘹亮」。此小節短短四行，卻在聲音層面跌宕起伏，由響至靜，由靜至響。如果是單單一個聲音響動的想像還顯得藝術上不夠嚴密，最後一句「海螺聲宏遠嘹亮」才是點睛之句。藏傳佛教以白、花海螺為稱讚法器，用於慶典、宗教節日等喜慶法事。此外，也用於講經說法時吹鳴，也叫法螺。右旋法螺為藏族傳統的「八吉祥」之一。因此，海螺在藏族民眾心中不僅是神聖之物，也是吉祥之物。阿來由雨水叮咚始，海螺鳴響止，既是一個聲音形象的演變更迭，詩人聽覺想像力的表現，特殊意象的選擇也是詩

〔註17〕阿來：《三十周歲時漫遊若爾蓋大草原》〔A〕，才旺瑙乳、旺秀才丹：《藏族當代詩人詩選》〔Z〕，西寧：青海人民出版社，1997年，第71頁。

人情緒藉以傳達的載體，在草原上想像海洋，既是雨水叮咚使然，也是草原上寺廟傳出的宏遠螺鳴使然。

二、反常性

　　反常性這一概念是胡戈‧弗里德里希在其《現代詩歌的結構》一書中提出的現代詩歌的結構之一。反常性是現代讀者面對現代詩歌時的一種印象。面對現代詩歌，「現代的文學理論家的一個基本概念就是：驚奇、詫異。誰若想令人吃驚、製造詫異，他就必須使用反常的手法。」〔註18〕這種反常性成為製造文學陌生化的一個重要手段，它包括變異、衝突及晦澀。現代詩歌的變異特徵在波德萊爾筆下多次出現，他認為變異是一種將所感知之物的現實進行分解、變異的手法。這種變異顯然不接受正常現實規範的控制。由變異而生的衝突構成現代詩歌的獨有特徵：費解而迷人。這種「費解而迷人」的並列被稱為「不諧和音」，「它製造的是一種更追求不安而非寧靜的張力。不諧和音的張力是整個現代藝術的目的之一。」〔註19〕現代詩歌的言說方式是追求晦暗、晦澀。因為詩歌無法僅僅傾向於單義性內涵的表達，尤其是現代詩歌，多義性已經成為詩歌現代性的標誌之一，因此，製造多義性的晦澀也就成為現代詩歌的言說方式之一。對於現代藏族詩人來說，詩歌的創作在經過感覺、觀察之後，是以改造的行為方式進入到詩歌創作中。現代詩人會延續與現實有距離的詩學追求，在感覺、體驗與觀察的基礎上，進行對世界的改造。反常性就是現代詩歌陌生化藝術的又一手段，具體體現為變異、衝突及晦澀三種言說方式。

（一）變異

　　變異是針對常態的反撥，是一種針對積極範疇的否定，是一種對現實狀態的消解。這也表現在藏族詩人的漢語詩歌中。以札西才讓《我的寂寞》為例：

> 我的寂寞在幽暗的長廊裏爬行，
> 凝滯的空氣緊裹著它的軀體，
> 直到月出，直到戀人們驚動了古園的精靈。

〔註18〕〔德〕胡戈‧弗里德里希、李雙志：《現代詩歌的結構》〔M〕，南京：譯林出版社，2010年，第4頁。

〔註19〕同上，第1頁。

　　我的寂寞在冰冷的長椅上蜷縮，

　　安靜的秋霜覆蓋了它的軀體，

　　直到日出，直到鳥雀們喚醒了我對早晨的美好回憶。〔註20〕

　　「寂寞」是一種抽象的感覺，詩人將這種難以言說的抽象感覺具象化了，但又沒有具體可感的形象，根據「爬行」、「蜷縮」等詞彙的選用，似乎是將寂寞具象化為蛇這樣一種動物了。這顯然是一種對日常感覺的變異。由於文化的原因，東西方對蛇的理解都有所不同，但有一點是一致的，蛇的文化意蘊並不是肯定向度的，而是否定向度的。在藏文化裏並無對蛇的文化蘊涵的具體認識，如果從信仰來看，蛇與其他爬行類動物同屬於「龍神」信仰（也被寫作「魯神」），它一直被認為是神秘的。札西才讓在此用蛇隱喻自己的寂寞感，將抽象事物具象化，將傳統文學中肯定性的情感以否定性向度來表達，走著一條變異之路，這在讀者那裡很難被同化因而保持了詩歌的不可同化性。

　　洛嘉才讓的《槍口》也是這樣一種對常態的反撥：

　　如一座枯井

　　藏著

　　內心的陰暗

　　黑洞洞的

　　對準縫隙間遲疑的春天

　　晚上，夢到

　　眼睛變成兩個

　　槍眼

　　淌出白色的瓊漿

　　被掏空的身體，汗漬漬地

　　遺棄在衰敗的夜晚

　　枯井一如既往

　　守在路的盡頭〔註21〕

　　這首詩歌反映的顯然是一個夢境的狀態，是典型的超現實主義詩學的表

〔註20〕札西才讓：《我的寂寞》〔A〕，札西才讓：《七扇門》〔M〕，北京：大眾文藝出版社，2010年，第51頁。

〔註21〕洛嘉才讓：《槍口》〔A〕，洛嘉才讓：《邊緣人》〔Z〕（民刊），西寧：德隆印刷廠，2010年，第39頁。

現內容。詩歌傳達出的是隱藏於詩人內心深處的一種恐懼，這種恐懼與不安將詩歌的意象無限放大了，這才有槍口如「枯井」的比喻，詩人內心深處對陰暗、不安的感覺被外化爲槍口、枯井等外物，槍口、枯井都具有強有力的吞噬生命與活力的能力，因而被詩人極力抗拒，卻無能爲力，因爲它總是「守在路的盡頭」，此時，槍口與枯井成爲死亡的象徵。相對於傳統詩歌對肯定性範疇的再現，現代詩歌總是要展示詩人內心深處隱藏得很深的不安和衝突，就像《槍口》所要傳達的對死亡與恐懼的描述。尤其是詩人對死亡用「瓊漿」這樣類似矛盾修辭的手法，使其所要傳達的情緒與感覺更具變異的色彩。

（二）衝突

現代詩歌面對的是日益緊張的現代社會，現代社會人的發展無不處在種種張力之中，人在巨大的衝突中尋找夾縫生存。現代詩歌善於表達這種衝突感，詩人們以一種與現實對決的姿態寫作，就是要在這種對決中表現不安，這已成爲現代詩歌自覺的追求。胡戈・弗里德里希認爲這種對決狀態的衝突還體現在詩藝上：「各種特質在這裡形成對照：遠古的、神秘的、玄隱的引源與敏銳的智識，簡約的言說方式與錯雜的言說內容，語言的圓滿與內涵的懸疑，精確與荒誕，極爲微小的主題範圍與最爲激烈的風格轉換。」〔註22〕阿頓・華多太的新作《切換》就在內容與形式上體現了這種雙重衝突：

　　　我把電視切換

　　　把主持人的鹿飾表演

　　　切換爲亞馬遜河畔的蹬羚

　　　直面潛伏的鱷魚

　　　把一位選手的歌，切換爲角馬

　　　在獅群最後一聲哀號

　　　把捧場觀眾塑造的掌聲

　　　切換爲野象老少

　　　酷暑下找水的腳步

　　　把那個明淨透亮的舞臺

　　　切換爲眼下

〔註22〕〔德〕胡戈・弗里德里希、李雙志：《現代詩歌的結構》〔M〕，北京：譯林出版社，2010年，第2頁。

這一屋的狼藉〔註23〕

在內容上，這是一個現代生活場景的衝突：一邊是人造的表演、掌聲和炫目的舞臺，一邊是自然界真實的生存場景：直面鱷魚的蹬羚、被獅群果腹的角馬、詩人自己的一屋狼藉。這不僅僅是電視頻道的切換，而是生活形態的不同，當真實與虛假並列時，現代人並不會將目光落腳到這裡，而是更關注虛假帶來的短暫快感，忽略真實帶來的強烈衝擊。詩人願意直面真實，但要承受更多的內心荒蕪與淩亂。在形式上，詩人選擇了最為日常的鏡頭，卻切換出了獨具深意的內涵；詩人選擇了簡約的言說方式，卻直面了今天現代人面臨的一個巨大問題。在詩歌中，「切換」完成，然而詩人要面對的生活中的切換還遠未結束，選擇的困惑會一直伴隨詩人。

洛嘉才讓的先鋒詩歌的嘗試之作《久違的太陽在正午上空》也呈現出內在的衝突：

飛機從頭頂喧囂著飛過。

鳥兒在看不見的地方嘰嘰喳喳。

嫩葉下坐著一位老人，仔細擦拭著花鏡，

膝下的孫子用食指追殺急速逃亡的螞蟻。

桃花和梨花孤獨地燃燒。

人造河床裏躺著積雪融化的身體。

她們從遙遠的巴顏喀拉山，

一身縞衣素服地趕來參加四月的葬禮。

石凳或石頭上的屁股們，歎息或者大笑

各懷著心思。

毛澤東時代的抒情詩人坐在左邊，腦子裏

閃出昨日下午臨近下班時的左方：一個男人，

在南方仰頭望著遼闊的天空。

幾個小孩。一對戀人。一位年輕的媽媽大聲說著話。

一個拍皮球的小孩製造著噪音。風把花瓣吹入

沉思的脖頸。孩子們扔向水裏的石子，

〔註23〕阿頓・華多太，《直到 2013（外二首）》，〔DB／OL〕http://9425.tibetcul.com，2012－01－25。

濺出髒水，落到 2004 年或 2005 年蘭州的鞋子。

電話鈴聲響起。穿梭在醫院和同樣冰冷的

醫生之間，一堵牆和另一堵牆之間

匆忙的飯盒盛滿疾病帶給人們的隱喻。

（食管鱗讓父親蒼白，癲癇反覆折磨著另一位年輕的媽媽）

有些人正在逝去。有些人大口喘氣，正被拖向岸上。

有些人陷在病床上慢慢剩下一副骨架。

有些人生病，只能躲在暗處悄悄地舔著傷口，不能悲傷。

有些人跪在廢墟上點燃一盞盞酥油燈，內心平靜

生活在繼續。

又一架飛機從頭頂飛過：飛往玉樹或是別的什麼地方。

太陽偏移，午後的陽光躺在樹枝上開始打盹。〔註24〕

詩歌寫於 2010 年玉樹地震時期，外在的巨大變故使慣常的生活被撕裂，平靜表層下暴露的是緊張、衝突和不安。整首詩歌的風格是平靜的敘事，甚至帶有細節的描摹。然而，正是在這樣一個寧謐的正午，詩人內心卻掀起巨大的風暴，巨大的災難對慣常的生活軌道撞擊造成的詩人內心正常狀態的脫軌，形成了詩歌平靜表面下暗藏的洶湧潛流。詩人越是描摹細節、描摹庸常的生活，他內心因外力而造成的撞擊就越有力，衝突中製造的疼痛，痛徹詩人的心扉。

（三）晦澀

進入到現代詩歌的世界，「晦澀」成為現代詩歌的標誌。晦澀並不是一個貶義的定義，而是追隨「陌生化」詩學思維必然會形成的一種風格特徵。進入現代社會，非理性主義思潮興起，用意在於對抗日益技術化、科學主義化的理性主義帶來的堅硬與無趣。作為一種內在的精神衝動的詩歌藝術，就是對抗理性主義的利器。其器之「利」就在於感性、暗示性，而非理性的解釋說明。因此，現代詩歌的晦澀就成為一種表現藝術。在現代藏族詩人的漢語詩歌中，晦澀也成為其重要的風格之一。阿信的《無題》正如其標題一般，顯示了主題的豐富性：

〔註24〕洛嘉才讓：《久遠的太陽在正午上空》〔A〕，洛嘉才讓：《邊緣人》〔Z〕（民刊），西寧：德隆印刷廠，2010 年，第 21～22 頁。

時間是黑暗的，在它

黑暗的圓拱下面──

一捆捆遇風自燃的骨肉的柴薪

頂著火花，默默疾行

沿途遺落了多少

冷卻、寂滅的灰燼〔註25〕

詩歌將線性的時間形象化處理，將生命隱喻為「柴薪」，生命的過程就是自我燃燒的過程。時間是一個巨大的壓迫，黑暗、逼仄，生命在時間壓迫之下，只能「默默疾行」、燃燒成為灰燼。然而，即使如此，生命依舊能放出光華，生命的意義可能就在於此。

女詩人桑丹的長詩《天堂之河》是詩人泣血之作。詩人將她對於生與死、虛幻與現實的諸種感受通過「河流」這一意象表現出來，有著難言的複雜感受。詩歌許多意象的營構、情緒的表達都帶有夢境般的特點，從而具有現代詩歌「晦澀」的標誌。詩歌是對現實的顛覆，充滿了夢幻般的景象：

傳說在這裡持續得太久

就像一杯灼熱的美酒佔據了天堂

茫然失措的煉金術士

他們柔軟的身軀穿戴著

黑色的火焰

逝水變成了真正的金子〔註26〕

就像這種夢幻狀態的描述，詩歌充滿「我看見閃光的魚類在漆黑的岸上行走」、「醞釀邪惡的花，預謀死亡的樹木」、「驟雨的天空如一排帶傷的鳥陣」的句子。這類詩句共同營造了夢幻的場景，使整首詩被置於夢幻空間，擾亂了現實，製造出一個新的超現實。同時，整個詩歌的情緒，是詩歌結尾傳達的「人和河流如此相似／陰鬱的夢境 傳播著疾病／如果萬物的恩典如期而至／樸素而無辜的酒 懸掛於頭頂的尖刀／導致了掠奪的閃亮和繁榮的悲愴」，這種迷茫、陰鬱、迷亂的精神貫穿整首詩。詩歌還通過一種矛盾修辭來體現這種精神上的迷茫感：「水與火的河流／像死者手裏風雨撲面的燈盞」、「酒在

〔註25〕阿信：《無題》〔A〕，阿信：《阿信的詩》〔M〕，烏魯木齊：新疆美術攝影出版社，2008年，第129頁。

〔註26〕桑丹：《天堂之河》〔DB／OL〕http://9425.tibetcul.com，2008-03-05。

狂歡中把人們盡情分享」、「如此的誕生就是死亡的嚎叫」。這一類詩句以這種矛盾修辭使詩歌獲得某種魔咒似的力量，以強大的張力製造緊張感、疏離感，從而更符合詩歌的整體意蘊。

三、碎片化

在後現代主義的理論中，傳播學領域的碎片化理論主要是指社會階層的多元裂化，導致的消費者細分、媒介小眾化的現象〔註27〕，它指出碎片化形成的一個主要社會基礎：多元化與個性化。而在敘事學理論中，它成為後現代小說的一個重要特徵。碎片化暗合了西方後現代主義解構的敘述特徵，形成了現代詩歌的一個特質。從傳統美學來看，圓滿、清晰、壯麗、高尚等等是《詩鏡》總結的詩學風格，這些風格在其他文化傳統的文學中也是被認同的。傳統文學更強調整體性的敘事和表現。而現代藝術認為：「『偉大的整體』只能被我們作為碎片來感知，因為『整體』是無法與人相協同的。」〔註28〕現代詩人則用碎片來對抗整體，從而質疑意義、傳統、秩序，充滿一種不確定性。藏族詩人在他們的現代漢語詩歌中也呈現了這種碎片化。這種碎片化與《詩鏡》傳統是疏離的，但詩人們仍從這種碎片化中以固有的文化思維與觀念觀察生活中的種種細節，碎片化的詩歌寫作中仍具有濃重的民族意緒。這一類詩歌在肯定向度上和否定向度上表現出兩種不同的特點。

（一）肯定向度

儘管碎片化更多的是以一種碎片敘事來對抗整體、質疑意義，但在藏族詩人的漢語詩歌中確實地存在著這樣一種碎片化的詩歌：相比整體化、崇高化、神聖化的寫作，詩人們開始嘗試多元化的創作，這包括對日常化、世俗化的碎片的書寫，但是這種書寫仍舊充滿個性、充滿正面和肯定的力量。這類詩歌多創作於新時期。

以新生代的代表詩人班果的詩歌來看，就有諸多表現肯定向度的詩作：

> 柏香一早點燃，潔白的瓷器
>
> 盛滿如意的泉水

〔註27〕彭蘭：《碎片化社會背景下的碎片化傳播及其價值實現》〔J〕，今傳媒，2011年10月，第9～11頁。

〔註28〕〔德〕胡戈・弗里德里希、李雙志：《現代詩歌的結構》〔M〕，南京：譯林出版社，2010年，第19頁。

空氣中有一扇門被用力拉開，女人們

都在陽光裏看到了初嫁的自己

母親正俯首給女兒結好髮辮

村莊是一個古老的果園

今天又有醒目的花朵開放

天空冉冉來臨，像一條純藍的哈達

誦經的老人捻住一顆珠子不動

這個圓碩的日子

世界已攻入它的内部

並將創造出更多奇迹

迎親的駿馬踏起塵土，眾多的

元素在塵土之中閃耀。誰能看見

塵土中的一個堅固城堡，一個

新世界已接近誕生

誰牽住新娘坐下的駿馬，帶她走

這個世界的帝王，一罐水

將隨他遠邊，洗淨他心中的塵土

成爲生命中的泉眼〔註29〕

《婚典》一詩是對藏族婚禮的「碎片化」寫作，充滿細節和抒情，全詩以「一罐水」爲線索，從婚俗淨水的實寫到新娘「水一樣溫柔」的虛寫，浪漫化地呈現了婚典的一個個細節。在同一時期以宏闊場面和物象堆砌的所謂「民族化」寫作來看，這才是以真正的本民族視覺觀察到的形象，是一篇莊重、唯美之作。

再看同一時期的重要詩人索寶的《藏族老人》：

孩提時就飄揚的雪花

一夜間終於覆蓋在他的頭上

於是，駝著背喘著粗氣

就像夏天的雷滾過天邊

阿尼，您老了……話沒説完

<hr>

〔註29〕班果：《婚典》〔A〕，班果：《雪域》〔M〕，西寧：青海人民出版社，1991年，
第107～108頁。

　　端茶的兒媳發抖了

　　那雙使狹路相逢的熊

　　都退卻的眼睛：瞪大了

　　歲月從鬢角悄悄爬下來

　　偷走了他滿嘴的銀齒

　　可蠕動的言語越來越多

　　像老伴在世時捻不完的羊毛線

　　——那年趕著牛，闖過這額前

　　皺紋一樣的峽谷……阿噴噴

　　靠在膝上的孫子們慢慢長大了

　　他渾濁的目光也漸漸黯淡了

　　像山拗口那片遲遲不肯走的黃昏

　　有一天黃昏走了

　　老人熟睡了

　　端茶的兒媳們沒能喚醒他

　　遠去的兒孫們回來圍著他

　　眼睛從此再沒有睜開

　　可遊動的帳篷走到哪裏

　　天窗上總有兩顆明亮的星星〔註30〕

　　詩歌選取了一個藏族老人的人生片斷，完全採取敘事化的手法，有對話、有形象描寫，有語法完整的數個「了」字句的運用，但描寫老人不服老的狀態及逐漸老去的過程卻充滿詩意。在新時期的詩歌寫作中，這樣以極其微小的點來進行詩意的醞釀，繼而成就詩形是具有獨特新意的。這種碎片化充滿對新時期以前宏大敘事、整體敘事的反撥，以生活點滴入詩，形成一時的詩歌創作風尚，這種碎片化書寫是朝向肯定向度的。

（二）否定向度

　　碎片化作為後現代主義的一個理論，產生的社會背景就是多元化與個性化，尤其是步入現代社會後，文化多元價值的崇尚與個性主義的大力弘揚，

〔註30〕索寶：《藏族老人》〔A〕，索寶：《雪域情》〔M〕，北京：民族出版社，1989年，第3〜4頁。

使得每一個個體都試圖以碎片化的方式，抵禦任何一種假整體化之名展開的個性扼殺和一元化思維的推進。尤其在步入現代社會的最初階段，這二者之間的衝突更為激烈。體現在文學創作中，眾多作家都試圖以碎片化的寫作建立屬於自己的風格和個性，尤其是在否定向度上進行書寫，來達到類似黑色幽默的效果。這種寫作在藏族詩人那裡，主要出現在步入二十一世紀之後的這十餘年。以洛嘉才讓的詩歌《小小的燈盞》為例：

> 那小小的燈盞，小小的舌頭
>
> 舔著黑夜的臉
>
> 像一隻貓，被更大的黑暗籠罩
>
> 那火苗，被時間的手卡著脖子
>
> 越來越細，越來越
>
> 微弱
>
> 半夜，死在燭臺上。
>
> 黑暗在房間裏開始走動。睡衣，
>
> 半靠在牆上。〔註31〕

整首詩充滿晦暗的意象，似乎來源於詩人黑夜中的幻覺：燈盞的微弱光芒、微弱到死亡的火苗、走動的黑暗。在一個類似幽靈世界的空間，詩人感受到的是光明的寂滅、黑暗的強大。這種碎片化寫作，書寫某一特定時刻的感覺、甚至幻覺，是現代詩歌善於表現的一個領域。洛嘉才讓在近幾年的詩歌創作中呈現出鮮明的碎片化特徵。與他早期的詩歌相比較，他在 2000 年之後的作品相應地更具有非個人化的理性意味，少了早期詩歌濃烈的抒情氣息。從意象選取來看，詩人早期詩歌更傾向於帶有鮮明符號化色彩的民族性意象，而步入而立之年的詩人則更多地開始用細膩的眼光觀察生活，並以詩歌的方式將其改造為詩歌意象。再以洛嘉才讓的近作為例，《時間筆記》是詩人多首短詩的集結，這些短詩的共同點是將生活中的點滴以碎片化的方式呈現，但總的貫穿著一種意蘊，那就是：詩人在巨大的城市機器的轟鳴中仍舊傾聽著內心的聲音，在這個加速度的現代化進程中，仍舊保持心靈的柔軟、敏感。《時間筆記：多日短章》之《西寧又雪》就是這樣一首詩：

> 大雪之前，喜鵲已蹲在樹上

〔註31〕洛嘉才讓：《小小的燈盞》〔A〕，洛嘉才讓：《邊緣人》〔Z〕（民刊），西寧：德隆印刷廠，2010 年，第 37 頁。

　　　吟誦起內心的史詩

　　　十個太陽還隱伏在東方的魚肚裏

　　　驚蟄這天

　　　人們依舊在機器的轟鳴中

　　　無暇擡頭望望天空。

　　　雪就白茫茫地下了一地〔註32〕

　　在城市這一個巨大的建設工地上，詩人仍能感受到大自然的萌動，而人們卻「無暇擡頭望望天空」。這首詩一方面展示詩人的想像力，一方面以否定的意味展示了今天中國人的精神現實。《時間筆記》另一首短歌《蝴蝶》也是如此：

　　　蝴蝶斑斕，閃耀在秋日的陰影中

　　　它們從半空中

　　　像受傷的鳥一般墜落。它們是

　　　大地最後的墓誌銘。

　　　寂靜，閃耀。如寒夜的尾燈。〔註33〕

　　詩人擅長將自然界的生命與都市的無機物特徵形成參差的對照。生命活力的消失恰好應和了都市夜晚冰冷的死亡感。詩人總是將碎片式的點滴想像累積在一起，等待它們爆發生命力的那一刻，這裡，「蝴蝶效應」的引發並非緣於它的振翅而是它的墜落。這種「蝴蝶效應」式的想像力聯動指向了一個否定的向度，是對現代文明的深刻懷疑。否定向度的碎片化寫作就是要在現代社會時刻保持懷疑和警惕，就如美國文學評論家歐文・豪所言：「現代主義一定要不斷地抗爭，但決不能完全獲勝；隨後，它又必須為著確保自己不成功而繼續奮鬥。」碎片化就是在多元社會中，為了不被同質化而努力保持自己個性的一種寫作。碎片化決定了這種寫作拒絕崇高、宏大，會始終對此做出決鬥的姿態。與洛嘉才讓這種碎片化相似的寫作在藏族詩人阿信身上也比較鮮明。阿信的《沼澤》是這樣一種寫作：

　　　我沉浸其中的一冊典籍

　　　散發出某種蕨類植物腐敗的氣息

〔註32〕洛嘉才讓：《時間筆記：冬日短章》〔N〕，西海都市報，2010－01－07（B30）。

〔註33〕洛嘉才讓：《時間筆記》〔A〕，洛嘉才讓：《邊緣人》〔Z〕（民刊），西寧：德隆印刷廠，2010年，第50頁。

令我欲罷不能

就像經歷了整個的黃金時代

一截烏黑的骨頭

擁有了發言的機會——

浮華的、肉體的夏天

行將過去

我將要沉入那黑沼的中心〔註34〕

　　詩人面對黑沼澤引發了奇妙的想像，黑沼澤似乎擁有著虛幻空間裏的某種神秘魔力，引領著「我」沉入其中，對浮華和肉體等隱喻鮮活現實的興趣卻不及「一截烏黑的骨頭」和「腐敗的氣息」，這種類似於「惡之花」的審美體驗朝著否定向度沉溺而去，留下的卻是另一種思考和韻味。

第三節　藏族漢語詩歌的意象系統
——以新時期以來的詩歌爲例

　　在漢語詩歌創作中，藏族詩人具有非理性化色彩的想像方式，還具體地體現在意象與象徵的運用上。對於這一點，韋勒克和沃倫在他們的《文學理論》中有專章的分析。在韋勒克和沃倫看來，意象、隱喻、象徵、神話是具有內在聯繫的四個術語，傳統的理論將它們視爲審美手段、修辭手段，而心理學派則認爲「一切意象都是對人類思維中無意識活動的揭示」〔註35〕，在對這四個術語展開研究時，既要避免修辭學派的偏見，也要避免心理學派的過激。歸納這四個術語之間的區別與聯繫，結合非理性主義想像方式的特點，筆者將對現代漢語詩歌中反覆出現的意象、其象徵意義及其與非理性主義思維之間的聯繫展開論述。根據漢語詩歌中意象的來源不同，將其分爲三類：客觀物象構成的意象系統、主觀心象構成的核心意象、原型意象。

一、客觀物象構成的意象系統

　　意象是感覺的遺留，利用客觀物象來組織屬於自己的意象系統，進而傳

〔註34〕阿信：《沼澤》〔A〕，阿信：《阿信的詩》〔M〕，烏魯木齊：新疆美術攝影出版社，2008 年，第 126 頁。

〔註35〕〔美〕韋勒克、沃倫、劉象愚等：《文學理論》〔M〕，北京：文化藝術出版社，2010 年，第 212 頁。

達複雜多樣的情感經驗，是現代詩歌的主要特徵。藏族詩人在各自的詩歌寫作中也逐步構成了屬於自己的意象系統，這一系統主要集中在自然意象和宗教意象兩個方面。

（一）自然意象的抒寫與演變：以「雪域」意象為例

　　對於自然意象的選擇，藏族詩人從來都是自覺的。這種自覺首先來自於青藏高原作為世界屋脊而具有的獨特地理風貌，雪山冰川、草原牧場、帳篷牛羊，這一切帶給藏族人的是深深的雪域家園烙印。「藏族詩人們正是在這屬於自己的地域內面對著苦難和神奇的大地找到了『感官的素材』。他們最接近河流、峭壁、天空和白雪、眾神與火焰。在河谷地帶和無邊的草原上歌唱。」〔註36〕具體而言，藏族詩人還會將故鄉的自然環境作為選擇意象的重要來源，因為除卻雪域這一藏族人共有的精神家園，牧場、農莊、森林、高山都是具體的故鄉印記。藏族詩人常用的自然意象有雪域、雪山、草原、河流、牧場、大地、森林、季節、雨、雪、風、秋天、春、狼、鷹、馬、犛牛、青稞、麥子。並且，這些意象常常復合、重疊地出現在漢語詩歌中，構成強大的意象系統，共同營造出屬於藏族詩人漢語詩歌特有的語義場。

　　作為老詩人，伊丹才讓善用傳統意象，並且還善於引發新意。前文列舉的詩歌中有「雪域」、「布達拉宮」等意象，其中，「雪域」意象在後來的詩人詩作中也反覆出現。伊丹才讓在《雪域》一詩中，用「太陽神手中那把神奇的白銀梳子」來隱喻「冰壺釀月的淨土雪域」，既具有神話意味，又十分形象化。「雪域」象徵著藏民族的原住地、是原住民對自己民族棲息地的符號化，又包含著文化、宗教等意味。藏族文化由於宗教浸染深重，天體神話並不多見，可此處伊丹才讓以太陽神入詩，顯然是對西方神話的移植，這種自由的選擇是現代詩人所特有的。「白銀梳子」用來形容高原雪山陣列如同柵欄一樣排列的情形十分準確。他在「雪域」意象上寄予的是對故土無限的熱愛，感情單純而熱烈。可以看出，伊丹才讓在表現這一意象時是有意運用太陽、雪山、大海、潮汐這樣宏大的物象來支撐他對雪域的理解的，從中可以看出宏大敘事的影響仍在。

　　「雪域」這一傳統意象在年輕詩人那裡就被賦予了更為複雜的內涵。八

〔註36〕才旺瑙乳、旺秀才丹：《藏詩：追尋與回歸——代前言》〔A〕，才旺瑙乳、旺秀才丹：《藏族當代詩人詩選》〔Z〕（漢文卷），西寧：青海人民出版社，1997年，第5頁。

十年代末已產生較大影響的詩人班果以《雪域》爲題的詩集中有一首詩歌《羌
域》，實爲「雪域」意象的別名，詩歌在表達故土情懷時已有了與伊丹才讓不
同的視角：

> 鹽和青稞的羌域
> 鷹和石頭的羌域　藏紅花開
> 布匹一般鋪展的羌域
> 銅器一般閃亮的羌域
> 炊煙裊向藍天　雪山站在日中
> 大群獵手在岩石上舞蹈
> 大批神靈在牆壁上顯形
> 燧石召喚火焰
> 瑪瑙在地底擊鼓
> 松木是手臂長滿山坡迎向天空
> 生命和自由的羌域
>
> 酒和歌謠的羌域
> 茶和眾水的羌域　群星流淚
> 瓷碗光潔，佔領宴席
> 老人的眼裏閃耀海洋的光芒
> 水獺在新娘的衣袍下擺躍動
> 狐尾自新郎頭頂逃入手中
> 村莊的羌域　季節的羌域
> 那裡的人們酷愛唱歌
> 生命的河流乾涸於天葬臺
> 又自嬰兒的臍眼湧出
> 煨桑的柏煙生生不滅
> 遠方的海子睜開慧眼
> 婚姻與生產　親吻與送葬
> 愛情的羌域喲
> 所有的血液　所有的毛髮
> 牙齒與骨骼　詩篇與歌
> 全部奉獻

　　如把生命奉還愛母

　　至親的羌域喲〔註37〕

　　班果此詩寫於 1988 年，對於傳統意象，詩人有意將這個民族象徵的地域符號的宏大性予以消解，將「雪域」與藏人生活中的每一個細節結合起來，於是，雪域是「鹽和青稞」的，也是「酒和歌謠」的，雪域是人神共棲的，雪域是生死流轉的。這種消解宏大的抒寫另一個層面確立了人的形象。不論詩人選取意象時出於怎樣的藝術構思，但有一點很明確，這種抒寫帶有那個個性解放時代特有的烙印。和班果同一時期產生較大影響的詩人索寶則賦予「雪域」這一意象以更多的主觀化色彩：

　　雪域無疆界

　　大雪紛紛飄落覆蓋千古歲月

　　雅隆部落青燈不滅

　　慢慢點燃三石竈的煙火

　　雪山下芳草青青

　　繁衍祖先的妙蓮形大地上

　　有憂鬱的哲人

　　默默站立如瘦長臉的山羊

　　在這片土地

　　他看一些黑孩子扔骨頭給搖尾的牧狗

　　他看父老兄弟們結對爬過朝聖的山埡口

　　看瑪尼堆上獵獵經幡

　　看老人額頭上吐蕃歷史彎彎曲曲

　　終於他從祖輩們用身軀叩出的灰土路上

　　依然返回

　　只是他沒有走出這片土地

　　搖搖晃晃的影子

　　沒能躲過塔頂高懸的太陽

　　睿智大悟的目光

　　被時光繪成斑駁的壁畫

〔註37〕班果：《羌域》〔A〕，班果：《雪域》〔M〕，西寧：青海人民出版社，1991 年，第 109～110 頁。

旅人走過雪域

身後就沒有了腳印

……〔註38〕

《雪域情緒》深刻地思索了藏民族與足下的雪域、信仰的宗教之間血肉不可分割的關係。詩歌頭兩節詩意地再現了藏民族的生活方式，由於游牧生活方式的關係，索寶眼中的人與羊是具有精神聯繫的：「有憂鬱的哲人／默默站立如瘦長臉的山羊」，另外一首《牧人》一詩中，「在羊群無言的目光中／我是一隻最有理性的頭羊」，延伸開來，人與萬物都是一種具有精神聯繫的存在，這構成藏族人最基本的生存方式，也構成藏族人與足下這片土地及土地上的生靈之間的共生關係。在萬物有靈、眾生平等的理念支撐下，藏族人又與藏傳佛教形成了親密的共生關係：「他看父老兄弟結隊爬過朝聖的山埡口／看瑪尼堆上獵獵經幡」，煨桑、供奉、經輪搖曳、經幡獵獵是藏族人日常生活的場景，朝聖、修行是幾乎每個藏族人人生的願景，「解救佛的人／被佛解救」，對於藏族人來說，雪域不僅僅是故土，它還是信仰，信仰不僅僅是精神的，它就是生活本身。詩人以詩歌的方式雕鏤了雪域人的生活與情感，具有哲思與史詩敘事般的力量，並以這種力量完成了對「雪域」意象的改造，「雪域」已經從一個自然意象改變為自然意象與主觀心象的結合，充滿了理性力量與非理性激情的撞擊與融合。

比較三首詩歌對「雪域」這一自然意象的運用，我們會發現，自然意象在藏族詩人的詩歌中經過了摹寫、延伸與改造，這與詩人所處的時代有關，與詩人對自身的認識有關，與現代意識及現代詩歌的寫作經驗有關。

（二）宗教意象的個性化呈現：以「廟宇」意象為例

藏族詩人筆下的宗教意象是非常豐富的。有一個有趣的現象值得注意，活躍於 20 世紀五十年代至七、八十年代的幾位使用漢語或漢藏語兼用來進行創作的詩人伊丹才讓、格桑多傑、丹真貢布、饒階巴桑是藏族第一代漢語詩人，他們用自己的寫作完成了藏族詩人漢語詩歌最早的探索與實驗，但他們的詩歌更多地體現了「言志」的特點〔註39〕，更多的是對於民族、國族的歌

〔註38〕索寶：《雪域情緒》〔A〕，索寶：《雪域情》〔M〕，北京：民族出版社，1989年，第 13～14 頁。

〔註39〕見才旺瑙乳、旺秀才丹對第一代詩人的評價，才旺瑙乳、旺秀才丹：《藏詩：追尋與回歸——代前言》〔A〕，才旺瑙乳、旺秀才丹：《藏族當代詩人詩選》〔Z〕（漢文卷），西寧：青海人民出版社，1997 年，第 1 頁。

詠，幾乎很難見到有關宗教的書寫。因此，筆者所謂豐富的宗教意象，主要存在於新時期之後的漢語詩人的詩作當中。伴隨時代變化與歷史進程的變化，藏族詩人的民族自覺意識開始顯現，對宗教意象的運用就體現了這種自覺意識。因此，廟宇、經幡、僧人、天葬、桑煙、瑪尼石、瑪尼經筒、轉經路、佛塔、佛像、度母、修行、聖山、聖者、羌姆（宗教法舞）等等意象就集中出現在諸多漢語詩歌當中，同樣構成一個意象系統，並經由詩人的個性化呈現，傳遞出詩人複雜的感受。

由於信仰的原因，現代詩人選擇宗教意象往往是傳達某種神聖情感，表達一種審美感受的。以具體的例子來看，嘉央西熱在《廟宇精神》中以拜伏的身姿傳達出神聖的宗教信仰及其審美感受：

> 紅門開啓，銅鈴碰撞
> 我的親人已經換上絳紅色衣裳
> 誦經的聲音猶如滾滾春雷
> 搖曳的燈火照徹輪迴之路
>
> 一隻仙鳥在我心靈的淨土上
> 覓食，羽毛潔白
> 要撲滅遠方的戰火
> 雪域多麼平靜
> 遍佈額角刻有經文的牛羊
> 靈魂隨處飛揚，一個行囊空空的香客
> 把一塊石頭放在更多的石頭之上〔註40〕

節選的這兩節詩歌以經典的場面刻畫，描述了藏族人日常生活的狀態。「廟宇」這一宗教意象細化為僧侶、經書、酥油燈、瑪尼石堆等具體物象，詩人毫不掩飾自己對宗教的熱情，同時創造性地賦予「廟宇」意象以和平、寧靜的精神內涵。

女作家梅卓除了大量反映藏地生活的小說，也創作了許多內涵豐富的詩歌。她的散文詩集第三輯「綻開十萬瓣葉的白旃檀」集中地抒寫了詩人對宗教的獨特感受。《落在寺頂的雪》即是如此：

> 閃亮著

〔註40〕嘉央西熱：《廟宇精神》〔A〕，才旺瑙乳、旺秀才丹：《藏族當代詩人詩選》〔Z〕（漢文卷），西寧：青海人民出版社，1997年，第67頁。

　　　　　我走進紅馬靴，紅馬靴埋進了雪，雪霧升上天空，化作佛的迷
惘。

　　　　　化作金瓦寺下，此起彼伏的膝頭。

　　　　　血脈裏流動的⋯⋯

　　　　　骨子裏生根的⋯⋯

　　　　　不可言傳。

　　　　　佛在長明燈後搖曳，靈智的眼，充滿痛苦。他終於伸出手，拒
絕了盲人的禮敬。

　　　　　卻無法拒絕雪。雪織就凡間的袈裟，披向肉身的肩頭。

　　　　　就這樣，在寺群之中，我懷念起遙遠的菩提樹下，那人子的一
生。〔註41〕

　　這首詩仍舊傳遞出對於宗教的審美性理解，只是這種理解還是打上了詩
人鮮明的個性烙印。詩歌以「雪」為紐帶，聯繫起「我」與佛，繼而與雪域
大眾之間的精神聯繫：釋迦牟尼佛因迷惘而去探尋答案，眾生因迷惘而去拜
伏覺悟的佛，在精神層面上，「我」與佛之間的溝通成為可能。佛法認為智慧
與憐憫是佛性的兩大根基，因此「我」在觀想佛像時，感受到的是佛的憐憫，
而這種感受引發了「我」對「人子」宗喀巴的懷念。佛憐憫眾生，「我」懷念
「人子」，這種對宗喀巴身份的有意錯置，則是出於詩人更深的人性意識。「我」
與佛的彼此關切，可能更接近佛理的真諦。

　　梅卓筆下的廟宇意象充滿人的精神。

二、主觀心象構成的私用意象：以「馬蘭」和「風」為例

　　詩人在詩歌創作中常常會將自己複雜的情感經驗投射在某種虛構世界
中，這個世界包含了詩人隱秘的內心及深邃的無意識世界，它並不清晰，往
往含混模糊，但仍能以其片段化、碎片化的狀態，以其高度抽象的特點，構
成一系列主觀心象，而這些主觀心象則構成了詩人詩歌的核心意象。這些核
心意象往往是一種私用象徵，因為它充滿了詩人獨創性和個人化的特點，與
傳統意象，甚至原型意象都是相對的。這種由主觀心象構成的私用意象如同
一個密碼系統，需要研究者去破譯。

─────────────────

〔註41〕梅卓：《落在寺頂的雪》〔A〕，梅卓：《梅卓散文詩選》〔M〕，貴陽：貴州人民
　　　　出版社，1998年，第89頁。

　　在藏族詩人的漢語詩歌中，這種私用意象並未成爲一個鮮明可見的系統，它會隱約閃現於詩人的詩行當中。例如甘南詩人札西才讓筆下的「馬蘭」意象。馬蘭花是草原上一種野花，在甘南的草原上很常見。札西才讓筆下的「馬蘭」由普通的自然意象轉而成爲一種私用意象是經過時間的淘洗和語詞的磨礪的。在札西才讓早期的詩歌裏，「馬蘭」意象俯拾即是：

　　在這北方的甘南。甘南：

　　一道鞭影下，吶喊的馬蘭〔註42〕

　　但馬蘭平靜盛開。

　　但這裡的石頭塗上血色。

　　但藏民族的愛情：一萬對精巧銀牌

　　被眾多少女佩帶

　　……

　　馬蘭花開。這些是搖向天空的銅鈴，

　　草地被迫把秘密傾訴。

　　……

　　馬蘭花開。美麗的美景炸裂，

　　一場愛情接著另一場愛情。

　　……

　　而我就是馬蘭的兄弟

　　看見姐姐的潔白臉兒

　　在婚姻裏張開。〔註43〕

　　春天裏，有人陷於沉默，

　　手把馬蘭這樽酒杯。〔註44〕

　　對於札西才讓來說，「馬蘭」意象挖掘出詩人對於生命的認識。「生命」這個關鍵詞，在札西才讓的詩歌裏有了最適合的表達方式——馬蘭。所以，

〔註42〕札西才讓：《黑夜掠過甘南》〔A〕，才旺瑙乳、旺秀才丹：《藏族當代詩人詩選》〔Z〕（漢文卷），西寧：青海人民出版社，1997年，第301頁。

〔註43〕札西才讓：《高原的陽光把萬物照亮》〔A〕，才旺瑙乳、旺秀才丹：《藏族當代詩人詩選》〔Z〕（漢文卷），西寧：青海人民出版社，1997年，第305～308頁。

〔註44〕札西才讓：《受傷的鷹》〔A〕，才旺瑙乳、旺秀才丹：《藏族當代詩人詩選》〔Z〕（漢文卷），西寧：青海人民出版社，1997年，第310頁。

有故鄉甘南時，有馬蘭；有愛情時，有馬蘭；有春天時，有馬蘭。「馬蘭」就是詩人關於生命及生命力的全部寄託所在。到札西才讓詩藝更爲成熟的近些年，「馬蘭」意象仍舊出現在詩人的詩作中，同時這一意象又外在地置換爲「矢車菊」、「蘇魯花」、「牡丹」、「格桑花」等意象，但「馬蘭」的內蘊未變：

　　風吹草低，一叢悲憤而落魄的矢車菊，彷彿歸鄉之路上的注定的獻辭。〔註45〕

　　蘇魯花凋謝了，從南面的卓尼到北面的黑錯。〔註46〕

　　大地上碗大的牡丹，這是甘南的臉蛋。〔註47〕

　　其中充盈的仍舊是生命力的旺盛、生長或消失。可見，「馬蘭」這樣的物象必定經過詩人反覆吟詠、擦拭，使得普通的意象逐漸散發特有的光芒，成爲我們體察札西才讓隱秘的內心世界的一把鑰匙，成爲札西才讓的私用意象，擁有獨屬於他的內涵。

　　另外一位青年詩人洛嘉才讓的私用意象也獨具特點。洛嘉才讓出生於青海湖邊的一個小小村落，青海湖常年自西向東鼓蕩而來的浩蕩長風是這個村落唯一可以定格的畫面。詩人關於「風」的記憶全部潛藏於其內心世界的隱秘角落，甚至潛入了他的無意識世界。因此，詩人從上世紀九十年代走上詩壇，「風」意象就成爲他詩歌的一個鮮明徽記。他的長詩《七日》中，他這樣描寫：「第一次感受到風的撫摸。第一次聽見風的聲音。風如鶴唳，肆虐著從帳篷的天窗中橫切下來，漆黑如潑。惟一的酥油燈在米拉日巴大師嶙峋的瘦骨上忽明忽暗，阿媽疲憊的手停留在嬰兒的臉龐，輕輕撫摩，目露愛意。」〔註48〕在他很多詩作中，「風」意象都頻頻現身：「而我和風一起走在秋天的路上／千年的陽光在身上冰涼地跳躍／果實般腐爛地跳躍　完美而虛無／一襲自然的憂傷從天而降／像某種冥冥中的引領　垂落在肩上」〔註49〕「風在疾行／

〔註45〕札西才讓：《獻辭》〔A〕，札西才讓：《七扇門》〔M〕，北京：大眾文藝出版社，2010年，第37～38頁。

〔註46〕札西才讓：《蘇魯花凋謝了》〔A〕，札西才讓：《七扇門》〔M〕，北京：大眾文藝出版社，2010年，第102頁。

〔註47〕札西才讓：《甘南的牡丹》〔A〕，札西才讓：《七扇門》〔M〕，北京：大眾文藝出版社，2010年，第103頁。

〔註48〕洛嘉才讓：《七日》〔A〕，洛嘉才讓：《邊緣人》〔Z〕（民刊），西寧：德隆印刷廠，2010年，第109頁。

〔註49〕洛嘉才讓：《通往秋天的路上》〔J〕，青海湖，2010年3月，第94頁。

水泥森林中撲閃著夜的眼睛／成片的星光落下／堆積在大地安靜的心臟」〔註50〕。詩人還有專門以「風」爲題的詩作：

> 沒有聲帶，卻時而低語，時而怒吼
>
> 沒有手，卻撫摸著青草，讓她們欣然起舞
>
> 沒有腳，卻追著落葉滿世界瘋跑
>
> 沒有心，卻因愛而激動得顫抖
>
> 沒有形體，卻從陽臺穿梭到客廳，停留
>
> 在冰涼的肚皮上
>
> 沒有筆
>
> 卻在水中寫下思想
>
> 在岩石上執著地刻下族譜
>
> 與樹分享滿腹的秘密
>
> 宏大的志願讓森林去傳揚
>
> 沒有車皮、電和枕木上安睡的鐵軌
>
> 卻將春天運送
>
> 讓人們心旌蕩漾，並贈上禾苗、鮮花和愛的禮物
>
> 它是大地的呼吸
>
> 它將時光帶到我們永無抵達的花園〔註51〕

　　如果我們找尋出有關「風」的所有約定俗成的文化內涵，那麼從文學上講，早在春秋時期的《詩經‧國風》就是對民間文學最集中的一次展示，「風」因而成爲民間文學的代名詞。從文化上講，「風」可以泛指一切出自於民間的物質文化和精神文化，我們常說的風物、風土、民風等等就是此意。然而，屬於洛嘉才讓的「風」意象絕非這樣一種俗成的定義可以解釋。對於洛嘉才讓來說，他「第一次感受到風的撫摸」，就已經奠定了有關命運與靈魂的某種認識。在他看來，「風」是有靈魂的，當它吹拂過你的臉龐和髮梢，就一定與你有過一次秘密的交流，不爲人所知，所以「我」常常與「風」同行。「風」的靈魂某種程度上是一種自我觀照，「我」這個笨拙的肉身只有與自由的浩蕩

〔註50〕洛嘉才讓：《風在疾行》〔A〕，洛嘉才讓：《邊緣人》〔Z〕（民刊），西寧：德隆印刷廠，2010年，第44頁。

〔註51〕洛嘉才讓：《風》〔A〕，洛嘉才讓：《邊緣人》〔Z〕（民刊），西寧：德隆印刷廠，2010年，第93頁。

長風交流時才擁有片刻的自由。然而，「風」又可以象徵命運，所以，前文列舉的《倒淌河上的風》以詩人少有的長句、密集的句子排列，製造了詩行外觀彷彿一陣強風的視覺效果，內容上則將故土、部落、家庭、愛情、生死等所有這一切與「風」緊密地結合在一起，揭示出「風」意象所象徵的命運對人的影響。這些詩歌所具有的意象凸顯出的是「風」這一物象在詩人心靈內核中逐步下潛，最終潛沉為一個隱秘的主觀心象，它所象徵的靈魂與命運是獨特的這一個，無法在別的詩人詩作中復現，也無法由別人複製，它是獨屬於洛嘉才讓的生命徽記。

三、原型意象：以「鳥」原型為例

原型批評認為原型是反覆出現的意象，是具有約定性的「聯想物」和象徵，「是一些聯想群，與符號不同，它們是複雜可變化的。在既定的語境之中，它們常常有大量特別的已知聯想物，這些聯想物都是可交際傳播的，因為特定文化中的大多數人都很熟悉它們」。〔註52〕在藏族現代漢語詩歌中，這種原型意象相對比較豐富，通過考察具體的詩人詩作，筆者認為在班果的詩歌中，「鳥」是一個頻繁出現的形象。詩集《雪域》中所選近六十首詩歌中有近一半詩中出現鳥的形象。在詩中，鳥的形象描寫十分豐富，有鳥的全貌，飛翔的姿態，甚至只是飛鳥投下的一片陰影。鳥的形象具體為各種鳥類：鴿子、鷹、布穀、烏鴉……這些形象被詩人賦予主體的情感和理解後，成為一個富有整體性的「鳥」意象。「鳥」意象作為一種原型，是特定社會歷史中一種文化精神的載體，因而伴隨社會與時代變遷，這一原型會在一定程度上被揚棄改造，置換變形。尤其是在生存方式、生命體驗均發生變異的當代詩人這裡，原型意象會被他們注入更多詩人的主觀意志以及理智與情感的複雜體驗。這種體驗是對傳統意象文化內涵的置換、變形乃至顛覆。

對藏族文學作品中「鳥」這一原型意象的考察，是以一些藏族民間歌謠和廣為傳誦的六世達賴喇嘛倉央嘉措情歌為對象的。這種抽樣式的考察使筆者看到了「鳥」意象作為原型在藏族文學作品中的表現及相對的文化內涵。藏民族生存環境的惡劣和嚴酷使藏族人對鳥有著天然的喜愛，對鳥兒的自由飛翔十分嚮往。這種情感在民間歌謠中多有體現。一首拉薩短歌這樣寫道：「心

〔註52〕〔加拿大〕N・弗萊：《作為原型的象徵》〔A〕，葉舒憲：《神話──原型批評》〔C〕，西安：陝西師範大學出版總社有限公司，2011年，第157～158頁。

想變成一隻飛鳥，／哪怕就是一隻小鳥；／家鄉離得再遙遠，／飛上天空也能見。」一首牧歌這樣唱道：「在藍天最高的鳥道上，／有三隻雄鷹叫我往前來；／雄鷹呵，謝謝你的好意，／但我沒有你那樣的翅膀！／在藍天中間的鳥道上，／有三隻孔雀叫我往前來；／孔雀呵，謝謝你的好意，／但我沒有你那樣的彩屏！／在藍天下邊的鳥道上，／有三隻布穀鳥叫我往前來；／布穀鳥呵，謝謝你的好意，／但我不能像你那樣歌唱！」〔註53〕歌謠中通過「鳥」所寄予的情感是十分美好的。後一首以複沓章法分別借三種飛得最高、長得最美、歌喉最悅耳的飛禽表達了人們對美好事物的追求。而在倉央嘉措情歌中，「鳥」的形象則較為豐富，一類是將「鳥」比作信使：「會說話的鸚鵡，／從工布來到這方。／我那心上的人兒，／是否平安健康？」「翠綠的布穀鳥兒，／何時要去門隅？／我要給美麗的姑娘，／寄過去三次訊息。」另一類將「鳥」比作戀愛中的男女：「柳樹愛上了小鳥，／小鳥對柳樹傾心。／只要情投意合，／鶹鷹也無機可乘。」「杜鵑從門隅飛來，／為的是思念神柏。／神柏變了心意，／杜鵑只好回家。」「我和紅嘴烏鴉，／未聚而人言藉藉，／彼與鶹子鷹隼，／雖聚卻無閒話。」〔註54〕這些詩歌以「鳥」作比，十分形象地表現了戀人間彼此思念的一腔深情。倉央嘉措的情歌短小精悍、自然樸實，對傳統的比興手法十分擅長。「鳥」意象被巧妙地運用在比興中，並與其他藏族文學作品一起，使「鳥」意象被賦予了自由的象徵、思念的信使等美好、樂觀的文化內涵。

這種「鳥」原型意象在藏族民間文學中十分豐富。反映到班果詩歌中，其「鳥」意象的文化內涵發生了一定程度的置換變形，反映在「鳥」形象的延展性和象徵意義的不確定性上。

（一）「鳥」形象的延展性

在詩人複雜的生命體驗中，「鳥」的形象被詩意地延展。「鳥」形象被延展為人、物、事，充分體現了詩人豐富的想像力。在《女人》一詩中，詩人將女人與鳥聯繫起來「你們永遠沒有羽毛／河在腳下浸濕裸足／雲自頭頂飛去，誘惑黑色眼睛／你們把經幡懸掛起來 排列起來／組成一種苦難的飛翔／

〔註53〕德欽卓嘎、廖東凡：《西藏民間歌謠選》〔Z〕，拉薩：西藏人民出版社，1985年，第181、154頁。

〔註54〕莊晶：《倉央嘉措情歌》〔A〕，黃顥、吳碧雲：《倉央嘉措及其情歌研究（資料匯編）》〔Z〕，拉薩：西藏人民出版社，1982年，第364～370頁。

只有當狂風鋪天而來／你們才得以在風中披展痛苦的心境」〔註 55〕，詩人脫去一味的讚美，以一種理性精神觀照著他眼中的藏族女性：堅韌、從容之中是主體意識的泯滅、命由天定的麻木。伴隨藏族女性一生的是經幡、奶桶、天葬臺，面對這種人生，詩人充滿感慨：「女人　女人們哪」。《岩壁・鴿群・少年》一詩中三個物象如同電影鏡頭般重疊在一起：「他呆呆佇望／他感到一種痛癢／感到呈飛翔狀的書已羽化爲他的翅翼／感到風在腋下聳動／岩壁如一張薄紙將在他的猛烈撲擊下／無聲／掉落」〔註 56〕。讀書少年的遐想竟使他陷入一種類似莊周的境遇：人耶？鳥耶？求知少年身上奔湧的是一個民族對外部世界的好奇和對世間萬物的探求之心。對於民族群像的塑造在《藏民和天空裏一隻飛翔的鳥》中尤爲有力：

> 就是這樣
> 自由的羽毛袍袖般展開
> 就是這樣
> 馬蹄急於踏入頭頂的草原
> 土地像一片黑色的天穹
> 藏民在那裡飛翔
> 像星一樣閃耀
> 天空像一座巨大的山脈
> 你在那裡居住
> 旗幟一樣飄展
> 飛翔的時候你俯視草原，你歡叫
> 　　羨慕那種寧靜的生活
> 　　穩定的家業
> 居住的時候藏民們仰望天空
> 　　渴望你溫柔堅硬的翅翼
> 　　載他們離開苦難的土地
> 你死的時候你就墜落下來

〔註 55〕班果：《女人》〔A〕，班果：《雪域》〔M〕，西寧：青海人民出版社，1991 年，第 50 頁。

〔註 56〕班果：《岩壁・鴿群・少年》〔A〕，班果：《雪域》〔M〕，西寧：青海人民出版社，1991 年，第 64 頁。

　　　　到群山中居住

　　　　完成你在最後的夢想

　　　　藏民們卻借助靈鷲

　　　　在天空裏

　　　　讓靈魂自由地擊節歌唱〔註57〕

　　藏民族猶如鳥兒一樣自由地生息於雪域，在精神上，鳥又是「載他們離開苦難的土地」的使者，鳥與藏民族休戚相關，彼此形象的互換可能是一個民族乃至全人類最富童真的想像。

　　「鳥」形象還延展為對抽象事理的描述。詩人這樣形容愛情：「愛情像一隻純潔的鳥兒／飛翔很久了／找不到一處棲落的屋頂／何況有更多悲傷的事情／都沒有一副傾吐的胸懷」〔註58〕，詩人面對愛情的無法捉摸，只能賦予其鳥的形象才能貼切地表現愛情的飄忽不定。詩人又用「黑暗的巨翅」和「想一想那手便在我頭頂飛翔／我低頭看那些動人的黑影從地面劃過」，這樣的詩句來將鳥的形象與死亡聯繫在一起，這種相對晦澀的詩句恰是詩歌現代性的一種標誌。

　　在班果的代表作長詩《藏民》中，鳥的形象在同一作品內被賦予不同的內涵：「金鼓紛紛收斂堅硬的翅膀」一句將鳥與戰爭聯繫在一起，「建設的願望，鳥一般飛騰」，「我們隱形的沉重翅膀每次艱難的張合／就是一次照亮世紀的飛躍」〔註59〕，詩人用鳥的飛翔表現了民族渴望進步的願望。這是一種「遠取譬」的方式，是一種在完全不同的事物間尋找聯繫的一種方法，本體與喻體的聯繫往往讓人出乎意料，班果將鳥與人、愛情、死亡、戰爭等抽象事物聯繫起來，這無疑凸現出詩人對這些事物的新認識，這種新認識、新感覺帶來的某種晦澀意味無疑是班果詩歌現代性的一種表現。

　　相比之下，班果詩中將「鳥」與經幡、地平線、舞者聯繫起來，則是一種「近取譬」的方式。「經幡處在飛翔狀態」，舞者「一雙腳像兩隻可愛的雛鳥／不停地拍打草原」，這種相對傳統的「近取譬」一方面是詩人形象思維的

〔註57〕班果：《藏民和天空裏一隻飛翔的鳥》〔A〕，班果：《雪域》〔M〕，西寧：青海人民出版社，1991年，第20～21頁。

〔註58〕班果：《詩人》〔A〕，班果：《雪域》〔M〕，西寧：青海人民出版社，1991年，第29頁。

〔註59〕同上，第82～103頁。

反映，另一方面是受傳統詩歌意象的影響。這種形象的延展具有多樣化的特點，而多樣化同時也是現代詩歌取象的一個重要特徵，它突破了傳統詩歌對傳統意象模式化的重複，但又在某種程度上延續了其文化內涵。

（二）象徵意義的不確定性

傳統詩歌的喻象選擇是非常注重整體協調的，幾個意義相近的喻象共同構成一個渾融一體的意境，這一直是傳統詩人們的詩學追求。而現代詩歌的意象即使是富有某種文化傳承性，也還是更多地灌注了詩人自己的思索，是主體意識的豐富再現。因而被賦予了主體思考的現代詩歌也就顯得格外難以捉摸，其象徵意義具有很強的不確定性。班果詩中的「鳥」意象被賦予了豐富的象徵意義。輕盈的飛鳥在表現女性時，卻是一種永遠無法飛翔的沉重；當「愛情像一隻純潔的鳥兒」時，「鳥兒」滿懷著無法傾吐的痛苦，而非我們習以為常地認為聽到的是歡叫；當「金鼓紛紛收斂堅硬的翅膀時」，我們不得不將自由飛翔的鳥兒與剝奪人自由的戰爭聯繫起來。這種象徵意義的豐富性，使每一個讀者的閱讀經驗都受到了挑戰。

「鳥」意象的象徵意義的不確定性應該說是符合現代詩學精神的，它要求詩歌是純粹的，是能將生活的真實表現出來的，而豐富的意象和它不確定的意義恰能表現生活的豐富。此外，這種不確定性是詩人想像力的表現，是現代詩歌藝術魅力的表現。富有神秘和暗示性色彩的語言，能激活現代社會人們日益低下的感受力、感悟力。應該說，班果的詩從某種程度上實現了這一點。我們可以試著伸展心靈的觸角去觸摸「鳥」意象的特徵。班果詩中的「鳥」意象有三個基本特徵：主觀化、理性化、情緒化。

1. 主觀化

主觀化又可稱為「意志化」。它是對傳統詩歌「託物言志」、「神與物遊」的抒情方式的顛覆，將「觀物取象」、「寓情於景」的表現方法改變為主觀情感尋找客觀之象，即「意中之象」。對客觀物象的描寫完全出於主觀情感的需求，班果對富有特定文化內涵的「鳥」意象傾注了詩人自己的理解，「鳥」成為他表達不確定意義的手段和媒介，這種突破常態的表現方式在它誕生之初是令人訝異的。

詩人來自俄洛（青海果洛舊稱）。正如詩人所言，這裡是「酒和歌謠的羌域／茶和眾水的羌域」，在這片高寒的青南草原上，承載著恢宏的民族文化。

深厚的文化傳統和詩學傳統很容易使詩人滑進傳統，迷失自我。而班果汲取
了來自民間歌謠與口傳文化的傳統，但又在詩歌內涵上對這種傳統有所突
破。這種詩學取向，使其詩歌意象呈現出鮮明的主觀化特徵。詩人的青春期
就在那片相對閉塞的草原上度過。奔湧的詩思自十四歲起就在詩人心胸中衝
撞，與這個年齡特有的幻想一樣，像鳥兒般飛翔，就成為詩人揮之不去的願
望。因而，成熟之後的詩人詩作中，「鳥」這個來自童年經驗的形象便會「飛
臨」他眾多的詩篇。因此，「經幡一直處在飛翔狀態」，「地平線：激動的鷹群
揮展長翼手臂／沿光芒作一次沉重的夢幻飛翔」，倉央嘉措成了「在圍欄和佛
器的障礙間飛翔的鳥」，「我的肩頭棲滿鴿子欲張的翅翼／我代表了未來城市
和所有偉大的山峰」，「鳥」意象在班果的詩歌當中是詩人意識的附屬物，詩
人的思想和情緒抵達哪裏，「鳥」意象就會出現在哪裏，詩人完全突破了物象
的自然本性，將它變成了用以表現詩人的生命感悟的載體，「象」被消解而「意」
被高揚，詩人自由地掌控著筆下的各種意象，並賦予其豐富的思想蘊涵。「鳥」
意象所體現的主觀化特徵是詩人班果將傳統意象進行個性化創造的一個現代
性標誌。

2. 理性化

美國意象派詩人龐德認為意象是「一種在瞬間呈現的理智與感情的複雜
經驗」〔註60〕。當意象中的「象」處於附屬地位，「意」成為詩歌的主導因素
時，意象中就聚集了極其豐富的理性與感性的內容。而往往理性的內容又借
助感性的，也就是一種非理性形式表達出來。詩人成長的時代恰是中國社會
在二十世紀面臨的又一次劇烈的震蕩——改革開放的開始，在中國社會日益
現代化的歷程中，詩人則以現代性思維來審視自己所處的時代、民族和文化。
信息爆炸的時代背景之下是地處一隅的封閉安詳，傳統深厚的游牧民族遊走
於傳統與現代之間，這一切都激發了詩人的理性思考，在詩中表達他的現代
性理解。詩人這樣描寫藏族女性：「你們的身體前傾，陷在泥沼／一輩子都在
渴望掙扎出來／像一隻負傷的啼鳥／那痛苦從嘴裏流出來／就成了感人的民
歌」〔註61〕，詩人從男性視角出發，對生活在重壓之下的藏族女性表達出最

〔註60〕轉引自〔美〕韋勒克、沃倫、劉象愚等：《文學理論》〔M〕，北京：文化藝術
　　　　出版社，2010年，第205頁。

〔註61〕班果：《乘舟：打酥油的女人》〔A〕，班果：《雪域》〔M〕，西寧：青海人民出
　　　　版社，1991年，第47頁。

深切的同情，在女性主體意識覺醒和高揚的時代，詩人以「負傷的啼鳥」形象地揭示了藏族女性的生存困境，這種悲憫意識是一個真正的詩人必備的，它同時也是現代人文關懷的一種體現。詩人對倉央嘉措的詩性評價更是其現代精神的體現：「聽說過倉央嘉措嗎／在圍欄和佛器的障礙間飛翔的鳥／最英勇／勝過天空中的任何一隻／更別說安於囚籠安於三餐的／家禽」〔註62〕。詩人對倉央嘉措的理解是富於穿透力的。自由，是「離經叛道的」倉央嘉措不息的追求，也是對他的情詩所做的最好的注腳。詩人對倉央嘉措的理解是富有現代意識的理性思考，它突破了政治、宗教的藩籬而彰顯著人性的光輝。詩人取用原型意象，卻賦予其個人體驗與理性審視的結合，賦予詩歌深厚的哲理，進而形成厚重的詩風。

3. 情緒化

班果詩歌理性化並不是抽象深奧的形而上思考，它是與情感密不可分的「復合體」。充滿哲思和現代性的理性思考常常伴隨著詩人強烈的情感進入現實深處，理性思考與情感表達被鎔鑄成一個整體。

班果詩中的情感旋律是繁複的。由於雙重的文化汲取，使詩人既有因民族生存的沉重而感到的痛苦，又有「為民族文化受到沖激的處境所具有的關切」；詩人既自豪於民族「豐富璀璨的文化遺產和善良淳厚的民風」〔註63〕，又常常以現代意識和理性精神關照民族的未來。這種繁複的情感常常在他的詩中噴湧出情緒的浪花。《雪域‧人的誕生》這樣描述藏人：「雪域是海他便是魚／搖尾一遊便涉過千年歷史／雪域是天他便是鷹／健翅一扇便衝破萬種神話／他是太陽的兒子／發亮的眼睛是生命之井／永遠不會被堅冰封凍／發燙的胸谷是愛情之爐／熊熊燃燒呵消融了奇寒」〔註64〕。整齊的詩句中熱烈豪放的情緒在蕩漾，踏著詩的韻律噴薄而出，詩人極其強烈的民族自信心在「魚」、「鷹」這樣的意象中彰顯出來，尤其是「鷹」這個深具藏族文化內涵的原型意象此時更是淋漓盡致地體現了詩人的激情。在長詩《藏民》中，詩人面對「新的拉薩」，從內心深處升騰而上一股強烈的衝動，詩人寫到「我的

〔註62〕 班果：《藏民》〔A〕，班果：《雪域》〔M〕，西寧：青海人民出版社，1991年，第89頁。
〔註63〕 謝冕：《痛苦而又幸福的誕生——班果詩集《雪域》序》〔A〕，班果：《雪域》〔M〕，西寧：青海人民出版社，1991年，第2～3頁。
〔註64〕 班果：《雪域：人的誕生》〔A〕，班果：《雪域》〔M〕，西寧：青海人民出版社，1991年，第4頁。

眼睛風鈴一般響動震破空氣／我的肩頭棲滿鴿子欲張的翅翼／我代表了未來城市和所有偉大的山峰」〔註 65〕，這種對新拉薩近乎膜拜的情緒，突破了傳統詩歌含蓄、優雅、深沉的抒情方式，狂放、恣肆極具感官的震撼力和衝擊力。這種情緒化的表達在班果詩中並不佔據十分重要的位置，但情緒化的抒情猶如一股潛流，暗暗流動於班果詩歌的理性之河中。借助各種疊加的意象，尤其是頻頻出現的「鳥」意象，詩人馳騁於藏民族所賜予他的廣闊的文化疆土。通過對富於民族文化底蘊的原型意象的創造性運用，詩人悲歌或歡唱，將繁複的情感寄於詩性的思考當中。

小結

　　總體地看藏族漢語詩歌自新時期以來的藝術嬗變，第一代詩人總的詩學取向是傾向於強烈的抒情意緒，重視韻律與節奏的諧和，對藏族民間歌謠的表現方式有大量的借鑒，因此，具有鮮明的歌謠化傾向。在新生代詩人和晚生代詩人那裡，現代詩歌的表現方式對這兩代詩人的影響很大，現代詩歌抒情的節制、豐富的詩歌想像方式、詩歌語言的含混、模糊與多義等現代詩學的特徵使詩人們在詩歌寫作中探索出新的可能性。然而，這並不是現代詩歌發展歷程中獨有的現象。從各個民族、各個時代的詩學發展來看，這種「不可同化性」的詩學傳統貫穿於不同民族與時代之間，具有一以貫之的特徵。然而，「『傳統』一詞本身有運動的含義，它是一種非靜止的東西，是不斷地被傳遞和被吸收的東西，這一活生生的定律也適用於詩歌傳統。」〔註 66〕因此，「不可同化性」的詩學傳統在不同民族、不同時代間具有不同的表現。以《詩鏡》為代表的藏族詩學傳統以諸多比喻類型、不同風格界定來追求詩歌與日常經驗的疏離，製造著一種「陌生化」的詩學追求。進入新的文學時期，藏族漢語詩歌呈現出的聯覺、反常性、碎片化的特徵是「不可同化性」的現代表現，相比其他現代詩歌的特徵，這幾點更為突出地體現出藏族詩人在本民族深層的文化思維影響下在詩歌語言上進行的獨特操作。

　　胡戈‧弗里德里希將這種陌生化藝術追求具體為「專制性幻想或超現實

〔註65〕班果：《藏民》〔A〕，班果：《雪域》〔M〕，西寧：青海人民出版社，1991 年，第 97 頁。

〔註66〕安代爾斯、奧斯特爾林：《授獎辭》〔A〕，查良錚、趙毅衡、張子清、紫芹：《T‧S‧艾略特詩選》〔Z〕，成都：四川文藝出版社，1992 年，第 3 頁。

的觀看方式」。藏族漢語詩歌的「聯覺」就是一種「超現實觀看方式」的體現。在佛教「萬物有靈」觀念的影響下，詩人突破知性的日常經驗，以非理性的感覺構建詩歌結構，對感覺的聯結更敏感。前文分析了札西才讓的短詩《我的寂寞》，這首詩與馮至的《蛇》有異曲同工之妙，不同的是馮至是將熾熱的相思寄予在冰冷的蛇身上，巨大的反差所形成的變異至今對讀者來說都是一種震驚。兩首詩都出於一種陌生化的詩學追求，力圖以反常化的藝術手段呈現詩人對世界不同的感覺與改造。但這兩首詩歌的想像方式來源於不同的文化背景：

蛇

我的寂寞是一條長蛇，

冰冷地沒有言語——

姑娘，你萬一夢到它時，

千萬啊，莫要悚懼！

它是我忠誠的侶伴，

心裏害著熱烈的鄉思：

它在想那茂密的草原，——

你頭上的，濃鬱的烏絲。

它月光一般輕輕地，

從你那兒輕輕走過；

它把你的夢境銜了來

像一隻緋紅的花朵！〔註67〕

　　如果還原馮至的想像過程，馮至的反常化至少體現在以下層面：首先，他將「寂寞」這一抽象感覺具象化了，將其具象為蛇。而詩人所言「寂寞」與相思緊密地聯繫在一起，因此帶著相思的寂寞是「熱烈」的，而將熾熱的情思寄於冰冷的蛇，這進一步強化了反常化的想像。其次，蛇在東方文化中雖然並無邪惡的象徵意味，但也不具有正面意義，而在西方文化中則是邪惡的象徵。深受東西方文化影響的馮至卻有意將充滿負面色彩的蛇用來隱喻美好、熾烈的愛情，顯然帶有顛覆慣常思維的反常化特點。這首詩整體的想像方式都遵循著現代詩歌陌生化的追求，以一種有意為之的「遠取譬」實現了

〔註67〕馮至：《蛇》〔A〕，《中國現代文學館·馮至代表作》〔Z〕，北京：華夏出版社，2011年，第20頁。

詩人這種反常化的想像。札西才讓的《我的寂寞》則呈現出一些變化：

> 我的寂寞在幽暗的長廊裏爬行，
>
> 凝滯的空氣緊裹著它的軀體，
>
> 直到月出，直到戀人們驚動了古園的精靈。
>
> 我的寂寞在冰冷的長椅上蜷縮，
>
> 安靜的秋霜覆蓋了它的軀體，
>
> 直到日出，直到鳥雀們喚醒了我對早晨的美好回憶。〔註68〕

　　札西才讓的詩歌中的「寂寞」也是一種抽象的感覺，詩人也將這種難以言說的抽象感覺具象化了，但又沒有具體可感的形象，根據「爬行」、「蜷縮」等詞彙的選用，似乎是將寂寞具象化爲蛇這樣一種動物。然而，與馮至的想像不同的是，札西才讓這種對於日常感覺進行變異的反常化手法在詩人的想像中卻不只是想像，它來源於不同的文化語境。藏族民間信仰至今仍保持著鮮明的原始信仰色彩。民間信仰分爲大自然崇拜、動物崇拜、魂靈和祖先崇拜、圖騰崇拜及靈物、偶像崇拜五個方面。其中，大自然崇拜的對象有龍神、年神、贊神等。此處的龍神是「一種生活在地下的神，有精靈性質」，與漢民族所理解的龍有很大區別，「泛指地下的，尤其是水中的動物，諸如魚、蛙、蝌蚪、蛇等」〔註69〕。在藏族人看來，因爲龍神是人間百病之源，因此龍神信仰頗多禁忌，並產生了祭河、祭海等習俗以及日常生活中不可污染河水、水源地等禁忌。詩人札西才讓也運用了反常化的想像方式，將抽象的寂寞感覺具象化，但這種變異不是以「遠取譬」的方式實現的，詩人將「寂寞」具象化爲一個可感的形象，它類似蛇，類似精靈，神秘而不可知。馮至的《蛇》以一個視角來完成「超現實觀看」，而札西才讓的詩歌中存在兩個視角的轉換，從「第三人稱」轉向末尾的「第一人稱」，這種人稱轉換更鮮明地顯示出「寂寞」這一形象的可感性。同樣相似的立意，詩人的想像方式卻有所不同，前者以對照的比喻完成想像，後者將感覺寄寓到可感而又模糊的形象上。顯然，札西才讓的想像是基於藏民族泛靈論色彩的民間信仰特點的。

　　由此可見，當藏族詩人遭遇現代文化時，潛藏於其意識深處的想像世界、

〔註68〕札西才讓：《我的寂寞》〔A〕，《札西才讓・七扇門》〔M〕，北京：大眾文藝出版社，2010年，第51頁。

〔註69〕丹珠昂奔：《藏族文化發展史》〔M〕（上冊），蘭州：甘肅教育出版社，2001年，第201頁。

觀照世界的方式會影響詩人的現代詩歌藝術的取向。當然，藏族詩人無法游
離於時代之外，現代文化所具有的「碎片化」傾向共同影響著他們的詩歌寫
作。伴隨現代化進程的加劇，社會諸多層面都不可避免地出現了「碎片化」
傾向。具體到傳播、信息等層面，由於社會文化的多元裂化，「碎片化」的信
息傳播成爲常態，在文學上呈現出碎片化敘事的後現代小說風格。藏族詩人
面對這種「碎片化」狀態時，會更爲細微地在碎片式的寫作中，呈現出本民
族對日常生活的觀照方式，本民族的濃重意緒。前文歸結出碎片化的肯定向
度和否定向度即是如此。否定向度的碎片化寫作除了想像方式的民族化以
外，與當代漢語詩歌的整體走向有相近之處。而肯定向度的碎片化寫作，在
當時漢語詩歌碎片化寫作更多傾向於否定向度的主流中顯得與眾不同，這一
類型的藏族漢語詩歌更多延續了漢語詩歌一直以來的抒情傳統，只是在抒情
上傾向於細節再現與情感的克制。以藏族詩人瘦水組詩《甘南草原行吟》中
的一首爲例：

> 撿起遺漏的青稞
> 月光便落進山坳裏了
> 馬響亮的蹄聲
> 早已埋進乾燥的土裏
> 農人和牧人同坐在寬敞的土炕上
> 在粗糙的茶水裏
> 談論那些面孔模糊的先人
> 用金子換來糧食
> 用豹皮換來瓷器
> 用牛羊換來華麗的絲綢
> 文字和血液
> 便凝固成一座座緘默的山峰
> ……〔註70〕

詩歌想像傾注於一個日常場景，圍繞細節展開，以敘事的筆調試圖在一
個碎片中書寫歷史，情感的克制竟使歷史感湮沒在細節與碎片之中。類似的
抒情向度、想像方式在藏族詩人的漢語詩歌中比較常見。

新時期以來的藏族漢語詩歌擁有著獨特的意象系統。客觀意象、主觀意

〔註70〕瘦水：《甘南草原行吟·卓尼》〔J〕，安多文學，2011年3月，第74～76頁。

象、原型意象的區分基本涵蓋了新時期以來漢語詩歌的意象系統。具體到這一意象系統的內部，我們會發現詩人運用意象的心理變化，這一變化帶有鮮明的時代烙印。自然意象在新時期之初大量出現，與十七年時期頌歌式的詩歌不同的是，此時關於雪域大地的大量意象出現與這一時期詩人們民族意識復蘇有很大關係。詩人對略顯符號化的自然意象的大量使用，隱含著民族身份自我確證的心理動因。同時，自然意象的大量使用還呈現出詩人的另一種心理動因，即試圖通過雪山、草原、森林、河流等青藏高原廣闊空間裏的大量物象來尋求恒定與久遠，以這種象徵來對抗狂飆突進、急劇變化的現代化進程。以詩人班果的《青稞地》為例：

　　誰在最初的一粒種殼裏睡著

　　生命的源頭一片新綠

　　古老的石磨在深山悠悠地伴著太陽旋轉

　　還記得我們祖先的笑模樣

　　低低飛翔的風猶如擴展的胸

　　運動於死亡之上

　　這個富庶的年頭我們懷念揮灑的汗雨

　　……〔註71〕

　　這首詩集中了雪域的一些自然意象，同時，意象的漸次展開與恒定的生命狀態、久遠的歷史感結合在一起，「青稞地」呈現出豐富的內蘊，成為與「麥子」意象相近的意象，表達一種堅韌、篤定的生命姿態。這應該是藏族詩人大量運用自然意象的另一心理動因。宗教意象的出現與自然意象的使用在自我確證方面具有相同的內涵，但還有一部分詩歌是通過宗教意象來質疑、反思信仰的，這無疑與那個時代人們焦慮、迷茫的時代心理是合拍的，也體現出這一類詩人反思民族自我的內心狀態。無論如何，這種對宗教意象的運用已經突破了傳統，持續生發出屬於詩人自己的創造力。這種對於宗教意象的多重生發，應該是屬於藏族詩人的獨特寫作資源和抒情路徑。私用意象的出現是詩人個性精神高蹈的表現，崇個性、尚多元的時代共識越發激發了詩人的意象獨創，激發了詩人個人化的情感表達。在藏族詩人那裡，私用意象也往往與足下的土地，生長的地域，自幼習得的文化構成了一種互文本。因此，札西才讓的「馬蘭」意象絕不止於札西才讓自己，它還承載著甘南草原的甘

〔註71〕班果：《青稞地》〔J〕，安多文學，2011年3月，第13～15頁。

苦和傷悲；洛嘉才讓筆下的「風」也就不僅僅鼓蕩在青海湖畔，它還時時侵襲著每一個藏人的心靈谷地。原型意象是一直反覆出現於藏族詩歌中的意象，在漢語詩歌中的出現說明民族文化心理的深層延續。同一個原型意象往往會並置於詩人的母語詩歌、漢語詩歌及民間歌手之口中，體現出的是民族文化思維的深層燭照。「原型是可供人們交流的象徵」〔註72〕，因此，詩人們通過原型意象的使用與民族古老的文化和歷史展開交流，詩人與接受者通過原型意象所傳達的深刻蘊含展開對話。這種交流與對話使詩歌在一定程度上承載並強化了我們獨特的文化經驗。

　　文化多樣性與複雜性的現實勢必造就藝術創作的精微、敏銳而又豐富的感受力，進而產生多樣化、複雜而豐富的藝術樣貌。從整個藏族詩歌發展來看，藏族詩歌以不同形式存在於文本、儀式、口頭及記憶之中，是藏民族精神生活的中心之一，承擔著藏族文化傳承、延續的重要使命。藏族詩人在接續這個傳統的過程中進行了更為豐富的吸收、拓展和延伸，調動富於民族文化底蘊的想像方式，創造出不同的意象。從這個意義上說，我們有理由相信漢語詩歌會在這一大傳統之中汲取更多營養，有更多創造性的詩歌出現。

〔註72〕〔加〕諾思羅普・弗萊、陳慧、袁憲軍等：《批評的解剖》〔M〕，天津：百花文藝出版社，2006年，第142頁。

第三章　藏族漢語小說與傳統觀念信仰的互文性呈現

第一節　新時期藏族小說的發展

　　藏族的敘事文學也具有悠久的傳統。自遠古時期就出現的神話、故事以散文或散韻結合的方式流傳，對後世文學影響很大。自吐蕃時期開始，藏民族文化發展迅速，文學也隨之迎來繁榮的發展面貌。神話、傳說、故事被記載下來，碑銘、傳略、編年史等史傳文學興起，佛教經典被引進和翻譯，十四世紀中葉《大藏經》的編纂更進一步發展了藏族佛教經典，並成為涵蓋「五明」學說的「百科全書」。《大藏經》中記錄的諸多寓言、故事、傳說多情節完整、曲折生動，散韻結合，富於文學魅力。17 世紀以來，史傳文學得到進一步發展，長篇小說《旋努達美》、《鄭宛達娃》等問世，大量寓言體小說出現，豐富了小說這一藝術形式。「箭垛式」人物「阿古頓巴」的故事、類似《一千零一夜》的「屍語」故事等民間故事的深厚傳統無論是人物塑造還是情節發展，都體現出成熟的敘事文學特點，成為後世小說創作汲取的源泉之一。

　　建國後，尤其是新時期以來，藏族小說創作迎來一個新的發展時期。母語寫作有一系列長篇小說的問世，如拉巴平措的《三姐妹的故事》等沿用傳統的「貝瑪」體，以散韻結合體的方式展開敘事，「成為藏族文壇上的一道獨特的風景」〔註 1〕。班覺的《松耳石頭飾》、札西班典的《一個普通農家的歲

〔註 1〕李鴻然：《中國當代少數民族文學史論（下卷）》〔M〕，昆明：雲南教育出版社，2004 年，第 714 頁。

月》、旺多的《齋蘇府秘聞》是長篇小說的代表作，這些作品多以散文體結構作品，對藏族文學散韻結合的傳統有所突破。這些作品內容上多描述舊時代或新舊時代對比的社會變化及人們的命運浮沉，作家藏文字功力很深，閱歷廣泛、生活積累豐富，擴展了小說的內涵與空間。漢語創作在上世紀八十年代初期有益希單增的《幸存的人》、降邊嘉措的《格桑梅朵》、益西卓瑪的《美與醜》、意西澤仁的《大雁落腳的地方》、多傑才旦的《又一個早晨》等代表作品，多運用現實主義手法。這一時期現實主義作品的集中出現，和當時整體的文學創作氛圍密不可分，另一方面也受到藏族文學豐富的史傳文學傳統的影響。這一類作品人物形象鮮明，故事情節引人入勝，長篇小說對社會生活有全景式的呈現，這種形象、生動、細膩的描寫具有其獨特的藝術魅力。

八、九十年代運用母語寫作的端智加、次仁平措、多傑仁青、才旦多傑、平措札西、斯如、德本加、南色、萬瑪才旦、札西東主等作家的中短篇小說在小說技巧方面進行了有益的探索，有些作品帶有鮮明的探索性質。隨著札西達娃、色波等作家一系列帶有「魔幻」色彩的西藏「新小說」問世，藏族題材與藏族作家的漢語小說開始受到關注。吉米平階、格央、央珍、意西澤仁、阿來、索朗仁稱、索窮、格絨追美、澤仁達娃、龍仁青等作家十分活躍。與上世紀五、六十年代「頌歌文學」的總體傾向不同，新時期以來，藏族作家初次開始以文學作品來表達自己的聲音就顯示出不同的個性特徵，大多呈現為一種批判、懷疑的態度，在取材上更傾向於藏民族底層的生活經驗。

八十年代初，端智加就以母語小說《假活佛》震驚藏族社會。他講述了一個假活佛到處行騙的故事並塑造了對假活佛深信不疑的愚昧形象。這篇今天看起來藝術價值並不高的作品，在當時卻因為其思想大膽、挑戰佛教尊嚴而著稱。因此可以這樣說，端智加以母語小說大膽的質疑與批判精神奠定了藏族小說的批判品格。札西達娃的短篇一問世就引發了學界熱烈的討論，1993年出版的長篇小說《騷動的香巴拉》是他「調動全部個人積累，傾其全部心血之作」〔註2〕，顯示出藏族文學漢語小說極高的藝術水準。作者營造了一個豐富的現實世界和神奇的虛幻世界並行的二元結構，由才旺娜姆、達瓦次仁兩個主人公來演繹全篇，圍繞兩個家庭的生活經歷反映了二十世紀三、四十年代至八十年代西藏社會的種種變革及人物在其中的沉浮變遷、矛盾糾葛。

〔註2〕 馬麗華：《雪域文化與西藏文學》〔M〕，長沙：湖南教育出版社，1998年，第142頁。

小說立足於西藏現實，從凱西公社到城市拉薩，從傳統社會到當代社會，從現實的人類社會到虛幻的神靈世界，從自然景觀到人文景觀進行了一系列的描繪。小說除了對才旺娜姆的貴族情結複雜的呈現，還濃墨重彩地刻畫了達瓦次仁及其家人，達瓦次仁引出的故事是現實與虛幻相混融的。故事的時間跨度是從五十年代至八十年代初，在高度濃縮的時空中將達瓦次仁大哥所帶領的色崗一家的曲折經歷著力擴大，折射出那段歷史中大多數人的經歷，從色崗一家的默默承受和無言抗爭中，思索著藏民族的命運與性格。這部作品的凝重基調，魔幻手法的圓熟運用使這部作品顯示出藝術上的成熟，與阿來的《塵埃落定》堪稱九十年代藏族漢語小說的代表作。

　　除了對藏族農村社會、草原游牧的生活經驗的再現之外，新時期藏族漢語小說已經敏感地意識到都市文明對藏人傳統生活方式及意識形態的巨大顛覆。吉米平階的「北京藏人」系列小說是九十年代這一類型的代表作品。吉米平階在小說中塑造的人物從小浸淫於藏文化氛圍，卻成長、工作於典型的漢文化氛圍中，不同民族身份、不同信仰與觀念導致的糾葛、煩惱、衝突，在點點滴滴之中構成都市生活的張力，無處不在，無處逃遁；另一層面的矛盾來自內心，無力、寂寞、迷離的「都市病」以及都市生存的種種體驗，總體上形成都市與草原「對抗」的狀態，構成了藏族都市題材的深刻內涵。這一題材在近十年來的延續又有了一些新的變化。

第二節　圓形時間觀念與札西達娃的時間修辭
——以《西藏，隱秘歲月》為例

一、圓形時間觀念概要

　　臺灣神話學家王孝廉在其著作《中國的神話世界》裏專章探討了中國神話中關於回歸與時間的信仰。他認為古希臘的時間觀是一種圓形回歸的時間觀，有別於基督教出現後的線性時間觀。「這種時間觀是一種具有無限恢復的可能性的時間信仰，由這種信仰產生了在圓形周期的時間之中，一切再生的願望。世界和人類，都是在周期之中依照創造、存續、破滅的順序而循環，一個由創造到破滅的周期的結束，正也是另一個周期的開始……」〔註3〕他認

〔註 3〕〔臺灣〕王孝廉：《中國的神話世界》〔M〕，北京：作家出版社，1991 年，第96 頁。

爲，基督教的時間觀念是由過去、現在和未來構成的線性時間，它一一對應了基督教關於原罪、贖罪和末日審判的直線時間信仰。

佛教的時間信仰與古代人類的圓形時間觀念有密切聯繫，同時又具有較大突破。佛教出現之前的印度婆羅門教具有「業」和「輪迴」的觀念，是一種典型的圓形回歸的時間觀念與信仰。佛教則以「無我」爲根本，認爲眾生皆在「我」中執著，所以無法在「業」與「輪迴」中解脫，只有進入「無我」狀態，才會在無盡的時間循環中，得到「往還自在」的時間，即「剎那即永恒」的時間，最終獲得以時間爲非實在的覺悟，獲得解脫之道。因而，佛教時間是一個剎那即永恒的無限循環的圓。佛教還有一個重要的觀念，即「劫」。「劫」意爲極長的時間。它源於婆羅門教，被佛教沿用，但內涵有所不同。佛教認爲「劫」有大劫、中劫、小劫的不同循環，又有三千大世界及十方無盡法界，因此世界是一個無盡的循環，是過去、現在、未來的剎那相續的無限循環〔註4〕。

由這種圓形的時間觀念及信仰產生的古代神話就具有了一種「原型回歸」的神話類型和小說結構，諸如神話母題往往是：天地開闢、神造萬物、宇宙洪水、萬物死絕、近親相姦、秩序復舊。《紅樓夢》、《說岳全傳》這樣的文本也具有了「歷劫」的圓形循環。此外，這種觀念影響下的神話還衍生出「死亡—再生」的循環觀念。相形之下，藏族作家札西達娃的小說結構也與這種古老的圓形時間觀念及信仰構成一種互文。

二、札西達娃小說結構的圓形時間觀念

札西達娃被學者張清華認爲是「當代小說『新歷史敘事』的始作俑者之一」，他認爲，在《西藏，隱秘歲月》中，札西達娃「使用了一種與『現代文明』的主流歷史敘述完全不同的敘述方式——他的歷史敘述中的『時間概念』，完全是來自藏族自己古老的文化傳統，是一個圓，而不是像『現代史』那種『線性』的時間觀，雖然他表面上是使用了三個『公元紀年』的時間，但這只是標出了歷史的一個外部參照尺度，而非小說要真正表達的目的。他所要真正認同的，是藏族人自己的歷史和時間，那就是在變動中的、『永恒輪迴』的本質——每一個女人都是次仁吉姆，次仁吉姆是每一個女人——這才

〔註4〕西北民族學院民族研究所：《藏漢佛學詞典》〔Z〕，西寧：青海民族出版社，1988年，第26頁。

是真正邊緣化的歷史敘述，他所提供的完全異樣的歷史模型，對於任何生活在『現代性』或者『現代化』的時間情景中的人來說，都應該是一種無比強烈的震撼。它表明完全可能有『另一種歷史』，它不但是對一個民族的過去和現在的解釋，而且這還構成了他們的信仰，是他們的『心靈史』。很明顯，『輪迴』的理念使脆弱的廓康擁有了不可戰勝的力量，作為民族生存與文化的象徵，它最終將挺住現代文明對它的咄咄逼人的挑戰，因為它永遠沒有『現代性的焦慮』也不相信『進化論』的歷史價值——雖然它在很多時期也不得不對現代歷史對它的侵犯，做出某種反應。」〔註5〕從這一論述來看，札西達娃深刻領會了民族信仰體系中的輪迴觀及由此產生的圓形時間觀念，並將它藝術化地呈現在虛構敘事中，這種對民族文化傳統的轉移和復讀，產生了有效的互文效果。

在《西藏，隱秘歲月》中，本書時間顯然是線性的，同時又是語言的空間佈局，我們在這種狀態中把握和理解整個文本。而文本的故事事件在本書中的編排形式，也就是故事時間的表現方式有顯性和隱性兩種。顯性的故事時間雖然是多線的，但仍是一種「線性時間」，只是它摘取了故事事件發展的幾個片段。具體來看，它分為三個時間段：1910～1927，1929～1950，1953～1985。隱性的故事時間就是一種「圓形時間」，它成為札西達娃編排故事的一種特殊形式。文本時間與故事時間無法達到完全一致，這是一個敘事學的常理，而這個文本中顯性與隱性的故事時間也無法達成一致，它總是帶給讀者超越他習慣的閱讀體驗，顯性的故事時間像是從圓形時間中拋出去的線條，二者有聯繫，但又各成體系。從次序層面看，故事次序與本書次序在第一個線性時間段內就產生了差異，文本裏回敘了察香與米瑪死後遺體的不同狀況，這源於米瑪四十二歲時的一次偶然經歷：誤開槍擊中菩薩像；在崖石上泄出的糞便落到崖下一個靜坐僧人的頭上。這兩次經歷足以解釋他的屍身為何落入江水，被施以水葬，而他一生虔心供養閉關大師的妻子則被高僧施以往生「破瓦」法，靈魂直接升入天界，屍身被鷹群啄食得乾乾淨淨，功德圓滿。這一處回敘是「同故事回敘」，是對文本內主要的兩個人物的刻畫，同時，回敘的有關米瑪四十二歲時的偶然經歷是先於文本開始「七十五歲的老

〔註5〕張清華：《從這個人開始——追論 1985 年的札西達娃》〔J〕，南方文壇，2004 年 2 月，第 37 頁。

人」米瑪的，因此這又是一個外部回敘〔註6〕。「同故事回敘」使得文本始終處在一個相對封閉的隱性圓形時間中，回敘是一個時間鏈條的接續，但這個鏈條是一個因果的接續，這種情節安排恰好應對了圓形時間的設置。札西達娃有意識的回敘在一個細微處再現藏民族對時間鏈條接續的認識——因果論。換句話說，因果是一個個體身上時間的接續方式，所以從米瑪四十二歲到七十五歲的三十三年人生歲月就又一次被加速處理，成為一個被因果填充的過程。這種處理方式與宗教觀念有著莫大的聯繫。即便是外部回敘，即「回溯一個先於第一敘述層起點的過去事件」，這個敘述也仍在一個事件當中，即米瑪老人的故事中。然而本書中還隱藏著異故事的外部回敘，本書開始洛嘎姑娘（五年前）、寧瑪高僧（不久後）、寡婦加央卓嘎（兩年前）的故事均屬於此。這種異故事的外部回敘，拓展了本書時間的寬度，同時增加了敘事的密度，人羆、密宗、起屍法等元素使其敘事增加了更為豐富的地域和民族文化色彩。除卻回敘，本文中也運用預敘。作品中對於米瑪和察香感孕而生的女兒次仁吉姆的種種神迹及神迹的消失都以預敘的方式出現；達朗三個兒子的出生也運用預敘的方式，這些方式都屬於內部預敘。我們可以清晰地看出，整個文本回敘與預敘並置在一起，錯綜地構成整體的虛構敘事。並且，這些回敘與預敘是歸於敘述者的，因為從敘事來看，有關米瑪老人四十二歲時的經歷、廓康村民洛嘎姑娘跟人羆離去、寡婦加央卓嘎練成起屍法，次仁吉姆神迹消失等故事完全是敘述者視角引發的，而非人物情感活動的促發。由此看來，這些回敘與預敘導致了故事次序與本書次序的差異——熱奈特稱之為「錯時」，這種錯時使敘事可以突破本書中事件的線性佈局，並且可以任意違反年月順序。敘述者表面上是遵從顯性的故事時間，即三個明確的時間段，但實際上通過回敘、預敘的並置運用，完全打亂了顯性的故事時間，更打亂了本書的線性結構，而這些錯時的狀態，最終服從於隱性的圓形時間。圓形時間是隱性的故事時間，也是因果邏輯導致的時間接續方式，這是札西達娃對藏傳佛教圓形時間觀念的互文反映。

　　除卻次序，跨度也是體現時間與故事關係的一個方面。熱奈特主張「把故事和本書的速度恒定用作考察時間跨度大小的基準」〔註7〕，恒定的速度

〔註6〕〔以色列〕里蒙・凱南、姚錦清等：《敘事虛構作品》〔M〕，北京：三聯書店，1989年，第77～105頁，參見第四章有關時間敘事的分析。

〔註7〕同上，第94頁。

帶來跨度的兩種變動形式：加速和減速。札西達娃在《西藏，隱秘歲月》中，所要凸顯的主人公是「隱秘歲月」，這個「隱秘歲月」由一個個故事構成，因此，對於作者來説，如何在故事的編排中凸顯「隱秘歲月」這個主人公就格外重要。札西達娃以加速的方式體現顯性的線性時間，而以減速的方式體現隱性的圓形時間，並且在二者的時間跨度產生的差異中詮釋自己對圓形時間觀念的理解。整個《西藏，隱秘歲月》就是一個加速的跨度，作者在一個短篇的篇幅裏完成了從 1910 至 1985 年共 75 年的故事。加速的方式有兩種：省略和概述。札西達娃在三個顯性的線性時間段裏有意省略了時間，並分為三個時間段：1910～1927，1929～1950，1953～1985。明顯可見 1927 與 1929 年之間省略了一年，1950 與 1953 年之間省略了兩年。這三個時間段顯然是以一種編年的方式在展開敘事，但這種省略會打破編年固有的方式而顯得隨意，我們會猜想是否是作者無意的行為，但結合顯性與隱性兩條時間線索，我們會發現顯然不是作者的無意行為，而是有意為之。第一顯性時間段內，本書一開始敘述説達朗是十二歲，到這一段結尾時他：「把十八年一肚子的艱辛與漫漫期待的破滅全部發泄出來。」〔註8〕可見達朗應該是 30 歲，可按照顯性時間來看，1927 年的達朗應該是 29 歲，就在這一個人物身上憑空「丟失」了一年。同樣是在這一時間段，米瑪老人 1910 年 75 歲，1927 年終年 92 歲，完全符合顯性時間。由此看來，達朗年齡的「失誤」並非無意，而是敘述者有意的省略，同時造成顯性時間和隱性時間的差異。

此外，本文中有一些歷史事件：榮赫鵬遠征軍入藏；二戰；解放軍進藏；文革初期；聯產承包責任制實行。作者對這些事件在時間跨度上的處理是運用加速方式的，對於這些能夠影響歷史進程的事件沒有慣用的「宏大敘事」而是以極其儉省的省略方式將這些事件一筆帶過。最重要的是小説中的人物並不以為這些歷史事件有多重要，英國武官、二戰運輸機、紅旗這些歷史象徵在小説人物心中僅僅是從未見過的人和事而已，宏大敘事在省略的跨度中被作者解構。作者展開加速的第二種方式是「概述」，即以濃縮的方式在簡短的篇幅裏完成敘事。本書描述旺美一家離開廓康的第二天，「米瑪開門便發現廓康一夜之間變得荒蕪蕭疏，像一座多年沒有人住的空蕩蕩死沉沉的村莊，到處殘壁頹垣。旺美家的門前掛滿了陳年的灰濛濛的蜘蛛網。門框綻開

〔註8〕札西達娃：《西藏，隱秘歲月》〔M〕，武漢：長江文藝出版社，1993 年，第 14 頁。

許多裂紋，像一根根難以支撐的朽木。」〔註9〕這種概述式的加速，寥寥數筆將廓康的孤寂描述出來。

減速的敘事成為敘述者體現隱性時間的重要方式。本書中描寫達朗帶回一個女人做妻子，有一段對「一個不尋常的沉沉黑夜」的細節擴展。作者細細描寫春風橫掃高原的情形：「一股喚起萬物生機，夾著山谷馨香的春風，氣勢磅礴，滾卷著濃烈的塵埃從天邊刮來，它在平坦的高原上赤裸裸自由活潑地翻滾，狂漫橫掃，發出極度興奮的嘶鳴，向沉睡的大自然顯示出不可阻擋的強大力量，風一陣一陣撲過高原，黑沉沉彌漫了山谷，鋪遮了天空，它急疾迅猛地貼著大地，把拳頭大的硬石塊如同流星般紛紛掀起整夜不息。」〔註10〕春風鼓蕩著活力和情欲，大風過後，達朗和妻子沐浴在月色下傾聽天籟。這段細節被敘述者刻意展開，風、心跳、天籟都被精細地刻畫，最終達朗說「我們不是孤獨的」，以減速的時間跨度，細節擴展的方式通過達朗之口體現出藏民族與自然的關係：「我們周圍到處都有生命存在，到處都有靈性在顯現」。這種萬物有靈的信仰不僅來自藏民族最初的苯教信仰，還被成功地與佛教相結合，形成後來藏傳佛教對世界的認識，這也構成了圓形時間觀念的重要基礎。

小說中另一處重要的減速是對描寫的停頓。當年老的達朗從哲拉山頂看到廓康已經三天沒有燃起炊煙，讓曾孫去叫人，自己從懸崖邊往下走，結果墜崖的過程被作者著意延展，達朗在身體墜下的過程中回顧著自己的人生。墜崖的時間跨度很短暫，但描寫卻仍然佔據著相當的篇幅，換句話說，這使得達朗墜崖這個很短暫的時間跨度被刻意拉長了。作者甚至在這個過程中加入了達朗與次仁吉姆完成婚禮的夢境（抑或昏迷時的幻覺）。最終，達朗在一系列追問中離開，完成了此生的輪迴。

札西達娃在小說中將加速和減速兩種時間跨度方式交替使用，大的歷史事件被有意消解省略，小的瞬間卻被著意放大，可見作者試圖以這種時間跨度的安排，在文本中淡化線性時間，強化圓形時間，藏民族所遵從的萬物輪迴流轉的方式，並以這種故事編排來凸顯「隱秘歲月」這個不在場，卻引領眾生的主人公。

〔註9〕札西達娃：《西藏，隱秘歲月》〔M〕，武漢：長江文藝出版社，1993年，第7頁。

〔註10〕同上，第19頁。

頻率是考察本書時間的第三種方式。里蒙·凱南認爲「頻率必然涉及重複，而重複是通過排除每一事件的獨有特性而只保留其與類似事件共有的特性而實現的一種心理構成」〔註11〕。具體地看，頻率是指「一個事件可以被描寫一次（單次敘述）或數次（重複敘述）」〔註12〕《西藏，隱秘歲月》由大量神奇的故事和情節重複出現，這種頻率僅僅出現在本書的隱性時間，即圓形時間中。密宗修行、人羆、起屍法、感生、次仁吉姆的神迹、米瑪夫婦死後屍身的不同境遇等等是本書中俯拾即是的故事或情節，它們是重複的，重複在於神奇的共有特性。這些事件在科學主義的現代化進程中是無法解釋也不予認可的，但是在民間社會，尤其是藏傳佛教和民間信仰處於支配地位的民間社會，人們的世界觀認爲世界是有維度的，是一個「三界五類」的輪迴圈，在這個輪迴圈內，特別是處於欲界的眾生爲求解脫會有各種可能發生，因此在口頭傳統中，以上這些神幻、神奇的事件就顯得非常自然。在藏族日常生活的氛圍中，往往如是。

另一個很重要的重複就是女性人物次仁吉姆的出現。第一個線性時間段內，寂寥的小村廓康村民越來越少，最後只剩下米瑪、察香老兩口和一個被當做禮物送給米瑪一家的男孩達朗，就在此時，察香神奇地懷孕，經過兩個月的短暫妊娠，生下女兒次仁吉姆。次仁吉姆種種不凡的神迹在她被英國人吻了一下之後從此消失，只留下洗浴強迫症，然而當她穿上英國人留下的軍服之後，這個癖好又就此消失，並且至死也未脫下軍服。米瑪預感自己將死，就讓女兒剃度做了尼姑，讓她繼續供養大師。第二個線性時間段內，達朗娶了山下一個女人，養育三個兒子，成人的他們得到了又一個名叫次仁吉姆的妻子，老二札西尼瑪下山之後再沒回來，寫信回來告訴家人打算和妻子次仁吉姆去內地念書；三個兒子的妻子次仁吉姆從山下回來後卻抹去了曾經下山的記憶。在第三個線性時間段內，達朗死去，次仁吉姆死去。想要出國留學的醫生次仁吉姆成爲又一個廓康人。這種看似不可逆轉的變化中，卻隱約潛藏著往復：每當廓康幾乎要失去最後一個村民時，總會有人補充進來：廓康年歲已高的老人過世，米瑪一家定居廓康，察香懷孕，達朗扛來山下的女人，醫生次仁吉姆……就像小說中所說一百零八顆念珠「每一顆就是一段歲月，

〔註11〕　〔以色列〕里蒙·凱南、姚錦清等：《敘事虛構作品》〔M〕，北京：三聯書店，1989年，第102頁。

〔註12〕　〔美〕華萊士·馬丁、伍曉明：《當代敘事學》〔M〕，北京：北京大學出版社，2005年，第121頁。

每一顆就是次仁吉姆，次仁吉姆就是每一個女人。」〔註 13〕次仁吉姆是不同的，又是相同的。不同的是次仁吉姆的個性，相同的是次仁吉姆的命運。作家通過這種有意的設置，強化了本書在神奇敘事方面的共有特性。

三、小結

藏族文化的核心是藏傳佛教文化。自公元七世紀佛教傳入藏土，它與本土宗教——苯教的逐步結合共同作用於藏民族的生存方式，主體意識及其世界觀。圓形時間觀念是一個最恰當的例證。圓形時間觀念來自藏傳佛教教義的核心：生命是流轉不息、永無止境的環形輪迴方式，有情生命就在這三界五道（或六道）〔註 14〕中生死輪迴，無有盡期。藏族民眾的生活方式、人生態度乃至思維模式也深受此影響。在藏族人看來，輪迴爲人是十分可貴的善德善行的積累，因此轉生人類就要不失時機地創造人生價值，「小乘佛法的價值觀是對己調伏身心，克服自身的煩惱，爭取自己的身心寂靜快樂；對眾生，嚴戒傷害別人的言行，雖然也有慈悲心，但缺乏救苦救難的責任感。大乘佛法與此不同，對自己要求品德和智慧的高度完善——成佛。對眾生視爲慈母，無私無我，犧牲自己，以捨身飼虎、割肉喂鷹的精神，爲眾生服務，爲眾生的幸福做貢獻。這是一種無比偉大的價值觀念」〔註 15〕，這種價值觀構成了藏傳佛教最重要的核心價值觀——利他精神。直至今日，步入現代化進程的藏族民眾仍在用這樣的價值觀協調自己的行爲，努力在六道輪迴中往生三善趣。

札西達娃深深領悟了這種世界觀和價值觀的影響，因此，在諸多小說中均以圓形時間來建構小說的內在結構。從敘事學的次序、跨度、頻率三個故事事件成分的編排方式進行考察，我們都會發現札西達娃努力以錯時來打破線性時間安排，使情節安置在回敘、預敘造成的時間迴環中，凸顯出隱性的圓形時間結構的合理性；通過加速和減速兩種跨度的交替使用，有意淡化線性時間，強化圓形時間的輪迴流轉；通過人物形象的命名重複，神奇事件的重複設置，以這種重複的頻率強化西藏文化的獨特之處——神奇，這種神奇

〔註13〕札西達娃：《西藏，隱秘歲月》〔M〕，武漢：長江文藝出版社，1993 年，第46 頁。

〔註14〕藏傳佛教認爲輪迴圈有三界五道（或六道），三界爲：欲界、色界、無色界；六道爲：天、非天（阿修羅）、人、畜生、餓鬼、地獄。

〔註15〕多識：《愛心中爆發的智慧》〔M〕，北京：民族出版社，1996 年，第 26 頁。

並非藏民族取悅於誰的噱頭或故弄玄虛，而是在以圓形時間觀念爲代表的藏族文化的主要特質，藏族民眾的日常生活就是由物質世界和意識世界構成的雙重世界，沒有誰決定誰，二者並重，所以大多數藏族人，尤其是在濃鬱民族文化氛圍中成長和生活的藏族人，對他們來說，現實與所謂虛幻並無二致，二者相通並相安無事。這就是西藏以及整個藏民族生活地域的現實。就像張清華所說，他們沒有「現代性的焦慮」，因爲他們還相對詩意地棲居於這片高大陸。從這個角度說，札西達娃對西藏的書寫是忠實的現實主義，所謂「魔幻」在藏區就是現實，這就是筆者用「神奇」這個相對普通的字眼來形容西藏現實的原因。

　　札西達娃對藏族人圓形時間觀念的互文性借用是創造性的，與拉美魔幻有很大不同。他通過圓形時間觀念的運用，對時間進行迴環、錯時、伸展、轉換，以這種特殊的時間修辭完成了小說主題的揭示。

第三節　思辨意識與民族文化心理的同構
——以《烏金的牙齒》爲例

一、藏族文化與民族文化心理

　　藏民族所創造的文化博大精深，其文明史可以追溯到五千年前西藏的新石器時代。而雪域——青藏高原則是孕育這一文化的溫床。據古氣象、氣候及地理學的資料來看，在距今 10000 年～7500 年的全新世早期，青藏高原氣候轉暖，涼而中濕；距今 5000 年～6000 年時氣候溫暖，給古人類的活動提供了條件。距今 3000 年以來，出現新冰期，氣候變乾變冷，使人類活動受到限制。藏民族的先民們在此過程中逐步開始發展農業和畜牧業，而伴隨青藏高原的氣候、地理條件愈發惡劣，農業區多集中於河谷和氣候相對溫暖的地帶，其他幅員遼闊的草原就成爲諸多群落的牧場，以此爲基礎，形成了以游牧文化爲主體的藏族文化。但這並不意味著游牧是藏文化最濃重的色彩，「宗教性」是我們分析藏文化的一把鑰匙。由此，我們可以分析出藏族文化的若干特徵。

　　首先，藏族文化是以崇佛觀念爲核心的。公元七世紀佛教傳入藏土，在經過與苯教的鬥爭後，佛教取得統治地位，並形成自身特色，發展了諸多教派，成爲藏民族全民信仰的宗教。藏族文化中非常富有特色的哲學文化、經籍文化、僧侶文化、民俗文化等都具有鮮明的藏傳佛教特點，因此，藏民族

全民信仰藏傳佛教並深受藏傳佛教文化影響。藏族民眾往往將誦經、禮佛、朝聖當作自己一生不倦的追求，甚至生命的全部。同時，注重個人修爲的佛教「律己」精神和利於眾生的佛教「利他」精神共同形成藏民族所崇尚的價值觀。

其次，「看萬物有靈，視眾生平等」是藏民族長期以來一直信奉的理念。從苯教「萬物有靈」的思想看，萬物山川無一不具有其主體性，各具鮮活的生命，一草一木，一蟲一鳥，皆是有情蒼生。這一思想與佛理形成了結合，於是，藏族人的輪迴觀就納入了萬物，從這個意義上講，世界上所有生命均可視爲自己的母親，無論前生來世。既然如此，那麼眾生之間就無所謂孰高孰低，所有生命都是平等的。這構成藏民族重要的世界觀之一。這種觀念融合到民間文學中就有這麼一條「看萬物有靈，視眾生平等」的主線貫穿其中。一般來說，人們認爲幻想故事是超現實的，是具魔幻色彩的，是民眾高度的想像能力的體現。而在藏族民眾那裡，故事與生活的界限並不大，生活本身就是充滿魔幻力的現實。故事中，人與動物可以心意相通，人與萬物可以自然交流，這始終是由「萬物有靈」思想做主導的。在這種意識下，藏族人認爲「眾生平等」，因此在神奇助手故事中，人類必須憑藉動物助手的幫助才能成功。流傳在青海藏區《狐皮帽子的故事》中農民昂嘉在狐狸的幫助下娶了公主並做了國王，狐狸的足智多謀實現了一個普通人的願望，狐狸還裝死考驗昂嘉夫婦的良心和友誼。當狐狸眞的死去，國王昂嘉便毫不猶豫地將狐皮戴到頭上，以示紀念，成爲今天藏族服飾的一個特點。在這一類故事中，人類的能力比動物低下，在很多方面都需要動物的幫助，這顯然是「眾生平等」觀念的影響。民眾在創作這些故事時，毫無「萬物之靈長」的優越感，而是對幫助過主人公的神奇助手給予了最高的敬意。這種「眾生平等」的觀念十分樸素，卻貫穿於整個藏族民間文學乃至民間文化，這種「看萬物有靈，視眾生平等」的民族文化心理及其所衍生的藏民族特有的生態文化，在今天這個環境問題嚴峻、生態危機頻發的社會中無疑具有很大的研究價值和推廣價值。

第三，藏族文化具有重精神生活的特徵。藏民族生活在世界第三極，自然條件極其惡劣，高寒草原脆弱的生態環境造就了這一民族游牧爲主的生產生活方式，可供農耕的土地僅集中在少數幾個區域，生產力水平並不高，但藏民族仍然創造了燦爛的精神文化和與之相適應的文明，這就與這個民族重

精神、輕物質的文化心理有密切關係。這又與「崇佛」觀念密切相關。藏傳佛教教義內涵豐富，經卷典籍浩如煙海，修持儀軌嚴謹規範。在藏傳佛教文化中，囊括了天文、地理、醫學、曆算、工藝、美術、語言、文學、倫理、道德等諸多內容，從這個意義上說，藏族文化的主體就是藏傳佛教文化。加之佛學本身是十分高深的一門學問，佛教又將古印度學術分爲大小五明，構成今天藏族文化的豐富內涵。其中，大五明中的因明學，這個既是佛教理論的闡釋，又是邏輯學研究的學問對藏民族影響很深遠。形成已達六七百年的因明學理論及其思辨哲學對藏族人的思維方式有較爲直接的影響。重視精神生活的藏族人非常重視哲學和佛理，生命須經六道輪迴，現世的物質生活並不是最重要的，行善積德爲來世才是最本眞的追求。因此，一碗清茶，一拌糌粑足矣，佛燈、念珠、風馬旗卻是精神生活必備的物質載體。除此而外，在現世中深入思索佛理所昭示的人生追求，思辨人生種種，這是藏民族的思維方式之一。我們在藏族民間文學諸多英雄形象身上可以看到民眾對這種精神的理解。

由於「逐水草而居」的游牧生活方式，藏民族並不排斥「變」，以其樂天達觀的民族性格和宗教思想影響來看，「變」甚至可能是生活本身。從這個角度看，藏民族在今天這個紛繁複雜，日新月異的變革時代會選擇相應的應對態度。但是由於藏民族的崇佛觀念、重精神生活的特質，因而形成了藏民族律己利他的價值觀、眾生平等的世界觀、思辨追問的思維觀及相應的民族文化心理。這種民族文化心理所形成的深層結構即便是在全球化浪潮洶湧襲來的今天，可能會有變化，但不會隨之湮沒。

札西達娃將圓形時間觀念這一深存於藏民族思想深處的時間觀以互文借用的方法體現在其小說中，以獨特的小說結構昭示了小說的主題意蘊。另一位藏族作家萬瑪才旦也將藏民族富於思辨性的思維方式以互文的方式暗示出來，展示了藏族作家漢語創作中有關人物塑造的獨特的民族性。

二、萬瑪才旦小說人物心理的思辨性

萬瑪才旦是一位使用藏漢雙語創作的作家。他的短篇小說全部取材於藏地，其中一些作品集中展示了現代藏族人精神生活的深層狀態。

他的短篇小說《烏金的牙齒》講述了一個意味深長的故事：「我」的小學同學烏金上學時總是抄「我」的作業，似乎各方面平平，但他後來被認定爲

本地活佛，「我」不太能夠接受。不久，烏金就在二十歲時「圓寂」，佛寺要修佛塔紀念，塔裏裝進了烏金的牙齒，這讓「我」想起自己的牙齒可能也在收藏之列。

　　按照西方小說理論的區分，萬瑪才旦這篇小說應該是「展示」〔註16〕的，作家努力使自己客觀化、努力不著痕迹地展開敘事，但兩個人物形象在敘事中鮮明地凸顯，從人物層面展示了作家的情感和思想。亞里士多德認爲人物是附屬於行動的，因此「他們不是爲了表現『性格』而行動而是在行動的時候附帶表現『性格』」〔註17〕。普洛普使人物從屬於行動區域，歸於一種故事類型學。而在形式主義者這裡，人物的結構身份是「行動者」，與亞氏稍有不同，格雷馬斯將這個「行動者」分爲「行動位」和「行動者」。羅蘭・巴爾特理解爲：「每一個人物可能是相應於它的行動序列的執行者。」〔註18〕之後，羅蘭・巴爾特提出了行動序列的六種行動邏輯，並且指出「如果邏輯關係似乎比其表達較少具適切性，這是因爲敘事指涉的邏輯只是一種已讀邏輯。此定式（來自數百年之久的文化）乃敘事世界存在的眞正理由，此世界完全建立於經驗（更多是書本的而非是實際的）留在讀者記憶中的、並對其加以構成的痕迹之上。所以我們能夠說，給予讀者最強邏輯確定性的完美片斷，是最具『文化性的』片斷，在其中可立即識別出閱讀和談話的全體。」〔註19〕從以上理論可以判斷出，萬瑪才旦的這篇小說是建立在一種「已讀邏輯」之上的，這個邏輯是內隱在藏民族民眾心靈中已經很久的文化經驗。這一經驗又與佛教密切相關，因爲「佛教確實具有一種普遍性和經久不衰的生活相關性，因爲它的智慧是根植於人類靈魂的深處。」〔註20〕萬瑪才旦圍繞「烏金的牙齒」，聚合了「我」和烏金兩個人物，通過各自行動序列的展開，揭示出「思辨性」這個主旨，與古老的民族文化心理形成同構。

〔註16〕〔美〕韋恩・布斯、付禮軍：《小說修辭學》〔M〕，南寧：廣西人民出版社，1987年，第5～11頁，參見第一章。

〔註17〕〔古希臘〕亞里斯多德、羅念生：《詩學》〔M〕，北京：人民文學出版社，1962年，第21頁。

〔註18〕〔法〕羅蘭・巴爾特、李幼蒸：《符號學歷險》〔M〕，北京：中國人民大學出版社，2008年，第99頁。

〔註19〕〔法〕羅蘭・巴爾特、李幼蒸：《符號學歷險》〔M〕，北京：中國人民大學出版社，2008年，第120頁。

〔註20〕〔美〕拉・莫阿卡寧、江亦麗、羅照輝：《榮格心理學與西藏佛教──東西方精神的對話》〔M〕，北京：商務印書館，1996年，第12頁。

　　具體來看，烏金這個人物經歷了從「凡人」到活佛的過程，這個身份的轉變顯然是一個外力的作用，而烏金內心從「人」到「佛」的轉變才是敘事重心所在。烏金的行動序列中由這樣幾組構成：成為活佛前抄數學作業，成為活佛後學習天文曆算、思考數學難題；成為活佛前救魚，成為活佛後加持眾人（救人）。如果單單這樣排列其行動序列，這將會是一篇宗教顯聖故事，毫無出奇之處，流於平庸。作家將這個行動序列經由「我」的口來敘述，並加入有關「我」的行動序列：對成為活佛的同學不以為然；不願意向他下跪膜拜，請他加持自己；烏金圓寂後想到自己的牙齒可能也進入了佛塔等都是「我」與烏金密切相關的行動序列。具體來看，這種行動序列的編織分為幾個層次。

（一）烏金的學習行為序列

　　在「我」的敘述中，烏金數學很差，「每次老師布置了數學作業，他唯一做的一件事情就是耐心地等著我做完。我沒有做完之前，他也不去玩耍什麼的。這一點我倒是很感激他。如果他一個人去玩耍了，我可能就心情不好，做不完作業。後來我好像想明白了，覺得他有時也聰明，要是我做不完作業，那他也就完不成作業了。他在抄我的數學作業時，倒是很認真。……甚至可以說一絲不苟」〔註21〕。當我們都小學畢業後，有一次烏金告訴「我」不再繼續讀書是因為抄數學作業時的罪惡感讓他不想繼續上學。當烏金成為活佛後，「我」問起他是否還對數學感到恐懼，他仍然很害怕，但他卻不覺得活佛要學習的天文曆算有多難。這前後兩種行為顯然帶有對比的色彩。烏金不會做數學題，但他不是貪玩兒不努力，因為他可以耐心等「我」把作業做完，可以「一絲不苟」地抄作業，這種習慣性的動作暗示烏金的學習狀態。但「我」的限知視角沒能揭示此時烏金的罪惡感，這種感覺是烏金自己告訴「我」的，可見烏金的罪惡感是從內心生發的，他對抄作業有一個反思內省的過程。在這個思索行為之下，隱藏的另外一面是現實社會對每一個人整齊劃一的人生標準的規劃與設置，這是滋生烏金罪惡感重要的一個原因。在成為活佛之後，每個人，包括讀者都像「我」一樣認為「現在任何人也不會逼你做任何你不願意做的事了」，烏金卻選擇學習天文曆算，追問「1＋1＝3」的奧秘。這種轉變表面上看是所謂「神性」的緣故，實際上是作者選擇用這種方式展示烏金的形象。

〔註21〕萬瑪才旦：《烏金的牙齒》〔J〕，青海湖，2011 年 5 月，第 9 頁。

我們每個人都非常容易接受社會現實的各種整齊劃一的規則與規訓。當我們自身的行為無法完美地適應這個規則時，會隨之產生各種反應。烏金的罪惡感是其中一種。往往是善良、善於自省的人容易滋生罪惡感。本書中「我」的口吻客觀，沒有對此做出任何感情上的判斷。但作者實際上對這種社會規訓對人的發展的束縛做出了自己的反思：烏金帶有罪惡感，而「我」即使數學優秀，也因為各種原因沒能上大學，只是隨便找了份工作，「得過且過著」。似乎各種規則之上還有一個叫做「命運」的東西。社會規訓可能有其合理性，但整齊劃一往往使人喪失許多叫做「個性」的東西。烏金成為活佛後至少擁有了不學數學的自由，但他卻選擇學習追問更為深奧的天文曆算和「1＋1＝3」的奧秘。這種學習行為的對比，整個學習行動序列的排列，意味深長地揭示了這一點，最為重要的還是烏金形象的一個顯著特徵：善良而自省，善於追問思辨。

（二）「我」的思索行為序列

「我」被作家塑造成一個現代人的形象，最典型的還有現代人的氣質：懷疑、思辨、追問並深深迷惘。「我」對烏金最初的態度是不說他圓寂，而是說死，不想對他磕頭，卻被父母逼迫磕頭。對於烏金比自己有「福報」這件虛妄的事，十分迷惘，認為「有些事就這樣，你只能認了，沒什麼太大的理由」。終於「我」也因為諸多不順去找烏金加持，原因也僅僅是經過村裏人對於烏金童年時的各種殊勝奇異之事「箭垛式」的添加，「我」也聯想到烏金小時放生魚的事，平添了幾分相信。但終究，烏金之死令「我」難過仍是因為他是「我」童年的夥伴這樣一種親密的情感，而非某種敬畏感驅使。這裡，「我」是一個典型的現代人形象：有懷疑，但更多的是耽於茫然，得過且過；重視情感，不願屈服於某種權力壓迫。整篇小說用了接近一半的篇幅來細細敘述「我」對烏金牙齒的思索，用這一行為最大化地揭示了主題。烏金圓寂，寺廟要建佛塔紀念，佛塔中要放入烏金的牙齒，結果搜集的牙齒多達58顆，「我」問別人、查詢網絡，知道正常該有的顆數，又想起小時在烏金家被他父親拔過一顆乳牙，這顆牙也被寺廟的僧人收集到塔中，「和烏金那些尊貴的牙齒一起享受著萬千信眾的頂禮膜拜」。這裡，用大量文字細細敘述「人有 32 顆恒牙」的常識，與寺廟收集到的 58 顆牙齒形成一種荒誕的比對，加之「我」的牙齒也混入其中被置入佛塔，整個莊嚴的紀念行為變得有些滑稽。「我」仔細證明這一切的過程恰恰揭示了一個荒誕的結局。作為現代人，「我」因為「人

生而平等」的潛在意識不願給烏金磕頭，「我」總在懷疑周圍的一切，尤其是烏金的「牙齒」，「我」的懷疑、追問伴隨著現實的荒誕不經。「我」深處困惑、迷茫之中，但「我」仍善於追問、思辨而不妥協。烏金和「我」身上都流淌著藏人思辨思維方式的集體無意識。小說精彩之處在於筆端觸及到了幽微、複雜的人性深處，尤其反映爲善思辨的民族性與一種孤獨在路上，永處困惑之中而從不妥協的現代人格的結合。

（三）烏金與「我」思辨行爲的方向差異

文本中有一個有意識的行動安排是烏金對「我」說他只瞭解「一加一等於二，二加二等於四，三加三等於六，四加四等於八，五加五等於十，六加六等於十二，七加七等於十四，八加八等於十六，九加九等於十八，十加十等於二十」，「就是不明白爲什麼一加一等於三」〔註22〕。這裡對加法題的擴展顯然是有意爲之，烏金一口氣算出的時候「有點激動」，但他苦苦思索「1＋1＝3」的奧秘，甚至當他小學數學老師來求他加持時也會請教這個問題，可見成爲活佛之後的烏金對常識沒有了理解上的障礙，但卻執著於超越常識的更爲深刻的思想。烏金的思想是從常識跨向哲思的。在萬瑪才旦看來，烏金本性善良，執著於思辨，這就構成他身爲活佛的全部品質要素，這正好應和了多識活佛對大乘佛教的高度總結：「佛門中的慈悲與智慧的關係是『水分』和植物『種籽』的關係，沒有慈悲的『水分』，超世間智慧就像乾枯的『種籽』一樣不會發芽……因此，佛教，特別是大乘佛教的最大特點是慈悲和智慧的高度統一」〔註23〕。萬瑪才旦用文學形象揭示了佛教智慧的思辨性。美國心理學家拉·莫阿卡寧認爲大乘佛教是「強調人性中的佛性」〔註24〕的，因此，烏金不在意「我」是否向他磕頭，卻在意「我」是否相信加持，僅僅年方二十圓寂，這些沒有任何「顯聖」的人生狀態體現的是烏金人性與佛性的結合。

文本中「我」的思想方向卻相反，對於人生中許多「重大」的瞬間：「我」爲何要向烏金磕頭？爲何不上大學？爲何人生「不順」？對於這些問題往往用「有些事就這樣，你只能認了，沒什麼太大的理由」來含糊其辭地回答，懷疑而又耽於迷茫。同時卻非常執著於常識，例如關於「人有32顆恒牙」的常識。寺廟僧人儘管知道收集到的烏金牙齒過多了，但仍不妨礙他們把這 58

〔註22〕萬瑪才旦：《烏金的牙齒》〔J〕，青海湖，2011年5月，第10頁。
〔註23〕多識：《愛心中爆發的智慧》〔M〕，北京：民族出版社，1996年，第3頁。
〔註24〕〔美〕拉·莫阿卡寧、江亦麗、羅照輝：《榮格心理學與西藏佛教——東西方精神的對話》〔M〕，北京：商務印書館，1996年，第12頁。

顆牙齒都放進佛塔。「我」深深爲之迷惘，「我」的牙齒也接受膜拜本身很荒誕。然而，如果烏金佛性中更多的不過是至高的人性表現的話，「我」身爲常人執著於常識的思辨，反思信仰的這種意識本身也具有些許「佛性」！從這個角度看，連同「我」的一共 58 顆牙齒都被放入佛塔也就無可厚非。「佛性」與人性都在一種人生態度上，二者的轉換有時就在瞬間之中。萬瑪才旦賦予這兩個人物以相反的思想方向，卻相輔相成地印證了作者對佛性與至高人性結合所產生出的思辨智慧的深刻認識。

三、小結

藏族文化以崇佛觀念爲核心，因爲佛教強調「每一個有情生命都有慈悲善良智慧的光明心」的種子，因此強調修身和利於眾生，這種文化形成藏民族崇尚的律己利他的價值觀。也是由於宗教文化的影響，藏民族「萬物有靈，眾生平等」的理念得到彰顯，繼而形成眾生平等的世界觀。因爲所居地域的高寒嚴酷，物質極其短缺，加之宗教生活的巨大影響，藏族人是十分重視精神生活的，伴隨對宗教教義的熟諳，佛教思維方式的借鑒，形成了富於思辨智慧的思維觀。這三者之間具有密切的聯繫。思辨思維方式往往是對自身價值觀和世界觀的反覆思考與辨析，這種方式深深根植於藏人文化思維之中。具體來看，萬瑪才旦小說對此以互文暗示的方式體現出來，使這個文本充滿獨特的藏族文學韻味。

小說《烏金的牙齒》中烏金和「我」這兩個人物在小說結構上是行動者。這兩個行動者的行動序列導致的思辨行爲是對極的。烏金小學時數學很差，「我」小學時數學很好；烏金成爲活佛後思考很深刻的數學問題，「我」對「人到底有多少顆牙齒」深入考察；烏金因爲抄作業有罪惡感，「我」懷疑自己的牙齒也被裝入佛塔，深感迷惘；烏金思辨的路徑是從常識發展到哲思，「我」擱置人生大的瞬間，卻執著於「人有多少顆牙」的常識；烏金因爲善良而滋生罪惡感，不斷追問、思辨，「我」看似追問常識，實際也在反思信仰。行動序列到了最後從對極轉變爲合一，烏金的思辨追問、「我」的思辨迷惘都是可貴的「人」的探索！萬瑪才旦賦予烏金以活佛的身份，其實旨在揭示就不斷自省、追問、探索這一點上，人性與所謂佛性的高度統一。再結合藏民族富於思辨性的思維方式，我們認爲萬瑪才旦以深刻的表現能力再現了藏民族這一傳統的思維模式在小說人物身上呈現出的魅力。

第四節　人性觀念的現代重構
——以《格薩爾王》爲例

一、藏族傳統人性觀

　　藏民族對人性最早的認識存在於神話之中。在藏族神話中，「獼猴變人」的人類起源神話至今仍有流傳。象雄型創世神話記載在剛剛創世之後，出現了一隻猴子和岩妖女，在青香樹的撮合下，岩妖女與公猴結合，生下六子，六子又繼續繁衍，從此大地上就有了人。雅礱神話則有佛教影響，認爲人類是獼猴與羅刹女結合的產物。《吐蕃王統世系明鑒》中這樣記載：「如此，由於藏族之人種，是獼猴菩薩和羅刹女傳出的緣故，分成兩類。父猴菩薩傳出的一類，性情寬和，信仰虔誠，心地慈悲，勤奮努力，愛做事業，出語柔和，長於辭令，這是父猴的遺種也。羅刹女傳出的一類，貪欲好怒，經商謀利，好盤算，喜爭執，嬉笑無度，身強勇敢，行無恒毅，動作敏捷，五毒熾盛，喜聞人過，憤怒暴急，這是羅刹女的遺種也。」〔註25〕這則神話至今流傳，今天西藏山南地區有一地名「澤當」意爲猴子「玩耍的地方」，當地第一個宮殿「雍布拉康」腳下有猴變人之後第一塊青稞地等風物傳說。當然，這種人性觀與藏傳佛教文化也有較爲密切的聯繫。藏傳佛教文化認爲人人皆有慈悲善良智慧的基因，但因爲愚昧偏見導致心靈混濁，佛教因而強調自我心靈的救贖。這種宗教上的認識歸結出人性兼善惡的原因。這則神話就是一個關於人性善惡說的原型：人性兼有善惡。神話中說像獼猴的這一支善良、溫和，像羅刹女的這一支則暴戾、狡詐，分別是人性善與惡的象徵。從這一點來看，它避免了西方人、漢族人自古以來在人性認識上的誤區，深刻認識到人性兼善惡。這一認識的深刻意義在於：它既避免了因「人性惡」的意識而使人性背負原罪枷鎖，也避免了因「人性善」的認識而使人性失之於理性制約，它客觀地認識到人性的善與惡是兼具的，人類需要時刻扼住作惡的欲望而發揚善的品行，藏族先民用藝術的手段揭示了人性既善又惡的原因，那就是象徵善的獼猴與象徵惡的羅刹女的結合導致了人性的複雜性。從古至今的眾多文藝作品不都糾纏於人性的善惡表達之中嗎？這種人性觀繼而對藏族人的道德

〔註25〕轉引自丹珠昂奔：《藏族文化發展史（上冊）》〔M〕，蘭州：甘肅教育出版社，2001年，第235頁。

觀產生了重大的影響，形成了以佛教教義教理為核心，以客觀的人性論為基礎的道德觀念。

這種人性觀在藏族文學中的體現是十分豐富的。在古典文學作品中更強調隱惡揚善的宗教修為和「善有善報，惡有惡報」的宗教因果論。在藏族文學的現代作品中，作者對人性觀的認識和把握顯得更為複雜。在小說《格薩爾王》中，阿來就對這個問題展開了富於現代性的思考，對藏族人性兼善惡的觀念做了一個富於現代意義的強調，是一個較為成功的互文範例。

二、《格薩爾王》人性觀念的現代重構

阿來的《格薩爾王》顯然是一個與格薩爾史詩形成互文的文本。無論這一文本對史詩進行了怎樣的引用、戲仿還有吸納，它仍然不失為一部個人化的寫作。它對史詩的互文，更多地體現為對史詩所深藏的古老人性觀的再度強調。

按照羅蘭‧巴爾特的觀點，他在敘事作品中區分出三個描述層次：「『功能層』（其意義同於普洛普和布雷蒙），『行動層』（其意義同於格雷馬斯，當他把人物說成是行動位時），以及『敘事作用』層（大致說來，它相當於托多洛夫的『話語』層）。必須記住，這三個層次是按照一種漸進的整合樣式相互連接的。」〔註26〕羅蘭‧巴爾特運用這種結構分析的本意是「非哲學性」的，「符號學式」的分析，為我們提供著一種分析經驗，但他拒絕追逐意義。但就像羅蘭‧巴爾特研究專家李幼蒸對他的理解一樣，羅蘭‧巴爾特以懷疑主義的理性思辨進行了大量符號學、去神秘化的文本分析實踐，具有深刻的理論認知價值。我們則可以沿著這種認識論的方向繼續前進，去追尋文本最終的意義。

小說開篇有一個時間代碼值得重視。「那時家馬與野馬剛剛分開」〔註27〕，這種沒有確切時間刻度的時間表述顯然更接近神話敘事，符合敘事人對更模糊的時間敘事的需要，也符合口傳文學程式化、儀式化的時間表述需要。但本書的敘述者則以含糊開端，又對之進行詳解：「歷史學家說，家馬與野馬未曾分開是前蒙昧時代，家馬與野馬分開不久是後蒙昧時代。」這裡的時間代碼被賦

〔註26〕〔法〕羅蘭‧巴爾特、李幼蒸：《符號學歷險》〔M〕，北京：中國人民大學出版社，2008 年，第 85 頁。

〔註27〕阿來：《格薩爾王》〔M〕，重慶：重慶出版社，2009 年，第 1 頁。

予了歷史時間的特點，故事開始的時間成為一個歷史的時間節點——「後蒙昧時代」。對於故事發生的「後蒙昧時代」的定位，敘述者賦予了其「恐怖與迷茫」的時代特徵，而這個時代特徵的構成是因為人「魔」一體，人「魔」難辨。而故事的寫作時間——21世紀初又是一個極其複雜的時代，經過工業化大發展之後，人類社會迎來前所未有的物質豐富時期，然而，這一切是以環境破壞、人性異化、工具理性大行其道，人與自然愈發疏離為代價換得的，從人性層面出發，我們仍處在一個人「魔」一體，人「魔」難辨的時代，人們仍處於「恐怖與迷茫之中」。這裡，小說的時間代碼巧妙實現了故事時間、歷史時間、寫作時間三者的並存，這種並存使一個時間代碼擁有了文化與哲學的意味，這種意味成為整個小說文本的一種思想定位——心魔難除，人性始終處於善惡的糾結掙扎之中。從開篇一個時間代碼開始，阿來就將重述的格薩爾史詩與當下緊密地聯繫起來，這不能不說是作家的一種精心設計。這個時間代碼傳遞出的信息無疑使文本層次化了，故事的情節層面、人物的情態層面、哲學思考的情調層面，每一個層面都最終指向作家有關人性思考的這一定位。

（一）「神子降生」的敘事代碼分析

《格薩爾王》分為三部：神子降生、賽馬稱王、雄獅歸天。阿來的這種設計十分符合普洛普的故事形態學對於功能的劃分。故事始於英雄的缺位，於是「神子降生」，其間包含「神奇地出生」的故事類型；格薩爾拯救眾生的過程分別符合從一地向另一地轉移、英雄與敵人格鬥、英雄勝利敵人失敗、英雄變形等功能，同時，這個過程也隱含著民間故事「英雄接受考驗」、「超自然的對手」、「超自然的幫手」等故事類型；「雄獅歸天」則含有英雄變形再生的功能。

具體地看，第一部分「神子降生」從故事層面講述了嶺國妖魔橫行，英雄缺位，於是神子受命降生，但遭逢放逐，上天懲罰嶺國人民，降下大雪，嶺國人受到啟示，去往格薩爾建成的新城堡。從另一個並置的故事線索來看，牧羊人晉美做夢逐步得到神授，成為說唱藝人。兩個故事並置在一起，但分屬不同的時間空間，晉美似乎是作為一個見證者從夢中窺見一切，並逐步熟悉整個故事，從而成為說唱藝人。從敘事角度來看，晉美這一人物的設置不僅是為了設置一個除作者敘述者之外的另一個敘述者，也是為了「重述」的史詩與當下現實之間緊密的聯繫。「神子降生」一部中，能抽離出這樣幾個功能：英雄缺位／神子降生，拯救眾生／遭遇放逐，放逐／懲罰。這幾個功能共同指向人性的古老命題。

　　對以上三個功能做出分析之前需要首先關注「英雄」這一符號在口傳文學中的特徵。根據筆者的理解，「英雄」的特徵具有以下幾點：「在神話中一般認爲，英雄『通常是指介於神靈與人之間的一種特殊的屬類。』由此看來，英雄可能是半人半神或受到神支持的人，他們創造出的業績才被稱爲是英雄神話。在民間口傳文學漫長的傳承中，人們傳頌英雄的故事並以此強化人們對英雄的崇拜，崇拜英雄的主題才得以延續。人們對英雄的崇拜是因爲他是與眾不同的人，是具有奇異能力的人，在他身上具備以下特徵。首先，英雄一般都是男性。由此基本可以推斷：感生神話及英雄神話可能都產生於父權制形成之後。神話的敘述者很自然地將他們認爲十分重要的人物給予了男性。其次，英雄半人半神的類屬或者是他獲得神的支持均是因爲他是神靈之子。由於受『萬物有靈』觀念和圖騰崇拜觀念的影響，中國少數民族的感生神話多是感自然萬物而孕的情節，如感風、感雨、感植物等等。只有感天、感光和感夢三類神話含有一定的將英雄政治化的因素，神話中藏族王子茹拉傑、塔吉克揭盤陀國王、苗族白帝天王、高麗東明王等都是以國王或部落首領身份出現的，此處感生物的出現是爲了將英雄神聖化。第三，英雄出生後的主要業績就是創造和征服。因爲英雄的神性背景，因此他往往首先是始祖，以祖先的身份受到崇拜。感生神話中滿族始祖布庫裏雍順、高山族雅美人、泰雅人始祖均是這樣。除了始祖身份，英雄的征服和創造是他們最主要的業績：彝族英雄支格阿魯神武過人；高山族英雄那巴阿拉馬成爲射日勇士；羌族英雄燃比娃爲民眾找來火種，成爲羌族的普羅米修斯；獨龍族英雄馬葛棒爲民除害後化爲星座，爲人們報告節令；藏族英雄茹拉傑是典型的文化英雄，他馴化野牛、引河入渠、開墾農田、冶煉礦石；這些英雄往往是祖先、創世神、文化神三位一體，更多的是創世神和文化英雄的結合，在他們身上反映了人類社會發展過程中的一些重要階段和重要的文化事件，人們將其誇大化地寄託於一人身上，體現了他們對特定時空下某一集團的認同和文化記憶。第四，爲了突出英雄的神聖和崇高，這些英雄往往要經過磨練和考驗。如果按學者蕭兵對太陽英雄神話中的太陽神所擁有的各種面目，即射手英雄、棄子英雄、除害英雄、治水英雄、靈智英雄來區分的話，棄子英雄所經歷的磨練和考驗，與中國少數民族感生神話中的英雄所經歷的磨練和考驗則十分一致。許多英雄都曾有過被母親丟棄的經歷：彝族九兄弟因父母衣食難供差點被棄，因神人相助而獲餓不死、燒不死等神力；彝族神女蒲莫尼衣將支格阿

魯『棄之巖下』，歷經磨難而成英雄；朱蒙也曾遭遇過被丟棄的經歷；大理龍母生子後『棄之山間』，兒後成爲治水黃龍。對於英雄的被棄，歷來有許多說法，古有『怪胎說』、『孵生說』，近代有『殺長說』、『輕男說』。但筆者認爲英雄被棄的情節一來可以增強神話情節的曲折性，二來可以更好地反襯出英雄遭棄而不死，反而在磨練和考驗之後成爲崇高的英雄，這對烘托英雄形象有較好的表現力。第五，爲了強化崇拜英雄這一主題原型，在這些英雄身上，集中了諸多母題類型。幾種母題類型的疊加，從各個細微之處來證明英雄的與眾不同及神聖之處，讓英雄身上的神聖光環散發出更耀眼的光芒。」〔註28〕

　　從以上分析可見，口傳文學中的英雄概念有其豐富的文化歷史內涵。阿來進行史詩重述時也兼顧了英雄這幾個方面的特徵：格薩爾是男性，神靈之子，其主要業績是創造和征服，他經過考驗與磨練，其故事母題集合。阿來多年對民間文化的收集與考察幫助了他，他在進行虛構時抓住了這部史詩最重要的特質。然而，作爲一部敘事虛構作品，作爲一部個人化的創造，阿來則將「英雄缺位／神子降生」這一功能則指向這樣一種現實：嶺國「群魔亂舞」，然而無人抑制，導致群魔亂舞的原因是：「魔都是從人內心裏跑出來的。」敘述者還進一步闡釋心魔產生的原因：權力、土地、財富的追逐產生爭鬥，爭鬥產生勝負，勝負產生貴賤，「所有這些都是心魔所致」。這顯然是一個馬克思主義式的解釋。此處的魔成爲一個象徵意象，即人類內心的欲望。如此一來也就可以解釋心魔橫行下的英雄缺位實際是對善、良知、正義缺位的擬人化表達，那麼神子降生也就是善的降生。這從「大神」選擇神子崔巴噶瓦的情節得以呈現：「你們都不如這神子爲下界飽受苦難的眾生憂憤那麼眞切！」這裡的「憂憤」源於善良與正義感。所以「英雄缺位／神子降生」這一功能完全可以置換爲隱喻代碼「欲望橫行／良知出現」。

　　從第二個功能「拯救眾生／遭遇放逐」來看，它完全符合「考驗」母題的需要。但是沿著上一個功能繼續搜索，這種「考驗」母題也帶有鮮明的指向性。神子覺如殺戮鬼怪幻化的生靈，遭到嶺國人厭棄，覺如母子被放逐。這個考驗故事的發端充滿了荒誕感：覺如認爲自己殺戮鬼怪，在拯救眾生，然而因爲覺如出現而剪除妖魔，生活太平的眾生眼中見到的卻是屠殺無辜，受到宗教指引開始向善的眾生無法容忍覺如的「惡行」，因果的混亂，眾生的

〔註28〕卓瑪：《關於中國少數民族神話感生主題原型的女性人類學闡釋》〔J〕，青海民族學院學報，2009 年 3 月，第 129 頁。

眾口鑠金，將覺如引向一個「無物之陣」的困惑之中，「覺如知道，自己身上的神力，就是來自這新流傳的教派安駐上天的諸佛的加持，讓他可以在嶺噶斬妖除魔，但他不明白同樣的神靈為什麼會派出另一些使者，來到人間傳佈那些不能與他合力的觀念」。在口傳文學中，格薩爾接受的考驗是一次次降妖除魔，但在本書中，格薩爾接受的考驗是辨識人心，辨識由外而內的降服和由內而外的信服，辨識人性的複雜。同時，「拯救眾生／遭遇放逐」這一功能因為考驗主題的深化也就可以置換為「善／偽善」。

第三個功能「放逐／懲罰」的情節是覺如遭遇放逐之後，來到異地玉隆格拉松多，除魔，通商，修築城堡，而嶺國人因為驅逐神子遭到上天懲罰，連降大雪，老總管受到上天示意，帶領百姓流亡到玉隆格拉松多，成為格薩爾臣民。從民間故事類型學的 A～T 分類法來看，「懲罰」主題屬於宗教故事 B840「對人們的懲罰」一條〔註29〕。懲罰的實施者是「公正的上天」，這在格薩爾史詩中具有的鮮明的宗教性即可看出，阿來也承繼了這種宗教性。但作為虛構敘事作品，阿來有意識地進行了他的文學創造。「下雪」這一天氣代碼在這裡作為懲罰手段承擔起相應的作用，於是「下雪」就從一個天氣代碼衍生為一個文化代碼。雪與藏族尚白傳統息息相關。「尚白」習俗源於藏民族生息的環境及相應的原始信仰。雪域高原是藏民族一直繁衍生息的地方，游牧所及之處，滿眼均是雪山草原，湖泊河流，這種自然環境培養了藏民族天然的審美觀：雪山、湖泊的聖潔之美。同時，苯教關於宇宙形成的神話認為一白一黑兩束光芒中產生了生靈與災難的本原，也是真善與假惡的源頭。雪域民眾在苯教「萬物有靈」觀念的影響下，將諸多雪山、湖泊、河流等視為神靈，尤其是藏區著名雪山都被視為神靈的駐錫地，而這些神山都是終年積雪不化的晶瑩雪山，潔白神聖。「諸多的山神皆以白犛牛、白蛇、白馬的形象出現。……顯然，諸多山神不管是以動物形態抑或以人體形態出現，其色彩都與雪域高原白色的自然景觀相一致。這表明藏民族對自身生存的被白雪素裹著的高原環境情有獨鍾，關愛太深，以至於形成崇尚白色的心理範式和文化秉性」〔註30〕。正是這種生存環境和原始信仰，使得「尚白」觀念深深根植

〔註29〕 參見〔美〕斯蒂‧湯普森、鄭海等：《世界民間故事分類學》〔M〕，上海：上海文藝出版社，1991 年，第 566 頁。

〔註30〕 何峰：《藏族生態文化》〔M〕，北京：中國藏學出版社，2006 年，第 362～363頁。

於民族文化中。「尚白」觀念在佛教傳入藏區後得到進一步強化。「尚白」觀念就與崇佛觀念有密切關係。傳說釋迦牟尼入胎前，有一隻白象自其母摩耶夫人頭頂沒入，後佛祖誕生。早期這種崇尚白色的觀念與印度的「淨濁觀」有著密切聯繫，白色象徵潔淨、質樸。佛教傳入雪域後，與本土苯教結合，強化了「尚白」這一觀念。佛教經典中，蓮花（主要是白蓮花）常用來比喻十種善法，它清淨、質樸、神聖、高貴，被藏族民眾視為重要的宗教供物。可見，藏傳佛教的形成促進了藏族尚白觀念的進一步發展，在延續上千年的歷史中，深深銘刻在民眾頭腦中，不斷反覆地出現在民間文學中，白色也由此成為一個具有強大影響力的色彩原型意象，象徵質樸、潔淨、眞純、高貴、神聖。在藏族傳統觀念中，「白」寓意所尊崇的一切高潔、神聖之物，佛祖、萬神、雪山、湖泊、河流、白蓮等等。在精神上，「白」象徵藏族人所追求的至純、至眞、至善、至美的品德修養和人生境界。鑒於「白色」所具有的文化內涵，文本中「下雪」與懲罰的結合就顯得令人不解。然而如果瞭解了小說最初的思想定位──人「魔」一體，心魔難除，那麼「雪」可能就富含了以善意、質樸來應對惡行的內涵，因此，「放逐／懲罰」也就可以置換爲「爲惡／爲善」的隱喻代碼。

（二）「賽馬稱王」與「雄獅歸天」的行動位分析

　　從民間文學角度來看，阿來在整個文本三個部分的設計上匠心獨運，圍繞龐雜的格薩爾說部提取出來最重要的幾個「謂語」：降生、稱王（鋤魔）、歸天，並自由地對這幾個「謂語」組合、改變和轉換，使「謂語」的「同位語」不斷膨脹，抓住了口傳文學最重要的本質特徵。在「賽馬稱王」一部中，格薩爾稱王、除魔，發動戰爭，同時經歷著國王忘歸、愛妃爭寵、血親內訌。從功能層面看，故事無非如此，但《格薩爾王》通篇還隱匿著另一個重要的層次，即人物心靈的震蕩、思想的辨析，這正是屬於人性層面的構建。這種構建的推動力顯然是人物的行動。從作家個人化的創造來看，阿來在每一個部分都利用情節功能、人物的行動位最終展開富於現代性的敘事，將格薩爾、晉美內心的猶疑、徘徊和追問一一展示出來。

　　「格雷馬斯提出，在描述和分類敘事人物時，不按照他們是什麼而按照他們做什麼的標準」〔註31〕，「賽馬稱王」中除卻功能層的稱王、除魔之外，

〔註31〕　〔法〕羅蘭・巴爾特、李幼蒸：《符號學歷險》〔M〕，北京：中國人民大學出版社，2008 年，第 99 頁。

更為重要的行動序列由格薩爾、說唱藝人晉美、故事人物阿古頓巴完成，這三個人物身份不同，在敘事中地位不同，但如果從「做什麼」的標準來看，他們卻有著較為一致的行動，那就是追問和懷疑。從格雷馬斯的「行動位模式」〔註32〕來看，三個人物分別屬於援助者、發送者及對抗者。格薩爾幫助著黑頭藏人、嶺國百姓，但善惡之爭的人性疑問卻一直縈繞心頭，他一直在懷疑自己的能力，懷疑人的救贖；晉美從平凡普通、頭腦一般的牧羊人晉美到嗓音渾厚的說唱藝人晉美的轉變，並沒能阻止他追問故事中的現實、追問其中的意義；阿古頓巴則是藏族民間故事中的機智人物的典型，他傲視權貴、以其智慧與戲謔懷疑著那個有失公平與正義的社會。三個人物分別屬於三個行動者，但是他們具有相同的行動：追問與懷疑，他們是各自行動序列中的主角，但三個人物從不同的方面印證了筆者對文本的思想定位——對人性的思考。

　　具體地看，格薩爾的身份經歷了神子崔巴噶瓦、覺如、格薩爾王三種變化。神子崔巴噶瓦因看到下界苦難心生不忍，被大神選中去下界做嶺國之王，拯救黑頭藏人。「不忍」的心理動因成為敘事行動得以延續的重要推動力，這就是善良與正義。到覺如初顯神通時，他就陷入了魔法與心魔的追問：覺如欲圖制服晃通，晃通大叫：「侄兒啊，我是你中了魔法的叔叔啊！」覺如一時陷入迷惑，無法分辨晃通的話語，這裡的魔法與心魔之辨貫穿了格薩爾的一生。這些敘事都是第三人稱的，但此處針對覺如的瞬間迷惑插入了一段非人稱的插敘：「覺如一時間有些糊塗。後來有人說得好，『好像是電視信號被風暴刮跑，屏幕上出現了大片雪花。』電視信號被風暴刮跑，草原上的牧民會拉長天線，向著不同的方向旋轉著，尋找那些將要消失的信號。甚至他們會像短暫失憶的人拍打腦袋一樣，使勁拍打電視機的外殼。」〔註33〕這種插敘語段是相對傳統的一種敘事樣式，它的出現是欲圖將古老的史詩與當下緊密聯繫起來，以指涉當下的方式發揮著它的敘事作用，而這種指涉當下顯然是關乎善惡的追問。作為嶺國之王，「世界英豪制敵寶珠」格薩爾擁有神力與加持，但卻往往陷入人性的懷疑與追問之中，就連大神也覺得格薩爾「染上人的毛病了」，這種思索與追問使得格薩爾完全沒有神子的神聖，歷經幾度對嶺

〔註32〕〔以色列〕里蒙‧凱南、姚錦清等：《敘事虛構作品》〔M〕，北京：三聯書店，1989年，第62頁。

〔註33〕阿來：《格薩爾王》〔M〕，重慶：重慶出版社，2009年，第1、37頁。

國人的失望，格薩爾倍感孤獨，歷經沒完沒了的征戰，格薩爾深感疲倦。「地獄救妻」是格薩爾史詩的最後一個說部，民間藝人通常比較忌諱說唱這一說部，據說藝人們一旦說唱了這一說部，往往就是藝人自己的死期將至。本書中的「地獄救妻」部分與傳統說部的最大區別是格薩爾的懷疑與追問的凸顯。格薩爾感覺到陰間不是「一個專門實在的地方」，「陽間地方同時也是陰間」。格薩爾具有這種思辨的結果，與他在嶺國一直以來的境地有關，嶺國的黑頭藏人兼具善惡，善良、愚昧、麻木及冷漠集於一身，常常讓格薩爾無所適從，他自己也因殺了凡人晁通而自責不已，心靈背負著罪惡感，最終，他沒能救出母親和妃子，但卻超度了地獄所有的亡靈，最大化地實現了救贖。

　　懵懂的牧羊人晉美「遭逢」夢中的故事，成為一個格薩爾說唱藝人。格薩爾說唱藝人，藏語稱「仲肯」，他們往往是格薩爾史詩貢獻最大的傳承者和創造者，正因為他們的傳播，格薩爾史詩才被譽為「活著的史詩」。根據研究，格薩爾說唱藝人分為「託夢藝人、頓悟藝人、聞知藝人、吟誦藝人、藏寶藝人、圓光藝人和掘藏藝人」〔註34〕。這種藝人的分類與宗教有較為密切的關係。小說中的晉美是一個託夢藝人，他在夢中看見故事發生發展。有趣的是，晉美不是一下子獲得故事，而是每一次在夢中接續故事。可見，作者設置晉美這個人物，成為敘述者之一，使其成為故事與當下的有效聯繫，也通過晉美的視角，進行故事的接續。從敘事學角度看，晉美形象的設置具有以上作用，但從文學性角度看，晉美這一人物的行動位是「發送者」，即傳播故事。然而，晉美沒有像傳統的藝人們那樣，只是遵從某種使命，進行格薩爾故事的傳播，他總想通過故事去尋找現實，追問意義。作者對於晉美日趨衰弱的視力，幾乎眼盲的形象設置是富於深意的。古希臘詩人荷馬也是盲人，這種身體殘缺在至高的藝人身上可能是某種必需，就像文本中活佛對晉美開示時說的那樣：「眼睛不要看著外面，看著你自己的裏面，有一個地方是故事出來的地方，想像它像一個泉眼，泉水持續不斷地汩汩湧現」〔註35〕。晉美專注於內心時，他是一個優秀的藝人，但他也會經歷愛情的破滅，同行的刁難，生活的窘迫，現實的擠壓，所以，他無法不追問英雄故事的意義，無法不懷疑故事在當下環境中的變異。本書中晉美的鹽湖之路就體現了他終極的追

〔註34〕降邊嘉措：《格薩爾論》〔M〕，呼和浩特：內蒙古大學出版社，1999 年，第507～514 頁。
〔註35〕阿來：《格薩爾王》〔M〕，重慶：重慶出版社，2009 年，第 181 頁。

問，鹽湖這一地域代碼顯然富於深意：今天，伴隨現代化進程的加劇，伴隨採鹽業的國有化，採鹽人及馱鹽隊的經歷、習俗、規約及相應的文化正在隨風而逝，晉美在鹽湖的追問注定了他的尷尬，故事無謂眞假，它以信仰的方式潛藏在藏民族的集體記憶中。同樣，現實無謂眞假，只有變化。由於執著於尋找意義與眞實，他的美好年華最終定格成行吟詩人「在路上」的狀態。

這兩個人物與民間故事人物阿古頓巴的聯繫構成了文本對人物的某種定位。阿古頓巴故事是藏族民間故事中的機智人物故事，阿古頓巴是將民間所有機智人物故事集於一身的「箭垛式」人物，他充滿智慧，輕視權貴，總能出其不意懲罰惡人而扶助弱者，當然，在民間故事中，阿古頓巴也被賦予了負面的形象：輕佻、愛撒謊，是智者與騙子的矛盾體。《格薩爾王》中，作者有意識地使晉美與阿古頓巴重疊，令阿古頓巴遭遇格薩爾王，這種情節設置有其思考。阿來在他的數篇短篇小說裏都塑造了阿古頓巴這個人物，在阿來的文學世界裏，阿古頓巴一反機智聰慧的性格，而是充滿戲謔、諷刺和懷疑，本書中的阿古頓巴與其短篇小說中的阿古頓巴形成了形象上的互文。晉美追問故事、追問意義，卻被當成阿古頓巴，被說成幽默，以致連形象也有些相似：晉美「恍然記得那時的自己臉頰豐滿黝黑，神情平和，水裏這張臉卻瘦削嚴肅，下巴上掛著稀疏的鬍鬚。他覺得自己是個性情溫和的人，現在卻驚異於臉上那種憤世嫉俗的神情。」〔註36〕從樸實木訥的牧羊人晉美到憤世嫉俗、追問意義的藝人晉美，他擁有了說唱史詩的能力，更擁有了思想與智慧。

格薩爾與阿古頓巴在故事中的交集更具深意：第一次，作爲國王的格薩爾有了抵抗他的人，格薩爾敏感地意識到阿古頓巴表面上輕鬆幽默，實際上憤世嫉俗。阿來塑造的阿古頓巴以隱逸的方式與權力進行對抗，他使用「帽子戲法」戲弄了辛巴麥汝澤。這裡的帽子與晉美的藝人帽兩個相似的物象卻產生了不同的象徵意義：晉美的藝人帽製作精良，象徵某種權力的獲得；阿古頓巴的藝人帽平凡普通，卻象徵與權力的疏離及對抗。作者尊重民間規約及信仰的力量，但他更重視屬於普通人的命運。這三個人物以相同的行動：追問與懷疑展開其行動序列，獲得的意義是彼此重疊，互爲補充的，於是形成了某種具有「主體間性」特徵的主體特徵。從本體論角度看，主體間性不是把自我看作原子式的個體，而是看作與其他主體的共在，從這個意義上看，格薩爾、晉美、阿古頓巴三個個體的共在狀態才具有價値，他們共生於本書

〔註36〕阿來：《格薩爾王》〔M〕，重慶：重慶出版社，2009年，第227頁。

之中，敘述者有意製造三者的平等交流，以這種形象及行動的互動顯示出三個形象所蘊含的思想價值，那就是對人性的追問和懷疑。

三、小結

　　人類一直在以各種方式反觀自身，尤其是在善與惡這種人性的選擇上。在文學上，傳統的虛構作品往往與倫理道德形成同構，揚善抑惡。在現代性文學這裡，往往將焦點集中於人性善惡的糾葛。在藏族文化中，古老的人性觀與現代觀念接近，認爲人性兼善惡，強調人性的複雜性。當代文學中，阿來的《格薩爾王》不僅從題材上與史詩格薩爾形成互文，而且在文本的思想定位上與傳統的藏族人性觀構成互文，揭示出人性的複雜樣態。

　　從整個敘事系統來看，相對傳統的口傳史詩，小說《格薩爾王》對史詩展開變異與擴展，就如羅蘭·巴爾特認爲的那樣：「敘事形式基本上以兩種力量爲標誌：沿著故事路線擴張其記號的力量，以及在這些變異中納入不可預見的擴展的力量。」〔註37〕作者選取代表故事緣起、經過、結果的「神子降生」、「賽馬稱王」、「雄獅歸天」三個「謂語」，並對這三個「謂語」進行擴張，不斷增加其敘事記號，豐富故事內容。期間，作家又設置另一敘事線索：晉美的故事，並以晉美這一人物作爲除作者的敘述者之外的另一個敘述者，使文本結構呈現立體的層次構架。此外，作家「在這些變異中納入不可預見的擴展的力量」，使接受者從這敘事系統中擴展出屬於其精神層面的內涵，對敘事進行了「轉譯」。

　　從敘事學角度看，《格薩爾王》中敘事代碼的功能鮮明，共同揭示出人性這一話題。經過分析，我們認爲「英雄缺位／神子降生」這一功能可以置換爲隱喻代碼「欲望橫行／良知出現」，「拯救眾生／遭遇放逐」這一功能因爲考驗主題的深化也就可以置換爲「善／僞善」，「放逐／懲罰」也就可以置換爲「爲惡／爲善」的隱喻代碼。將這三個敘事代碼集中於一處時，善與惡的角力，欲望與良知的交鋒就成爲藏匿於故事之後的深刻思想。以上敘事代碼是敘述者和讀者都共同使用的代碼，「英雄」、「放逐」、「懲罰」等母題是敘述者與讀者都熟悉的情節單元，通過這些共同之處，作家揭示了文本的意義。而從人物的行動來看，格薩爾、晉美、阿古頓巴三個人物從各自的行動位出

〔註37〕〔法〕羅蘭·巴爾特、李幼蒸：《符號學歷險》〔M〕，北京：中國人民大學出版社，2008年，第108頁。

發，分別以援助者、發送者及對抗者的模式展開各自的行動序列，其共有的行動是懷疑與追問。文本中這三個人物構成主體間性的特徵，從而以其共在狀態揭示《格薩爾王》人物行動的最終意義，這一敘事情境突破了古老的故事編碼，以主體間性取代主體性，獲得了文本的現代性意義。

第四章　藏族漢語小說中的民族化敘述與聲音修辭

第一節　近十年來藏族小說的發展

　　經過新時期文學的迅猛發展，近十年來，藏族文學迎來較為穩定的發展時期。這一時期一些藏文文學刊物經歷了最初的起步階段，伴隨經驗的積累，文學品鑒力的保持以及刊物良好的運轉，《章恰爾》、《西藏文藝》、《邦錦梅朵》、《拉薩河》、《民族文學》（藏文版）等刊物形成母語文學十分重要的陣地，德本加、札巴、札西東主、萬瑪才旦、嘉布慶‧德卓等作家呈現出比較活躍的創作狀態。德本加的創作一直穩定，近年來發表了一批有影響力的作品。2012 年，中央民族大學專門為德本加舉行了作品研討會，據說這是國內第一次母語作家專場文學研討會。德本加生活在藏區基層，任教二十多年來一直筆耕不輟。他被視為「母語文學的引領者」〔註1〕，他一貫以諷刺、幽默的筆調來揭示主人公的生存境遇，揭示時代轉型與人們內心的種種體驗，諷刺幽默之餘是淡淡的憂傷。雖然作家慣用現實主義筆調，但常有荒誕意識和黑色幽默的先鋒色彩，其「老狗」系列小說所展示的人性底色和晦暗衝突，在當下社會極具震撼力。

　　近十年來的藏族漢語小說也收穫頗豐，文學發展勢頭比較強勁。伴隨阿

〔註 1〕札巴：《後記：德本加其人其文》〔A〕，德本加、萬瑪才旦：《人生歌謠》〔M〕，西寧：青海民族出版社，2012 年，第 297 頁。

來的《塵埃落定》獲得第五屆茅盾文學獎，一批努力探索小說藝術的作家共同將藏族漢語寫作推進到一個新的水準，從小說技巧、文體探索到民族話語書寫等方面與其他民族的寫作展開對話。以阿來為例，在獲獎之後，他又有《空山》三部曲、《格薩爾王》等長篇問世。阿來的《空山》在 2000 年後陸續面世，最後一部完成於 2007 年。這部三部曲分為《隨風飄散》、《天火》、《達瑟與達戈》、《荒蕪》、《輕雷》與《空山》共六卷，是關於一個藏族村莊——「機村」的一部村落敘事。1950 年至 1999 年，中國正處於「變」的巔峰期，「機村」和中國大地上的任何一個地域一樣，處在「變」的渦流中心，「機村」的外部環境與人們的內心都承受著巨大的「變」——生長與毀滅，阿來以細膩的筆觸展現了這種充滿痛苦的生長與毀滅。這部村落敘事與《塵埃落定》不同之處在於作家目光從歷史向當下的轉移，具有更深厚的人文關懷和更敏銳的批判意識，儘管阿來總強調他在書寫普遍性，但藏民族性格與情感的流露仍舊十分鮮明。

　　近年來一些優秀作品也頻頻問世，一些年輕的藏族作家逐漸崛起，次仁羅佈在阿來之後又以短篇小說《放生羊》獲得 2010 年的魯迅文學獎；藏族第一位導演萬瑪才旦進行雙語寫作多年，近一兩年來的數篇短篇小說頗受關注；安多作家龍仁青從早期的《轉世》、《鍋莊》到近年來的《奧運消息》、《光榮的草原》都十分關注當下牧民的精神現實，專注於在現實主義中注入更多技巧，打造小說藝術的高度，得到了更多關注；玉樹作家江洋才讓寫詩多年後，寫出《然後在狼印奔走》、《康巴方式》等小說，作品立足於康巴大地、巴塘草原，書寫康巴人的游牧生活、康巴人在當下的不同生命際遇。這一時期小說的總體特點是更多追求民族話語的表達方式，在民族文學的想像中，完成自我文化身份的認同、完成對民族精神底蘊的把握，揭示時代變遷中民族生活的變奏。

　　同一時期，藏族女性作家的漢語寫作得到集中的展示，作品的藝術水準和現實關懷達到一定高度。早在上世紀九十年代，藏族文壇就有「女神時代」之說，作家馬麗華如此命名九十年代的女性作家群，學者李鴻然也沿用了這一命名。以央珍、梅卓、格央、唯色為代表的女性作家構成九十年代女性寫作的基礎，央珍《無性別的神》、梅卓《太陽部落》、《月亮營地》、格央《靈魂穿洞》、唯色《幻影憧憧》等作品展示了這一時期女作家的創作實績。步入新世紀以來，梅卓繼續發力，創作了多篇中短篇小說，結集為《麝香之愛》；

其文體實驗式的作品《人在高處》將紀實性作品與虛構性作品穿插在一起，構成青藏高原虛幻與現實結合的神秘色彩。此外，梅卓還在文化散文領域收穫了《走馬安多》、《吉祥玉樹》等優美的文字。唯色在一個階段的小說創作之後主要進行詩歌與散文寫作，有《西藏在上》、《西藏筆記》等作品集。格央的小說之路在繼續，同時，她也以豐富的散文創作結集爲《西藏的女兒》，展示女性視角下西藏女性的精神世界與現實境遇，令人頗爲動容。繼這幾位代表作家之後，白瑪娜珍、尼瑪潘多、央金拉姆、永基卓瑪、嚴英秀等成爲這一支女性作家隊伍的接續力量，創作出一批優秀作品，產生了較大的影響力。白瑪娜珍的《復活的度母》以母女兩代人的愛情故事展開敘事，在描寫兩代女性的感情經歷的同時，展開了一幅西藏宗教、文化、民俗的風情畫，唯美的筆觸，細膩的描寫，書寫了屬於藏地女性的難忘記憶。2010 年，尼瑪潘多以一部長篇小說《紫青稞》讓讀者感受到了久違的質樸與親切。作家以忠實的現實主義筆調描寫了 20 世紀八十至九十年代初西藏偏僻山村在社會轉型過程中帶來的變化，受到震動的人們在走出大山之後的掙扎、努力和迷失，但就像「紫青稞」總是執著倔強地成長於惡劣環境一樣，生命力極強的「普村」人也總能找到自己生存的角落。小說中的女性尤其令人印象深刻，雜草一樣生長，「紫青稞」一樣執著，她們構成西藏人生命中最濃重的底色。雲南的央金拉姆和永基卓瑪將筆觸根植於足下那片廣闊的滇西草原、田野、山川和河流，展示了藏民族又一種風情意緒和生命體驗。

第二節　獨白中的輓歌
——《放生羊》中的獨白式單聲話語

　　對話理論是蘇聯著名的文藝理論家米哈伊爾・巴赫金的重要貢獻。他在其《小說的美學和理論》、《陀思妥耶夫斯基的詩學問題》等著作中提出了他最爲重要的對話理論這一學術創見。如果提到理論來源，巴赫金的對話理論受到了索緒爾主義的重要影響。索緒爾認爲「語言中的一切，包括它的物質和機械的表現，比如聲音的變化，歸根到底都是心理的」〔註2〕這一理論觀點對巴赫金產生了很大影響，他在對話理論中提出的「話語」、「言語」等觀點

〔註 2〕〔瑞士〕費爾迪南・德・索緒爾、高名凱：《普通語言學教程》〔M〕，北京：
　　　　商務印書館，1980 年，第 27 頁。

都受到這一結構語言學觀念的重大影響。巴赫金雖然受到索緒爾結構語言學的影響，但他並未被束縛，他發展了結構語言學的理論，認為陳述文是發展的，可以成為一種轉換語言學，突破內容形式二分法，以意識形態分析法展開研究。因而，巴赫金提出對話理論，認為每一段話語都與之前的話語產生著對話性，個體聲音只有加入這個已有的話語和聲中才能為人所知。文學，尤其是小說成為眾多聲音的場所，最能促進這種對話性。生活的本質是對話，思想、藝術和語言的本質也是對話，複調是對話的最高形式，複調更具多元性和徹底性。總之，巴赫金對話理論解釋了一個觀點多元、價值多元、體驗多元的真實而又豐富的世界，指出對話是人類生存的本質。巴赫金用對話理論表達了他對現實的觀照：對話才能帶來生機和活力，而官方話語往往是獨白式的，體現著等級、壓制和隔離。巴赫金對話理論產生有其時代背景，他的學術研究貫穿了他對現實的關注，認為對話、狂歡能表現人與人之間的親昵、平等。巴赫金用獨白與對話，對話的各種形式來闡釋了文本內部的狀態，這對剖析作家與所處社會群體之間的話語關係，作家創作的內在機理是十分有幫助的。

「單聲話語」的概念取自巴赫金在《陀思妥耶夫斯基詩學問題》中關於散文話語的各種類型的論述。巴赫金認為，話語有大致三種類型：「直接即時指向對象的話語──稱呼的、報導的、表述的、描寫的──，其目的在於對對象的直接即時的理解」，這是第一類型話語；「被描寫的或者客體性的話語」，這是第二類型話語；第三類型：「指向他人話語的話語」〔註3〕巴赫金認為第一類型話語忽視了話語在不同表述之中的變化。第二類型的話語存在一個最普遍的形式，就是主人公的直接言語。在這一類型話語中，一種情況是主人公的表述統一體服從於作者表述的統一體，成為作者表述統一體的一個成分。還有一種情況是作者話語不出現，「而是在結構上用敘述者話語來代替。」這種客體性話語類型是一種單聲話語，存在於一種獨白文本中。

在此，筆者試圖運用巴赫金的單聲話語概念來探討次仁羅布的漢語小說中所具有的獨特聲音。

次仁羅布近年來的短篇小說創作產生了較大影響，尤其是他的短篇小說《放生羊》於 2010 年獲得第五屆魯迅文學獎，另外幾篇短篇小說《殺手》、

〔註3〕〔俄〕巴赫金、劉虎：《陀思妥耶夫斯基的詩學問題》〔M〕，北京：中央編譯出版社，2010 年，第 205、217 頁。

《界》、《阿米日嘎》等也獲得學界較高的評價。次仁羅布的小説被學者稱爲「靈魂敘事」，面對自己的創作，他説：「我願意寫眞實的情感。只要是人，感情都是相通的，眞實的感情是可以感染任何民族的讀者的。」面對今天熱門的涉藏題材，他認爲「很多作者對西藏的歷史、文化、現狀瞭解非常淺表，所以把西藏寫得特別神乎和神秘，我現在要做的就是還原，還原藏族人的内心世界，還原一個眞實的西藏。這是一個藏族作家應該承擔的責任，是我今後創作的方向。」〔註4〕從這些信息來看，次仁羅布是帶著鮮明的創作自覺來進行小説創作的，並不滿足於僅僅講述一個帶有奇幻色彩的西藏故事。如果仔細分析次仁羅布的代表作《放生羊》，我們會發現小説在結構上運用了敘述者話語，這是一種客體性話語類型，因此，這部小説帶有獨白文本的特點，是一種單聲話語。從這一點出發，筆者試圖從次仁羅布小説的獨白式單聲話語中，探究出他以這種話語類型傳達出的西藏形象。

　　《放生羊》以主人公年札的視角展開敘述，因此，年札的話語就構成了敘述者話語。與其他話語類型不同，在這篇小説裏，作家徹底退出，作者的敘述者與小説主人公是同構關係，整個小説在敘事上呈現出很鮮明的獨白特徵。這種獨白具有巴赫金所説的「口述」的特徵。巴赫金提出的「口述」指的是「小説裏個性化敘述者的口頭敘述，以與一般文學性『敘述』相區別。」〔註5〕小説中這種「個性化敘述」主要體現在主人公年札身上，口述的表達方式又體現爲以下幾個層面。

一、民族化的語言風格與作家態度

　　《放生羊》這篇小説的語言非常具有魅力。從作家所運用的語言來看，他沒有運用時下流行的「XX 體」，語言中看不到一個外語語彙，是純正、規範的現代漢語。然而，細細品味，《放生羊》中敘述者的語言仍有其特點，那是一種具有民族韻味的語言特點。

　　首先，典雅的語言風格是這種民族化的重要體現。作家運用典雅的漢語並力爭從這份典雅中傳達出他的某種態度。下面列舉的文字代表了整篇小説的語言基調：

〔註 4〕魯迅先生：藏族作家次仁羅布小説《放生羊》獲魯迅文學獎〔EB／OL〕，
　　　　http://blog.sina.com.cn/misterluxun，2010－11－14 頁。
〔註 5〕〔俄〕巴赫金、劉虎：《陀思妥耶夫斯基的詩學問題》〔M〕，北京：中央編譯
　　　　出版社，2010 年，第 203、205 頁。

　　　　山腳的孜廓路上，轉經的人流如織，祈禱聲和桑煙徐徐飄升到空際。牆腳邊豎立的一溜嘛呢筒，被人們轉動得呼呼響。走累的我，坐在龍王潭裏的一個石板凳上，望著人們匆忙的身影，虔誠的表情。坐在這裡，我想到了你，想到活著該是何等的幸事，使我有機會爲自己爲你救贖罪孽。即使死亡突然降臨，我也不會懼怕，在有限的生命裏，我已經鍛鍊好了面對死亡時的心智。死亡並不能令我悲傷、恐懼，那只是一個生命流程的結束，它不是終點，魂靈還要不斷地輪迴投生，直至二障清淨、智慧圓滿。我的思緒又活躍了起來。一隻水鷗的啼聲，打斷了我的思緒。

　　　　布達拉宮已經被初升的朝霞塗滿，時候已經不早了，我得趕到大昭寺去拜佛、燒斯乙。〔註6〕

　　敘述者的敘述非常細緻、善於觀察每一處細節。視角由近及遠：人流如織、桑煙升騰。由於眼前氛圍的影響，年札老人想到生與死的重大命題。這種意識流動以平凡、規範的漢語語彙娓娓道出，平淡悠然，卻意蘊獨特。整篇小說的語彙並無出奇創新之處，但仍具有打動人的力量，是因爲這種現代漢語言經過作家的有意爲之，成爲民族化了的文學語彙，因而讀來更具獨特感。典雅的語言風格與西藏人的話語方式、表達習慣息息相關。西藏長期處於藏區的中心，由於聖地拉薩、藏族祖先一路走來的雅礱河谷等一系列藏文化生息地的特點，西藏及拉薩在藏族人眼中地位十分獨特而重要。西藏人自稱「博巴」，因爲貴族文化與宗教文化的薰染，西藏人，尤其是拉薩人一直以優雅的舉止、典雅的話語、溫和的處世方式作爲一種行爲規範，這是一種與擅長經商的康區藏族、游牧農耕的安多藏族有很大區別的一種行爲規範。這種行爲規範培養的是藏族人尤其是拉薩人的話語方式及行爲方式。作家有意使其敘述語言典雅化，是爲了努力貼近這種話語方式。因此，這種典雅成爲小說文本主人公語言的典型標籤。

　　其次，作家有意選用許多聲響模擬的象聲詞彙，這非常符合藏族人口頭語言的表達習慣。文本中，伴隨敘述者年札老人的目光，許多象聲詞彙構成小說獨白式單聲話語之外的補充，使得受眾在閱讀過程中仍能於獨白之外感受生活：「丁零零的鈴聲」、嘛呢經筒「呼呼響」、羊「咩咩地叫喚」、「叮叮咣

〔註6〕次仁羅布：《放生羊》〔J〕，西藏文學，2011 年 1 月，第 5 頁。

咣」地刻嘛呢石、「嗡嗡」的念經聲、羊「嚓嚓」地咀嚼、「嗵嗵」的敲門聲、放生羊「嗒嗒」的足音、雨聲「劈劈啪啪」、照相機「劈劈啪啪」地照個沒完、「嚓啦嚓啦」的匍匐聲……這種象聲詞彙的選擇是很符合藏語表達習慣的。藏語，尤其是口頭語有大量的象聲詞，這些象聲詞能加強表達的效果，強調意義，同時使語言具有某種音響感，從而更加形象。這種象聲詞彙的大量運用已經成為藏語口頭表達的一個重要特徵。小說中這些象聲詞彙的運用除了象聲詞固有的效果之外，出現在敘事中與敘述者心理活動的表達相得益彰。因為敘述者的獨白話語，很容易使受眾忽略周圍世界，這些詞彙的選用是對生活氛圍的有力調動，在心理獨白的同時增強了表達效果。

　　最後，文本中作家對許多名詞有意地保持藏語語音，進行漢語音譯，將其藏語化，形成一種民族語與漢語在讀音上的「混合語」，使受眾感受到濃鬱的藏文化薰染，更能領略敘述者的語言風格。例如：燒「斯乙」、轉「林廓」，還有那段向蓮花生大師禱告的祈禱詞。這種音譯，能夠使受眾產生不同的感受，但一點是一致的，那就是能夠浸淫在這種文化氛圍中。巴赫金曾在探討長篇小說話語的發端問題時以普希金的《葉甫蓋尼·奧涅金》為例，認為其「文學語言在小說中不是表現為一個統一的、完全現成的和毫無爭議的語言；它恰恰表現為生動的雜語，表現為形成和更新的過程」，並認為「在歐洲小說創立的年代裏，不同語言就這樣實現了相互的映照。笑謔和多語現實，造就了現代小說語言」〔註7〕。這樣看來，次仁羅布這種有意為之的「混合語」也在一定程度上豐富了漢語，凸顯了濃重的民族情感與情緒。

　　通過典雅的語言、象聲詞彙的選擇、音譯詞彙的選用，我們能夠比較明確地歸結出《放生羊》整體的語言風格，同時也能夠較為清晰地感受到作家的敘事態度，那就是有意識地製造典雅的語言風格，來貼近藏族人，尤其是拉薩人的話語風格。因為敘述者是以一種獨白式單聲話語來進行傾訴，因此以這種典雅的語言來配合，整個文本就形成一種娓娓道來，平淡悠然、典雅而充滿韻味的語言風格，這一點又貼合了小說主人公的性格特徵：淡然而真誠，善良而自省。在語言風格中傳達出主人公性格，這是作家著意為之的。同時，這種優雅又與主人公及其背後的群體文化相貼合。藏傳佛教經過在藏土千餘年來的傳播，早已對藏民族的性格形成巨大影響，尤其是藏傳佛教「利

〔註7〕巴赫金、白春仁、曉河：《小說理論》〔M〕，石家莊：河北教育出版社，1998年，第470、503頁。

他成佛」的核心理念對藏族人的行為方式有巨大影響，因而，內省、利他的行為規範也逐漸形成了相應的行為習慣。典雅在另一個意義上說是不粗鄙，有底線。作家試圖傳達出這種態度。同時，作家選擇較為豐富的象聲詞彙和藏語音譯詞彙在漢語語境中來營造藏語的語義場，帶給受眾較為鮮明的藏文化語境，同時，具有音響感的象聲詞彙與喃喃自語的舒緩獨白形成互補，帶來文本語言上不同的表現力，作家態度通過語言風格的建構滲入到了敘述者話語內部。

二、沉靜、圓融的敘述策略與作家心理

這篇小說從整體上看，敘述者的敘述是沉靜的。主人公年札是一個獨居的老人，喪偶已經十二年，無兒無女。他的生活是西藏這塊土地上眾多老人生活的縮影，每天的生活以轉經為核心來安排：早起轉經、在轉經路上吃早餐或午餐，這個喝甜茶、吃藏麵的時間也是老人們交際的時間，因此西藏眾多的茶館就是一個重要的交際場所。他們在這裡交換生活點滴、聊天、獲取信息，最重要的是，借這種交際來撫慰心靈。年札老人的生活也是如此，唯一不同的是，他每天下午轉經結束後會去酒館「喝得酩酊大醉」，尤其在獲得放生羊之前，他的生活就是這樣打發的。喝青稞酒也是西藏人，尤其是許多老人的生活習慣。將這樣一種非常典型的拉薩老人的生活描述出來，作家必須選擇與這種生活氛圍相適應的敘述話語，這種敘事話語就是沉靜的，從容不迫的。因為這種生活在某種程度上消弭了時間的概念，時間概念變得相對模糊，生活只需要分成轉經時間和非轉經時間即可，無需精確到分秒。這一點在小說裏經由敘述者年札來表達出來：

> 你看，天空已經開始泛白，布達拉宮已經矗立在我的眼前了。
>
> 布達拉宮已經被初升的朝霞塗滿，時候已經不早了，
>
> 時針在奔跑，它把太陽送到了西邊的山後。
>
> 太陽光照到了窗臺上，我躺在被窩裏開始擔心起你來。
>
> 不知不覺中黑色的幕布把整個院子給罩住了。
>
> 太陽落山之前，我和你慢騰騰地回家去。
>
> 天，還沒有發亮，黑色卻一點一點地褪去，漸漸變成淺灰色。〔註8〕

〔註8〕次仁羅布：《放生羊》〔J〕，西藏文學，2011年1月，第5~14頁。

　　如果將這些有關時間的描述集中到一起，那麼就顯而易見了，通過敘述者表達出的有關時間的話語傳達出的正是西藏人的「前現代時間」的生活狀態。在這種狀態下，時間無需精確，只要大概就好。人們依然保持著與太陽的親密關係，陽光明亮與否關乎心情、感覺，人與自然還保持著一種感性的聯繫，一如史前時代。這種敘述調子同時是沉靜的，沒有速度感、沒有焦慮感。敘述者緩慢地、安靜地娓娓敘述他的夢境，敘述他與那隻綿羊的遭逢，敘述他與放生羊之間的情感、二者共同的自我救贖。

　　除卻時間敘述中傳遞出來的沉靜，圓融的敘述也是敘述者的敘述特徵之一。所謂「圓融」，在這裡指敘述者整體的敘述完整、圓滿，不見旁逸斜出的情節枝節，所有敘事綿密地編織在敘述者的視野所及和時間掌控裏。小說以「你形銷骨立，眼眶深陷，衣裳襤褸，蒼老得讓我咋舌」這樣一個夢境開始，因為夢到逝去十二年的妻子仍未轉世，受盡苦楚，年札老人打算更多地供奉布施，來替妻子桑姆贖罪，以幫助她儘快轉世。這種心理驅動促使他後來買羊放生。可見，這一人物的行動驅動力是來自一個夢境的，探究到這一點可能會令智慧、理性的現代人發笑，但這就是西藏的現實。在藏族人的信仰裏，夢境的真實程度與現實無異，這來自藏人今天仍保持的靈魂觀念。敘事開端於夢境，這本身就足以消弭敘事的時間鏈條的開端。小說結尾同樣以年札老人的幻覺終結：「朝陽出來，金光嘩啦啦地灑落下來，前面的道路霎時一片金燦燦。你白色的身子移動在這片金光中，顯得愈加地純淨和光潔，似一朵盛開的白蓮，一塵不染。」〔註9〕時間鏈條的結束也不清晰。這種開端和結尾製造了時間延綿、無止無休之感，這成為敘述圓融的一個表現。

　　此外，敘述者通過年札老人的視角來編織情節，時間銜接幾乎沒有空隙：做夢、轉經、燒「斯乙」、布施、路遇綿羊、與羊一起轉經、去三怙主殿幫忙、生病、磕長頭。就是這樣流水式的敘事卻依然不讓人產生厭倦感，而是能夠深深被吸引，源自於這種沉靜、圓融的敘述映現出了作者的心理狀態。敘述的圓融還來自內容。小說很少衝突性的敘事，小說情節設置的行動幾乎都是肯定向度的：初次轉經時人們紛紛伸出援手幫助老人趕羊；無需請求，茶館的服務員就將茱葉裝給老人；素不相識的老頭給放生羊穿耳；人們紛紛稱讚年札老人的行為；小院的鄰居照顧生病的年札老人……這些肯定向度的行動傳達出融洽、和諧的人物關係，也構成了圓融敘述策略的一個重要方面。

〔註9〕次仁羅布：《放生羊》〔J〕，西藏文學，2011 年 1 月，第 14 頁。

沉靜、圓融的敘述策略傳達出的是以年札為代表的西藏人篤定淡然的生活態度和堅定無疑的信仰。這種信息的傳遞反映出的就是作者很微妙的一種心理，他希望以這種圓融構建屬於藏族人自己的時空秩序，不被打亂，不被破壞。而沉靜來自藏人最篤定的一種信仰的力量，這種力量幫助藏人強化了這樣一種時空秩序，這是作者通過敘述者展開的這樣一種敘述策略並進而體現出的深層心理狀態。

然而，這種心理狀態終究是一種烏托邦，圓融的時空秩序依然有「外力」的介入，並以這種介入形成隱喻，暗示了今天西藏人的精神現實。

三、獨白式單聲話語中的隱喻與精神現實

小說敘述者與主人公年札以同構的關係展示出小說話語的特點，即獨白式的單聲話語。在這種單聲話語中，沒有對話的辯論、諷刺等模仿，所有言語都是一方的聲音，就如詹姆斯‧費倫的觀點一樣：「聲音是文體、語氣和價值觀的融合」，「作者聲音的存在不必由他或她的直接陳述來標識，而可以在敘述者的語言中通過某種手法——或通過行為結構等非語言線索——表示出來，以傳達作者與敘述者之間價值觀或判斷上的差異」〔註10〕。情況正是如此，也許敘述者，也就是主人公年札希冀的就是這樣一種時空秩序，而作者次仁羅布卻意識到現實已遠非如此，因此，他寄予到敘述者身上的隱喻是敘述者不會重視而被受眾敏銳感受到的一種話語，這種隱喻話語存在於獨白式的單聲話語中，但又與這種獨白話語構成了某種張力。正是這種張力構成了一個更大的結構隱喻，暗示了今天西藏人的精神現實。

文本中第一類隱喻是這樣的：

> 這是城裏，現在不養雞了，你聽不到雞叫聲。

> 我起床，把手洗淨，從自來水管裏接了第一道水，在佛龕前添供水，點香，合掌祈求三寶發慈悲之心，引領你早點轉世。

> 在路燈的照耀下我去轉林廓，一路上有許多上了年紀的信徒撥動念珠，口誦經文，步履輕捷地從我身邊走過。白日的喧囂此刻消停了，除了偶爾有幾輛車飛速奔駛外，只有喃喃的祈禱聲在飄蕩。

〔註10〕〔美〕詹姆斯‧費倫、陳永國：《作為修辭的敘事：技巧、讀者、倫理、意識形態》〔M〕，北京：北京大學出版社，2002年，第20～21頁。

　　唉，這時候人與神是最接近的，人心也會變得純淨澄澈，一切禱詞湧自內心底。你看，前面一位白髮蒼蒼的老婦人，一步一叩首地磕等身長頭；再看那位搖動巨大嘛呢的老頭，身後有只小哈巴狗歡快地追隨，一路灑下丁零零的鈴聲。這些景象讓我的心情平靜下來，看到了希望的亮光。

　　　　逢到吉日到菜市場去買幾十斤活魚，由你馱著，到很遠的河邊去放生。那些被放生的魚，從塑料口袋裏歡快地遊出，擺動尾巴鑽進河邊的水草裏，尋不見蹤影。幾百條生命被我倆從死亡的邊緣拯救，讓它們擺脫了恐懼和絕望，在藍盈盈的河水裏重新開始生活。我和你望著清澈的河水，那裡有藍天、白雲的倒影。清風拂過來，水面蕩起波紋，藍天白雲開始飄搖；柳樹樹枝舞動起來，發出沙沙的聲響；河堤旁綠草萋萋，幾隻蝴蝶蹁躚起舞。我和你神清氣爽，心裏充滿慈悲、愛憐。〔註11〕

　　這些話語充滿隱喻意味。桑姆的魂靈因爲畏懼破曉雞鳴，而被年札老人勸說，可「城裏現在不養雞了」所蘊含的可能是西藏日益的現代化，人們已經離傳統鄉村牧歌式的生活愈發遙遠了，敘述者並不在意，而作家卻有意做出強調。「從自來水管裏接了第一道水」更是一道異樣的風景。藏族人的信仰儀軌中每天要爲神靈供上淨水，這淨水是每天去挑來的清水的第一舀，於是就出現了在都市水管裏接第一道水的轉變，信仰、嚴格的儀軌與現代化的器物之間形成讓人難以言說的情景。筆者曾將這一類變化稱爲文化基因的留存，這是一個略帶尷尬的說法，因爲相對還根深蒂固的信仰內容，「形式」已遭逢了迅猛的侵襲，不得不改變。相信作者借敘述者來做出這樣的隱喻，想要表達的恐怕也就是這樣一種尷尬。在拉薩，每天天未亮時就有眾多信徒去轉林廓，也就是轉經。轉經路比較長，往往需要早起，因此，年札老人在天色朦朧時感受到喧囂散盡也是一個隱喻：白天的車水馬龍、現代化的迅猛腳步讓人不知所措，只有乘著夜色走上轉經路，才是「人與神是最接近的」時候，才是一種精神的回歸。

　　可見，雖然作者通過敘述者有意屏蔽了許多現象，但通過隱喻，圓融的時空秩序的破壞還是顯出了某些端倪。放生本是一種出於善念的宗教行爲，

〔註11〕次仁羅布：《放生羊》〔J〕，西藏文學，2011 年 1 月，第 4～13 頁。

然而在今天的拉薩，人們會專門去買適合放生的小魚苗，而小魚苗的銷售也非常有市場，所以，當年札老人為放生了幾百條小魚苗而心生欣慰時，更多的魚苗進入市場。當心懷善念的信仰被贏利為目的的商業行為綁架時，相信帶給人的是更多的無奈和隱憂。

文本中第二類隱喻與人相關。小說中年札老人買放生羊的情節中「甘肅人」是一個隱喻符號：「他留著山羊鬍，戴頂白色圓帽，手裏牽四頭綿羊。我想到他是個肉販子。」當年札老人提出要買一隻羊放生時，「甘肅人先是驚訝地望著我，之後陷入沉思中。燦爛的陽光盛開在他的臉上，臉蛋紅撲撲的。」如果要深究這一人物身上具有的隱喻內涵，我們能感受到敘述者與「甘肅人」這一人物所代表的文化背後的價值觀差異。在今天商品交換邏輯滲透至人的意識深處時，年札老人的放生行為對於「甘肅人」來說，顯然是對他固有行為方式的一種顛覆。第二個隱喻符號是一個藏族小夥。放生羊與年札老人避雨時，放生羊被小夥子踢了一腳，結果一同避雨的轉經人一同訓斥他，小夥子落荒而逃。前文已經列舉了肯定向度的情節，這個小事件是整篇小說裏出現的第一個「否定向度」的情節。可見，作者在以一種沉靜、圓融的敘述策略表現一種理想化的時空秩序時，又努力地自我顛覆，打破了這個烏托邦的夢想。今天的西藏社會與文化也不可避免地受到現代化進程的影響，信仰與幻滅、傳統與現代之間，藏人也在彷徨、抉擇之中，這也是今天藏人的精神現實。

四、小結

次仁羅佈在《放生羊》中選擇了一種客體性話語，將敘述者話語與故事主人公同構在一起，借由主人公年札老人來展開敘述。為了貼近藏族人的行為方式、話語方式，作家有意將語言處理為民族化的語言風格，在典雅的風格、民族語的語義場中傳達出藏人的精神氣質，並以這種風格與獨白式的單聲話語形成文本的獨有風格，傳達出作家民族化語言風格及其內涵的建構意圖。同時，作者採用一種沉靜、圓融的敘述策略，通過時間敘述、情節敘述的沉靜與圓融，傳達出藏人信仰的篤定。作者的態度以文本中敘述者獨有的聲音傳達出來，構成文本獨特的另一面，一種時空秩序的烏托邦。然而，為了傳達今天藏地的精神現實，作者有意製造了這種現實與文本構成的張力，那就是文本中的隱喻。通過幾個隱喻例證的分析，我們發現，雖然小說是一

種單聲話語，但是這些隱喻的存在與這種獨白構成了衝突，獨白話語與隱喻話語的張力，構成了小說結構上的最大張力。這種張力可能是作者想要發出的最隱秘的聲音。在今天這個人與自然疏離、人與萬物疏離的時代，年札老人的一生是一種詩意的存在，但這獨白中隱含的吟唱顯然是一曲低沉的輓歌。

第三節　等待者的喟歎
——《麝香之愛》中的等待者原型及其女性聲音修辭

　　對話理論的意義已經遠遠超出了文學理論自身的範圍。從敘事學角度看巴赫金對話理論，我們會發現「聲音」這一敘事學術語與對話理論形成了某種聯繫。「聲音」一詞主要指敘事中的講述者。具體來看，「聲音」一詞在下列理論家的研究中都有所運用。韋恩・C・布斯在其《小說修辭學》的「小說中作者的聲音」中，用三章的篇幅論述小說中「作者的聲音」的存在方式，即作者通過一個可靠敘述者的評論而公開露面，或通過對不可靠的敘述者的操縱而暗中融合〔註 12〕。詹姆斯・費倫在《作為修辭的敘事》中將「聲音」視為敘事的一個獨特因素，與人物、行動等其他因素相互作用，對敘事行為所提供的交流有自己的貢獻。他認為「聲音」具有四條內在相關原則：「聲音既是一種社會現象，也是一種個體現象」；「聲音是文體、語氣和價值觀的融合」；「作者聲音的存在不必由他或她的直接陳述來標識，而可以在敘述者的語言中通過某種手法——或通過行為結構等非語言線索——表示出來，以傳達作者與敘述者之間價值觀或判斷上的差異」；「聲音存在於文體和人物之間的空間中」。基於以上觀點，費倫認為，聲音是敘事的一個成分，聲音的有效使用不必依賴聲音的一致性；聲音表明敘事的方法而非敘事的內容〔註 13〕。蘇珊・S・蘭瑟在其《虛構的權威——女性作家與敘述聲音》中，用「敘述聲音」建構整個論題，以「作者型敘述聲音」、「個人敘述聲音」、「集體型敘述聲音」三個方面來分析美國女性作家創作中的聲音修辭，討論個人敘述聲音

〔註12〕〔美〕韋恩・布斯、付禮軍：《小說修辭學》〔M〕，南寧：廣西人民出版社，1987 年，第 178～281 頁，見第二部：「小說中作家的聲音」有關論述。

〔註13〕〔美〕詹姆斯・費倫、陳永國：《作為修辭的敘事：技巧、讀者、倫理、意識形態》〔M〕，北京：北京大學出版社，2002 年，第 19～22 頁。

與集體敘述聲音的區別，允許自我敘述指稱的敘述場景和不允許自我敘述指稱的敘述場景之間的區別〔註 14〕。作者專門探討了女性敘述聲音怎樣在各種敘述聲音中呈現。

如果以女性主義理論來看待女性作家文本中的聲音修辭，我們會發現這種修辭與性別政治有著密切的關係。在女性主義理論中，「聲音」被視爲女性權力的能指，正如女性主義者所言：「有了聲音便有路可走」〔註 15〕。無論是蘇珊・S・蘭瑟列舉的哪一種聲音類型，最終會從敘事學意義指向意識形態，這是女性主義理論對巴赫金對話理論的學習。從這樣兩種理論的結合點——「聲音」出發，我們能更好地在女性作家文本中通過聲音敘述尋找女性作家自己的聲音，繼而聆聽文本中傳達出的女性問題。女作家梅卓的作品可以給我們提供這種聲音修辭的示範。

一、《麝香之愛》中的等待者女性形象原型

女作家梅卓的中短篇小說集《麝香之愛》是一部厚重之作。這份厚重感來源於作品中充分傳達出的外部世界的紛擾和人物內心的喧囂。更爲重要的是，小說中刻畫的諸多女性形象均表現出相似的等待者原型的某些特質，她們在漫長的生命與青春凋零過程中守望著愛情與幸福，在守望中發出足以穿透千年的喟歎。這些等待著的女性富有等待者原型的深厚內涵。

湯普森的民間故事類型中有睡美人（410）、白雪公主（709）、灰姑娘（510A）等故事類型〔註 16〕。這些類型的情節有其相似之處：一位公主受到詛咒而沉睡百年，終於等到一個王子劈開古堡四周的荊棘，以一個吻使公主蘇醒；被繼母妒忌的白雪公主因食毒蘋果而死，後來一位王子的愛使白雪公主死而復生；灰姑娘歷盡繼母折磨，終於等到尋找水晶鞋主人的王子。這幾位經典女性形象均是以一個等待者的形象出現的，因此這幾個形象的集合就形成了在文學世界中反覆出現的等待者原型。等待者原型是人類遠古集體無意識的反映。伴隨母系社會的崩潰，父權擡頭，女性從此處於低於男性的從屬和附庸

〔註 14〕 〔美〕蘇珊・S・蘭瑟、黃必康：《虛構的權威：女性作家與敘述聲音》〔M〕，北京：北京大學出版社，2002 頁，見第一章有關論述。

〔註 15〕 轉引自〔美〕蘇珊・S・蘭瑟、黃必康：《虛構的權威：女性作家與敘述聲音》〔M〕，北京：北京大學出版社，2002 年，第 3 頁。

〔註 16〕 參見〔美〕斯蒂・湯普森、鄭海等：《世界民間故事分類學》〔M〕，上海：上海文藝出版社，1991 年，第 561～565 頁。

地位，成爲低於男性的第二性。因而女性往往扮演著被動的、受驅使的角色。面對追求愛情、幸福、自由這些主體的基本權利，女性惟有被動地等待，等待男性的施與。因而，在文學人物長廊中，從睡美人到安娜・卡列尼娜，從葉限到洛神這些形象中均有這一原型的反覆出現。從女性主義視角看，這一原型有其豐富的內涵：故事中的女性均無法掌控自己的命運，只有等待男性主人公的拯救。這種等待，類似於等待戈多，她們在等待希望、生命、愛情，等待一切重現自己生命價值的東西。梅卓筆下的女性與睡美人、白雪公主、灰姑娘形象有深層的相似性，是這些形象的沿襲，是等待者原型在梅卓作品中的再現。

　　《麝香之愛》中的 16 篇小說中有 11 篇是有關這一主題的，對這一主題的歸納可以用這樣幾個關鍵詞：女性、付出、等待、絕望或無奈。弗萊認爲原型具有反覆性、可變性和多義性〔註 17〕，從梅卓筆下的女性形象來看，她們雖然都是等待者，但作家對這一原型的詮釋又有不同，具有更爲豐富的內涵。梅卓筆下的等待者原型不僅反覆出現，還置換變形出不同向度，從不同向度闡釋著等待者原型在人的現代化過程中的種種表現。

　　這 11 篇作品中的《麝香》、《在那東山頂上》、《出家人》、《歡愉》、《秘密花蔓》、《幸福就是珍寶海》共 6 篇小說裏的女性形象均是等待者原型的典型反映，並被賦予了被動和守望的約定性內涵。她們具有等待者的諸多特徵。

　　首先，她們大多被賦予了堅韌的形象特徵。梅卓著重刻畫人物的品性及內心，消解了對女性外在相貌的重視。這種刻畫的轉移，強化了女性人物的氣質特徵，即一種堅韌的性格和品質。堅韌，這種女性品質是梅卓對藏族女性有了相當廣泛的瞭解，對藏族社會中女性的生存境遇有了深入感受之後的提煉。傳統的藏族社會並無特別的針對男女兩性地位的看法，更多的是以具有宗教意味的「淨濁觀」來區分。因此，從生理差異上來講，女性相對於男性就更「污濁」。由此，藏族女性心理上的陰影就成爲一直以來困擾她們的宿命。她們惟有忍受並接受。而生存環境之惡劣，在現實上加劇了女性所承受的壓力，繁重的家務勞動和生存壓力使她們更習慣於以韌性應對一切。這種氣質的文化遺傳對藏族女性的集體人格塑造是具有較大影響力的。

　　梅卓將其賦予在小說人物身上。小說中的女性又大多生活在都市。都市

〔註17〕〔加〕諾思羅普・弗萊、陳慧、袁憲軍等：《批評的解剖》〔M〕，天津：百花文藝出版社，2006 年，第 142～146 頁。

這個現代文明的產物，能夠將人異化的機器會將進入其中的人迅速裹挾，讓人們在每天的奔忙中漸漸耗去生命和眞情。生活在都市裏的人們在城市機器的巨大轟鳴中，不可逆轉地順著某個方向踽踽前行，充滿不自主性。都市裏的藏族女性惟有以更徹底的堅韌姿態，才能耐受異化的痛苦。小說中的女性穿著舊時的衣裳，戴著木質的耳環，過著清苦甚至有些自虐的生活，卻依然未泯滅對愛情的渴望。吉美孤身一人在都市裏維持最簡單的生活，度過了十年孤寂的青春時光（《麝香》）；卓瑪自小就生活在父親對男學生的欣賞中，生活在洛桑及其他男學生的陰影之下，藝術天賦極強的她勝過了眾多男學生。隨丈夫進入都市後，她又憑巨大的忍耐力和堅韌的生活態度頑強生活，面對背叛自己的丈夫依然默默承受和等待，忍受著心靈的寂寞固守著她與丈夫愛的家園（《秘密花蔓》）。《出家人》中曲桑與洛洛經歷了前生後世，但仍然陷於愛而不得，等待終生的痛苦。《歡愉》中的拉姆只有默默守望愛人阿旺，才能獲得內心的歡愉。吉美、卓瑪、曲桑、拉姆、華果、朱帕共同表現了走出家園，進入都市的藏族女性面對荒漠般的精神境遇所表現出的巨大堅韌力。

而梅卓似乎在以一種矛盾的心理看待她筆下的這些女性。一方面，藏族女性的堅強、柔韌一直是被謳歌的品質。現實中眾多藏族女性表現出的這種品質也的確令人心生敬意。但另一方面，這些人物又大多被一個悲劇的命運所籠罩。堅韌的氣質和品質並無法換來幸福，這種品質甚至在一定程度上成爲導致其悲劇命運的性格原因。梅卓除了用手中的筆沉靜地解釋這一點之外，沒有別的辦法解除籠罩在她的、我的、眾多藏族女性身上的這種宿命。這可能就是作家塑造此類女性形象的深刻用意之一。

其次，這些女性形象是以一個永遠的等待者形象出現的。在文學世界裏，等待者形象很多。荒誕戲劇《等待戈多》的主人公痛苦的等待象徵一代人希望的喪失，情感的隔絕。漢族古典詩詞中眾多深鎖春閨愁白頭的棄婦、怨婦耗盡一生等待一點人的尊嚴、愛與自由的獲得。民間故事裏那永遠的望夫石、望夫雲都是一副守望千年的姿態。梅卓筆下的她們守望著愛情。這是梅卓對女性心理的獨特看法。在她看來，愛情是女性存在的全部意義，女性以等待愛情作爲人生的全部內容。《麝香》中的吉美追求愛情的唯一方式就是等待。在漫長的十年等待後，終於與愛人甘多重逢，但漫長的等待等來的卻是愛人已爲人夫人父的事實，絕望之下，吉美只有選擇慘烈地死去來維護她的愛情。正如小說中描述上品麝香「蛇頭香」的形成：蛇受到香氣迷惑而一頭鑽進麝

的香囊，最終以麝將蛇頭融化，形成蛇頭香而結束。這一隱喻在多篇作品中出現，以吉美爲代表的女性就是以蛇鑽香囊、飛蛾撲火式的決絕來追求愛情，最終以傷害自己告終。獲得愛情，是感性的女性最重視的情感經歷。這是因爲相對於男性而言，女人的感性是她們面對世界時更擅長的能力。「馬爾庫塞指出，由於婦女與資本主義異化勞動世界相分離，這就使得她們有可能不被行爲原則弄得過於殘忍，有可能更多地保持自己的感性，也就是說，比男性更人性化。」〔註18〕女性以其不同於男性的感性和直覺，有機地調整著這個男性中心社會的剛性節奏。女性的感性得以釋放的最好渠道就是擁有愛情。從這個意義上看，愛情無疑是女性生命中最重要的感情之一。

等待，是這一類女性惟一可以選擇的方式。這種等待，一方面可以用前文所分析的藏族女性堅韌的氣質來解釋。承受著諸多艱難和壓力的藏族女性不會因漫長、孤寂、無助而無奈的等待而氣餒。相比生活中的其他磨難，這種等待也不外是又一個痛苦而已。藏族女性超強的承受力造就了她們等待者的形象。另一方面，這種等待有其形成的深層心理機制。長期以來的男性中心文化所構築的男權社會，在一定程度上造就了藏族女性的依附型人格。她們習慣於依附父兄、丈夫來決定自己的命運。因而，當面對愛情時，她們很難做出積極追求愛情的抉擇，只能選擇靜處一隅，默默等待，哪怕用一生時間。因此「吉美就在這間一張床、一張小桌、一條躺椅的小屋中這樣度過最美麗的青春時光。這是什麼時候開始的？爲什麼？吉美曾不止一次問過自己，她是清楚的，她這樣打發時間，只是爲了某一天迎接她等待著的甘多。」〔註19〕卓瑪在丈夫洛桑沉湎於外部世界時，選擇了承擔所有生活重擔，並在丈夫夜不歸宿的夜晚默默地畫著那幅巨幅唐卡。等待，就是卓瑪所擁有的全部生活經驗和情感表達方式。一直生活在父親和丈夫陰影下的卓瑪，即使在能力上已超出丈夫，在經濟上可以完全獨立，但在情感上依然依附於丈夫，依然匍匐於丈夫足下。丈夫是她全部的信仰和寄託。在丈夫和她內心的愛面前，一直摯愛的唐卡都可以是身外之物（《秘密花蔓》）。吉美與卓瑪的悲劇在於依附型人格所造成的主體意識的泯滅。梅卓對此有深刻的認識。這些女性形象有可愛可敬之處，更有可憐可歎之處。

〔註18〕轉引自禹燕：《女性人類學》〔M〕，北京：東方出版社，1988 年，第 3 頁。
〔註19〕梅卓：《麝香》〔A〕，梅卓：《麝香之愛》〔M〕，拉薩：西藏人民出版社，2007 年，第 2 頁。

二、等待者原型的女性聲音修辭

以上等待者原型存在於梅卓的數篇小說之中，對這些女性形象進行原型意義上的歸納和分析，是為了揭示梅卓在女性形象塑造上所受的來自民族文化傳統及社會性別建構的潛在影響。那麼，作者是如何將這種影響通過聲音修辭的方式表現出來，賦予等待者原型以更深刻的內涵的？筆者將從女性氣質的敘述聲音、作者聲音與個人聲音的交叉敘述、男性形象的有意淡化與自我沉默三個層面揭示梅卓在《麝香之愛》中的聲音修辭。

（一）「女性氣質」的敘述聲音

「女性氣質」書寫是一個褒貶不一的詞彙，在傳統男權社會眼光看來，因為女性主體的邊緣地位，「女性氣質」寫作顯然也就難以進入主流，「女性氣質」反而成為男權社會蔑視女性寫作的一個標籤。但在女性主義寫作中，「女性氣質」書寫顯然是一種彰顯女性精神、運用特有女性書寫策略的一種書寫方式。筆者在這裡傾向於後者，從客觀的角度出發，「女性氣質」書寫的確構成了女性寫作一個獨特之處，具有特別的意義。

梅卓的等待者女性形象原型是通過「女性氣質」的敘述聲音來展示的。

首先，它表現為一種「間接法」。「間接法」被認為是簡・奧斯丁小說的特點，「表現在自由間接話語、諷刺、省略、否定、委婉以及含混等方面」〔註20〕，「間接法」被視為「女人氣質」的手法。梅卓在她的小說中就有意識運用了這種敘述策略。在《麝香》中，女主人公吉美獨自在都市裏等待她的情人甘多，已經長達十年，只要思念甘多時她就會在紙上畫甘多的眼睛，敘述者這樣描述吉美當時的感覺：

> 直到有一天，她清早起來，一邊吃冷饅頭一邊看著昨夜用過的稿紙，那上面未著一字，滿滿的一張紙上全是眼睛：左邊的眼睛和右邊的眼睛、一個人的眼睛、一個男人的眼睛。不在意地看著稿紙的吉美終於漸漸地長大了嘴巴，所有的，都是甘多的眼睛！甘多來了嗎？……他到底跟著她來了。〔註21〕

這是一個典型的「間接法」的敘述策略：含混、省略，最重要的是，它

〔註20〕〔美〕蘇珊・S・蘭瑟、黃必康：《虛構的權威：女性作家與敘述聲音》〔M〕，北京：北京大學出版社，2002年，第70頁。

〔註21〕梅卓：《麝香》〔A〕，梅卓：《麝香之愛》〔M〕，拉薩：西藏人民出版社，2007年，第7頁。

還體現了女性特有的感性與直覺，憑著畫滿眼睛的稿紙，就斷定甘多也來到了這座城市，這是直覺反應，並且這個直覺反應構成小說情節的重要驅動——甘多因爲吉美向老家人打聽自己而找到吉美，並讓吉美得知自己已婚的事實最終導致吉美的自殺。一處直覺反應能夠構成文本行動的邏輯鏈條，這在男性寫作中可能無法想像，但在女性氣質的敘述聲音中，顯得很自然。這種「間接法」還體現在敘述者展開敘述時的委婉。《麝香之愛》基本上書寫的全是有關愛情的敘事，然而，敘述者的敘述十分委婉，尤其是有關男女歡愛的情節：

> 吉美正在全神貫注地凝視著甘多，她說：讓我做你的蛇頭吧，你的香氣使我至死不悔……（《麝香》）

> 洛洛低下頭，吻了女子的嘴唇。他們對彼此充滿了渴望，當她的耳畔傳來他低聲的請求時，她閉上甜蜜的眼睛，默許了他。（《出家人》）〔註22〕

這種委婉的敘述除了一種女性氣質可以解釋外，與作者的民族身份也有一定關係。一般來說，藏族傳統的口傳文學也按照倫理的要求，分爲可以當眾的表演述說和有限制的表演述說，例如情歌和一些內容隱晦指涉「性」的口傳文藝。對於藏族作者來說，男性作者似乎不受這種委婉敘述的限制，而女性作者幾乎都以委婉敘述來表現男女歡愛的內容，這是無法單單以男權中心文化來解釋的民族話語禁忌，女作者會自覺選擇這種敘述策略。

除卻「間接法」的敘述策略，「女性氣質」的敘述聲音還包括意識流動的敘述。意識流的寫作技巧開創於多蘿西‧理查森的多卷本小說《朝聖》，但被普魯斯特和喬伊斯運用並形成一個流派。多蘿西‧理查森運用這種話語描繪出了人物豐富的內心世界，形成極具「女性氣質」的書寫方式。在梅卓的小說中，她也很擅長通過敘述者展開意識流動的敘述，從而傳達出隱含的作者聲音：

> 我這樣驚呼著，把臉龐轉向東面的山巔。啊，太陽出來了。太陽是紅色。太陽是橙色。太陽是黃色。太陽是綠色。太陽是青色。太陽是紫色。我的臉龐在冷冷的清晨裏仍不能溫暖。原來，你相信嗎？太陽根本毫無顏色可言。〔註23〕

〔註22〕 梅卓：《麝香‧出家人》〔A〕，梅卓：《麝香之愛》〔M〕，拉薩：西藏人民出版社，2007年11月，第59～60頁。

〔註23〕 梅卓：《麝香》〔A〕，梅卓：《麝香之愛》〔M〕，拉薩：西藏人民出版社，2007年，第6頁。

這種對陽光色彩的描述，不惜筆墨，甚至讓人產生拖沓之感，就是敘述者爲了展現閉關修行的主人公夏瑪長期不見陽光的雙眼幻想初見陽光時的強烈眩暈感。在幻想之後，「太陽毫無顏色可言」，這種幻想的意識流動與夏瑪幻想見到「靈人」的強烈願望是緊密相關的，所以敘述者與主人公是同構的，十分細膩貼合。展示了女性作者極其敏銳的感受能力和再現能力。

（二）作者聲音與個人聲音的交叉敘述

「作者聲音」被蘇珊・S・蘭瑟定義爲：「異故事的、集體的並具有潛在自我指稱意義的敘事狀態」，「個人聲音」則指「有意講述自己故事的講述者」〔註24〕。梅卓一直在寫作上探索各種表現手法和敘事方式。在《麝香》中，她將作者聲音與個人聲音交叉進行敘述，這種話語方式既構成小說的結構方式，也成爲小說內容的重要呈現，形成形式與內容的統一，並在這種交叉敘述的聲音修辭中體現作者的女性意識。

《麝香》中「作者聲音」是有關吉美與甘多的敘述，「個人聲音」則是有關「我」夏瑪與靈人的敘述。兩種聲音交織穿插在一起，共同編織出小說的行動序列。「作者聲音」是以第三人稱進行指稱的，敘述了吉美孤獨等待甘多的故事，這是一個異故事，作者存在於虛構之外，敘述者代替作者完成敘述。然而，正如巴赫金所說的那樣，作者的態度是滲透到敘述者話語內部的，所以，敘述者仍傳達著屬於作者的聲音：

> 吉美已經在回頭望了。走過來的路上，風塵撲面，更多的是說不清道不明的、開放在情感之路上的花朵。這樣的淒涼啊！這樣的美啊！
>
> ……
>
> 吉美醒過來後，一直在想，夢裏穿新衣是不祥之兆吧？這樣的新衣，在四月裏是令人心驚膽戰的，吉美的四月，永遠都是伴隨著厄運的四月。
>
> 這並不是她的錯。吉美重新拿起筆，那張空白的稿紙被她迅速、激情、富於慈悲地填滿了。〔註25〕

〔註24〕〔美〕蘇珊・S・蘭瑟、黃必康：《虛構的權威：女性作家與敘述聲音》〔M〕，北京：北京大學出版社，2002 年，第 17、20 頁。

〔註25〕梅卓：《麝香》〔A〕，梅卓：《麝香之愛》〔M〕，拉薩：西藏人民出版社，2007年，第 8 頁。

這一段敘述中，敘述者表達了作家聲音，吉美已經以女性的直覺暗示了自己即將到來的命運。然而，從作者聲音來看，這種命運的悲劇性是具有美感的，惟其具有美感，喪失了才更具震撼力，並且，「這不是她的錯」，作者顯然有更深的指涉，指向男性中心文化下女性共有的等待者的悲劇命運。

「個人聲音」是有關「我」，一個年輕的女尼夏瑪的。這部分敘述更具詩化小說的意蘊，是以超現實手法來展示的。「我」與「靈人」的故事與吉美的故事形成了觀照，是一個彼此互文的故事：「靈人」、「我」和吉美擁有幾乎相同的命運：「我」沒能與山神結合，卻在後世成為一個能與神靈交流的掘藏師，成為尼姑；「靈人」因為自殺而未能超生，必須經過七次同樣慘烈的方式才能得到解脫。通過「我」的敘述，「我」不僅是女尼夏瑪，還是另一個吉美。這種敘述穿插，也傳達出作者的聲音：女性命運驚人的相似性，吉美的悲劇是集體性的。通過「作家聲音」與「個人聲音」的交叉敘述，一個不同聲部、不同調性的集體聲音被傳達出來，女性，尤其是藏族女性等待者命運被集體性的聲音揭示出來。

（三）男性形象的有意淡化與自我沉默

梅卓在小說中對男性形象的表現及男女兩性關係的書寫演繹了梅卓所理解的當下的愛情生態。小說中的男性形象被她有意識地淡化處理。在這六篇作品中，甘多、羅西、洛洛、阿旺、洛桑等男性形象均不是作者濃墨重彩地描繪的對象，儘管這些人物是女主人公們為之奉獻一切的人。作者既沒有賦予這些人物鮮明的外貌，也沒有賦予他們獨特的個性。作者在淡化處理這些人物的同時賦予他們一種類型化的形象特徵：獲取女主人公的愛然後逃離（這種逃離主動被動兼而有之）。這種逃離者形象是與等待者形象相對的。這樣的人物塑造顯然具有類型化的特點。作者期望用這種易於識辨的類型化人物揭示當下男女兩性之間的某種疏離狀態，這也是當下的愛情生態。

當我們身處於這個巨變的時代，這個變以秒計的時代，任何一個人置身其中，想要保持恒常狀態都是非常困難的。當海枯石爛、滄海桑田不再是神話，而正在以較快的速度實現時，人們怎麼還會期待愛情的恒久呢？因此，還感性地沉浸於理想之中的女性面對理性和現實的男性的選擇時，只有報以無奈的等待，直至絕望。小說中的女性像聞著雄麝香氣的蛇，傾情而入，最終自取滅亡。這可能是梅卓以「麝香之愛」命名整部小說集的原因：當下的愛情生態就是一種自取滅亡的「麝香之愛」。睡美人、白雪公主、灰姑娘的愛

人都是以拯救者的姿態出現的。這種拯救者是拯救女性的強者，這又構成了另一種男性形象的原型。這也是在當下時代對男女兩性在社會性別上的定位。而梅卓筆下的當下男性總是以逃離者的身份出現的。女性的無奈、等待，男性的萎頓、逃離，構成了當下男女兩性的生存圖景，繼而也構成了當代人的某種生活狀態：顛覆理想主義、顛覆愛情。梅卓眼中的現實更多的是一幅荒誕的圖景。

在這一種荒誕圖景的描述中，作者尷尬地保持了沉默。這種沉默體現在單聲話語的敘事結構和對男性評價的失語上。縱觀《麝香之愛》，全部採用單一聲音的敘事結構。因為幾乎所有的小說主人公都是女性，所以要麼是第三人稱的作者聲音（仍為女性聲音），要麼是第一人稱的主人公話語，總之是獨白式的單聲話語。這種話語以客體化的特徵將女性話語傳達出來，無論是敘述者話語、還是主人公話語，它們都傳達著作者態度。就像前文所舉之例，吉美隱隱覺得不詳，正在步入早已設置的命運，此時，作者話語：「這並不是她的錯」就鮮明表達了作者態度，並隱晦地指出吉美不幸結局的最終原因。另一篇小說《秘密花蔓》的結尾主人公卓瑪在丈夫欺騙她偷走自己最重要的唐卡作品時，絕望中痛苦地追問：「那些秘密花蔓現在何處生長？又在何處投下了致命的陰影？」卓瑪所畫巨幅唐卡充滿美麗的花蔓，是她「幾年孤獨生活的全部」，面對嗜賭如命的丈夫，卓瑪將所有人生希望寄予在這幅唐卡中，這處追問發自卓瑪之口，表達出希望破滅時的絕望，但滲透出的是作者的態度，隱喻著男性中心文化中，女性生存的依附性。

作者有意淡化處理了小說中的男性形象，並賦予他們類型化的形象特徵，即與等待者相對的逃離者。這種對男性形象的書寫維度是傳達了作者的一種意圖和態度，但相對女性形象的著意刻畫與大量筆墨的書寫，男性形象處於被淡化的狀態，這也是作者面對當下現實，有意保持的一種寫作上的沉默。今天的社會現實，女性的命運仍處在附屬的地位，尤其當現代化進程格外迅猛的當下，儘管女性的感性能使她們相對容易獲得抵禦異化的能力，但現實仍是令人尷尬的。女性主義，在今天的中國仍停留在一個話語範疇內。女性是感性的，但仍感性地游離於這個社會主流意識形態之外，就像小說中的眾多女性形象一樣，成為男性中心文化裏的邊緣人，作者也不能例外，因此，面對這種現狀，沉默是更好的自我保護手段。然而，沉默並不代表沒有態度，作者給予男性形象的類型化特徵就像一個定義，擁有更多可以言說的空白。

三、小結

　　梅卓就是這樣以委婉、省略、含混等方式，將富於女性氣質的敘述聲音傳達出來，以現代性的意識流手法，反映女性心理的微妙與細膩，並以這兩種敘述策略保持女性書寫的固有特質；以作者聲音與個人聲音的交叉敘述來建構小說的結構。同時，以各種方式的作者聲音的傳達來表現作家意圖，展示文本最終的指向。並且，梅卓還有意淡化文本中的男性形象，賦予其逃離者的類型化形象特徵。在這種淡化背後作者又有意沉默，以這種沉默傳達某種態度。作者從這三個層面進行聲音修辭，以不同的敘述話語構建了一系列人物形象。這些女性形象是以不同姿態的等待者形象出現的。她們信奉真正意義上的愛情，她們摒棄功利、虛偽和謊言，但是當下理想主義光環已褪去的，真誠被唾棄的，冷酷逼人的現實卻將她們最終推入絕望的等待者行列。

　　梅卓並不是一個女性主義者，她只是忠實地揭示了面對愛情與尊嚴時，女人難以擺脫注定是輸家的現實，這是由女性與生俱來的感性氣質和後天文化塑造的堅韌品質決定的。這個現實書寫了一曲當下愛情的悲愴輓歌，體現了作者對現代化大潮席卷下，人們情感異化的隱隱擔憂。

結　論

　　以上四個層面的分析與探討就構成「母語文化思維與當代藏族作家漢語創作」這一主題的基本內容。從詩歌與小說這兩大文體展開的思考基本能夠涵蓋今天藏族文學漢語寫作的文學表現。在探討母語文化思維與當代藏族作家的漢語創作的關係時，我們總是試圖釐清母語文化思維對藏族作家的內在影響，其實另一個路徑也會給我們有益的啓示，那就是藏族作家自己對這一問題的認識。讓我們暫且從詩人自己的視角來進入這個問題：

　　　　我是一位在漢語裏呼風喚雨的藏人
　　　　蹲坐在離騷的旁邊給自己縫補皮襖
　　　　讓布達拉在擁擠的漢字裏高高擎起
　　　　於石碑的中央感受局外的溫暖陽光
　　　　……
　　　　我是一位在漢語裏悠閒自在的藏人
　　　　生長於貧血的雪地覓尋族人的足迹
　　　　牢記著偉大母語又借漢字飄撒風馬
　　　　憑藏語祈禱一摞摞方方正正的詩歌〔註1〕

　　從詩人阿頓・華多太的《我是藏人》可見，對於藏族作家來說，母語與漢語遠不止兩種不同語言那麼簡單，語言背後的心理狀態才是問題所在。正如詩人所言，「牢記母語」卻又「借漢字飄撒風馬」，母語與漢語的糾葛十分複雜，二者都時時在齧咬詩人的靈魂，兩種語言背後的精神文化在一個人的

〔註 1〕阿頓・華多太：《我是藏人》〔A〕，阿頓・華多太：《憂鬱的雪》〔M〕，呼和浩
　　　　特：內蒙古人民出版社，2008 年，第 67 頁。

內心左右奔突，尋找精神的出口。這種精神層面的交錯在作家最終成形的文字裏得到呈現：方正的漢字裏潛藏著母語的韻律感覺；母語文化的意象營造和想像方式以別樣的狀態體現在漢語的詩行裏；傳統信仰與觀念在漢字編織的故事裏不斷映現；民族化的話語方式最終影響漢語的故事表達……其實，無論選擇的困惑有多麼強烈，最終呈現的文字裏就隱現著民族文化與思維方式的密碼，並且，伴隨研究的深入，我們發現這種隱現的密碼可能面臨更多更複雜的可能性。

一、母語詩學思維的燭照與藏族漢語詩歌的未來可能

對於藏族詩人漢語詩歌展開的研究立足於他們詩歌中所呈現的藏族詩學的潛在影響。藏族詩學來源於印度詩學，公元十三世紀初期，薩班·更噶堅贊在其《智者入門》中大致介紹了檀丁《詩鏡》的內容，十三世紀後期，《詩鏡》被雄敦·多吉堅贊全部翻譯成藏文，奠定了藏族詩學的理論基礎。此後，諸多學者開始對原書進行注釋、校訂及補充，開創了藏族詩學研究之風。《詩鏡》成爲藏文化學習過程中的必修課，延續到今天的初、高中乃至高等教育中。對於習得藏文的藏族漢語詩人來說，《詩鏡》以及《詩鏡》代表的韻律協暢的詩歌理念是深藏於詩人內心的一種深層意識。在大學學習藏語言文學的詩人索寶一直在用漢語寫詩，他的詩歌《詩之乞求》某種程度上體現了這一類詩人的韻律觀：

> 我的詩
> 是你嘴角的微笑
> 只乞求
> 你別突然皺起眉頭
> 驚散它明快的韻腳
>
> 我的詩
> 是你眉間的憂愁
> 只乞求
> 你別無意打開笑的閘門
> 淹沒它深沉的意境
>
> 真的，我希望

　　詩有韻腳

　　也有意境〔註2〕

　　這首詩本身就是具有韻律感的，詩歌頭兩節相似的音組與音頓形成反覆蕩漾的節奏美感。這種對詩歌韻律的感受在藏族詩人中具有一定的代表性。《詩鏡》中嚴格的韻律規範，最後被詩人們抽象成對於音韻協調感的追求。藏族詩人中還有一部分沒有接受過藏語文字薰陶的詩人，但他們一定是在母語口語的環境下成長，這是筆者取捨研究對象的一個重要條件，因此以上所論詩人至少是習得母語口語的，他們的成長離不開母語環境的濡染與浸淫。這一條件也適用於藏族漢語小說的創作。受到這種母語詩學文化與思維的影響，藏族詩人在漢語詩歌的寫作中就體現出了這種影響，在韻律的追求上，總體呈現出對於音韻協暢化的詩學追求。第一代詩人與後來的新生代、晚生代詩人不同的是，在他們的成長環境中，漢語是一個「後來者」，母語及母語詩學思維根深蒂固，尤其是對韻律協暢化的追求，甚至表現爲一種格律意識。因此饒階巴桑、格桑多傑多用「連章體」，伊丹才讓更是獨創了「七行體」詩歌。這一代詩人成長的環境中，藏族作家的漢語創作還未成氣候，尤其是詩歌創作，無論是母語詩歌，還是漢語詩歌，還未出現自由體的詩歌。因此，第一代詩人的韻律協暢化追求是一種對格律詩傳統的接續，韻律協暢而又保持自由詩品格是新時期以來新生代、晚生代詩人的共同追求。這也體現出藏族漢語詩歌在詩律發展過程中的變化。

　　新時期以來，新生代與晚生代詩人在漢語詩歌的寫作中呈現出音韻方面三個富於個性的特點，那就是「短歌」節奏、「長風浩蕩」式的長句韻律及「反覆」的韻律美感。佛偈體式及格言體式是藏族書面經典及口傳文學共同的財富。例如《薩迦格言》，通常爲七言四句，多二、二、三式的音頓，節奏感很強。正是這種音組短小、音頓和諧的「短歌」式結構潛在影響了一些藏族詩人的詩歌寫作，汲取「短歌」精髓的短章式自由詩往往節奏明快，清麗悠揚，形成新時期以來藏族漢語詩歌的一個特點。同樣是由於藏族思辨性思維方式的影響，一種說理式、重邏輯的長句詩歌出現，成爲一些詩人抒情的方式。這種「長風浩蕩」式的長句詩歌往往音組連綿、音頓錯落，在韻律上常常以一種多音組、多音頓形成的緊張感與音頓錯落的協暢感構成長句獨有的韻律節奏。「反覆」這一深藏於民間文學藝術內部的藝術形式，在藏族詩人那裡被

〔註 2〕索寶：《雪域情》〔M〕，北京：民族出版社，1989 年，第 58 頁。

借鑒到漢語自由詩的創作中，保持了詩歌固有的歌詠感與音樂律動。這種詩歌韻律追求上的個性特點在新時期以來的藏族漢語詩歌中體現得非常鮮明。

　　筆者無法預見未來藏族詩歌在韻律追求上的走向，但是伴隨韻律的進一步自由化，節奏、韻律的失調是一個可能的方向，同時，伴隨詩歌內涵的愈加複雜，早期詩歌較強的抒情意味會逐步被更加複雜的情緒替代，這也會影響到詩歌韻律的選擇。因爲往往是抒情意味較強的詩歌會對韻律的要求更高一些，以韻律強化詩歌的意義，而在更爲客觀、「非個人化」的詩歌裏，對外在韻律的要求會轉化爲一種情緒的律動，這在同爲新時期以來的詩歌中有所體現。以甘南老詩人華達爾的詩歌爲例，其代表作《在這個季節裏》是暗喻那個特殊年代的詩歌，整個詩歌沒有明顯的韻律感，唯有從其情緒上進行把握：

> 秋高氣爽的季節
> 一切便會清晰起來
> 那些曾經霧鎖雲遮
> 或者　在水分凝重的
> 空氣裏折射　而被
> 扭曲的影子　都以
> 接近本來的面目
> 相對於你
>
> 所有的濃霧
> 白瞪瞪地死在
> 那一片山坡
>
> 因此　我喜歡
> 在這個季節裏
> 獨自站在
> 門前的山岡〔註3〕

　　這首詩在節奏、韻腳、聲調上都沒有鮮明的特點，要把握這首詩的蘊涵，唯有把握其總體情緒。詩歌分三節，首節是敘事的調子，平平淡淡，第二節用「白瞪瞪」、「死」兩個詞，前者用疊韻，有形容與描寫，帶有情緒的調動，

〔註3〕才旺瑙乳、旺秀才丹：《藏族當代詩人詩選》〔Z〕，西寧：青海人民出版社，1997年，第53頁。

加上「死」這一動詞的使用，濃霧被驅散的快意無疑躍然紙上，末節「我喜歡」一句足以將情緒調至最高點。因此，雖然全詩十分隱晦地暗指那段黑白顛倒的歲月，但通過對詩人情緒律動的梳理，還是能感受詩人情緒由抑至揚的律動，並進一步把握詩歌內涵。這種繁複的情緒律動在現代詩歌中非常豐富，以情緒律動來把握整首詩歌的韻律感成爲我們把握現代意蘊濃厚的詩歌的一種方式。從這個例子可以一窺藏族漢語詩歌自新時期以來，在詩歌韻律追求上的複雜狀態。筆者從母語文化思維角度提煉出在母語詩歌協暢的韻律追求影響下形成的三種韻律特徵，但文學的個人化、創造性往往會超越一元化的發展，呈現豐富的面貌。這種情緒律動已成爲藏族漢語詩歌多元化發展過程中的其中一個方向。

　　母語文化思維中另外兩種思維方式影響著藏族詩人進行漢語詩歌創作時的想像方式和詩學思維方式。首先是藏民族信仰帶來的不同思維方式。苯教作爲「佛教傳入西藏以前就已在西藏本土廣泛流行的一種古老宗教或西藏固有的一種民間土著宗教」〔註4〕，其最爲顯著的特點就是崇拜大自然、崇拜動物、崇尚巫術，帶有鮮明的原始宗教特點，具有泰勒所謂「萬物有靈」信仰的特徵。同時，苯教崇拜鬼神、敬重巫師，常常以殺牲獻祭、獻「紅供」（獻供血肉）的方式酬神，巫師禳災祈福的方式很多，其原理是交感律支配下的順勢巫術和接觸巫術，呈現出鮮明的「前邏輯思維」特點。佛教創始人釋迦牟尼圓寂之前曾說：「迦毗羅國的王子悉達多可以死，而佛陀可以永久不滅，這就是因爲佛陀是法（眞理）的緣故。」〔註5〕這句話深刻指出了「人人皆可即身成佛」的佛教根本。那麼，對法的追求這種精神修煉不僅強調理性和哲學，更注重個人體驗。知覺與直觀就是精神領域內一種非理性化的認識，藏傳佛教將這種知覺和直觀儀軌化和形象化了。這種精神的修煉強調內心豐富的想像力，而想像是可以引導藝術創作的。因此，在「前邏輯思維」和非理性的直覺的思維方式的影響下，藏族詩人保持了相應的想像力來展示詩歌可能的表現方式。其次，傳統詩學隱含著陌生化的詩學思維方式。以《詩鏡》爲代表的藏族詩學通過詩歌分類、風格、意義修辭、音韻修辭、詩病等幾個方面進行闡釋，追求語言的規範和意義的修辭。如果以現代詩學來觀照《詩

〔註4〕　格勒：《藏族早期歷史與文化》〔M〕，北京：商務印書館，2010年，第410頁。
〔註5〕　〔日〕高山樗牛、隋樹森：《釋迦傳》〔M〕，拉薩：西藏人民出版社，1984年，第53頁。

鏡》的這種追求，其間有一個內在一致的思維脈絡，那就是追求文學的「不可同化性」，追求文學的「陌生化」。在這種思維方式的潛在影響下，藏族詩人的文學陌生化追求也影響了詩歌的表現方式及其意象系統。

　　新時期以來，伴隨時代發展和這兩種思維方式的影響，藏族詩人大量漢語詩歌的創作都表現出這樣一些特點：聯覺、反常性、碎片化。這些特點的歸納帶有鮮明的現代主義詩歌的特點。但是文學的事實就是如此複雜和隱晦，聯覺要求詩人具有感覺聯結的想像能力，體驗與我們生命的延續有著非常重要的聯繫，感覺直接與體驗結合在一起，影響著我們的審美選擇。浸淫於前邏輯的思維中，以豐富敏銳的感覺能力展開想像，成為藏族詩人詩歌的個性之一。反常性與碎片化就是現代詩歌陌生化藝術的又一手段，它與布魯克斯所謂的「悖論的語言」有相似之處，表現為含混與晦澀，反諷與衝突，變異與反常，肯定與否定等言說方式，也許會有人認為這些方式表現為鮮明的現代主義詩歌形式，但就如布魯克斯分析華茲華斯與柯勒律治的詩歌中隱含的「悖論」，並將這種「悖論」視為所有詩歌的屬性一樣〔註6〕，藏族詩人漢語詩歌中的這些表現方式深深受到這個民族固有的思維方式的影響，並以這種影響反映了當時社會的形象。同樣是這兩種思維方式的影響，藏族詩人構建了其漢語詩歌的意象系統：自然意象與宗教意象、主觀心象與原型意象。這一大的意象系統的構建基本涵蓋了新時期以來藏族漢語詩歌的意象選擇。雖然是以個案研究的方式進行歸納的，但仍能說明藏族漢語詩歌寫作中意象趨同的現象。這個現象一方面與藏族作家共同的生存環境有關，另一方面，也說明所歸納的意象系統在藏族詩人心靈投影之重。

　　基於以上種種，我們可以想像今後的藏族詩歌中這種與信仰密切關聯的想像方式會繼續延續，詩歌也會以更為豐富的面貌呈現。不可同化性的詩學追求及其思維方式也會帶來藏族詩歌未來各種豐富的可能。由於人類共同的命運、由於世界最高極所具有的特殊生存環境，就像神諭的語言一樣，相信詩歌會呈現更多複雜和含混的意蘊，以此來再現人類生存的境遇。

二、民族文化影響與藏族漢語小說的發展可能

　　美國學者本尼迪克特・安德森在其民族主義研究經典《想像的共同體—

〔註6〕　〔美〕克林斯・布魯克斯、郭乙瑤等：《精緻的甕——詩歌結構研究》〔M〕，
　　　　上海：世紀出版集團，2008年，第5～22頁，見第一章《悖論的語言》。

—民族主義的起源與散佈》一書中對「民族」一詞做了如下定義：「它是一種想像的政治共同體——並且，它是被想像為本質上有限的（limited），同時也享有主權的共同體。」〔註7〕「安德森超越一般將民族主義當作一種單純的政治現象的表層觀點，將它與人類深層的意識與世界觀的變化結合起來。」〔註8〕安德森從文化根源上來探求民族主義，因而，在安德森看來，「民族」是一種「現代文化的人造物」，但他還認為：「這個人造物並非『虛假意識』的產物，『想像的共同體』不是虛構的共同體，不是政客操縱人民的幻影，而是一種與歷史文化變遷相關，根植於人類深層意識的心理建構」〔註9〕。從安德森的觀點出發，「民族」這個概念是被政治與文化建構的產物，但這種建構有其深厚的歷史、文化變遷的根基。我們完全可以運用這一觀點來觀照今天中國少數民族文學的發展狀態：少數民族作家在其文化、歷史的發展中追尋著這一「想像共同體」，在其文學想像中延續著這一「想像共同體」漫長的歷史與文化變遷的過程，在文學想像中完成對自身「想像共同體」的體驗與認同，試圖最終尋求不同的「想像共同體」之間的「美美與共」之道。

安德森認為「民族」與「民族主義」的想像有兩個重要的文化根源：一是宗教共同體仰賴語言實現其整合性與神聖性，而中世紀後期，由於地理大發現和宗教語言式微（拉丁文的衰亡）導致宗教的逐步分裂、多元；二是君主制王朝依賴戰爭和聯姻鞏固其王朝地位，而君主制的正當性在逐步衰退，基於這兩種歷史與文化的原因，民族性標誌逐漸被提出，最終構成民族與民族主義的想像。藏民族的民族想像似乎表現出不同的情況，根據學者丹珠昂奔的研究，他認為「早期宗教（苯教）對語言的統一規範，『民族性』的進一步完善，具有巨大的推動作用」，「苯教在藏族歷史的最初階段，為統一高原藏人的文化心理做出了傑出貢獻」〔註10〕。公元七世紀佛教傳入藏土，與藏

〔註7〕 本尼迪克特・安德森、吳叡人：《想像的共同體——民族主義的起源與散佈》〔M〕，上海：上海世紀出版集團，2005年，第6頁。
〔註8〕 吳叡人：《認同的重量：《想像的共同體》導讀》〔A〕，本尼迪克特・安德森、吳叡人：《想像的共同體——民族主義的起源與散佈》〔M〕，上海：上海世紀出版集團，2005年，第14頁。
〔註9〕 吳叡人：《認同的重量：《想像的共同體》導讀》〔A〕，本尼迪克特・安德森、吳叡人：《想像的共同體——民族主義的起源與散佈》〔M〕，上海：上海世紀出版集團，2005年，第17頁。
〔註10〕 丹珠昂奔：《藏族文化發展史》〔M〕，蘭州：甘肅教育出版社，2001年，第428、532頁，括號內容為筆者加。

地本土宗教——苯教結合，形成佛教重要一支——藏傳佛教後，藏族這一「想像共同體」的民族性因爲宗教本土化而更加得以強化。因此，今天藏傳佛教與藏民族的民族主義形成水乳交融的特點，在討論藏民族民族性時，我們很難拋開宗教性來談這個問題，因此，我們探討民族文化思維與文學創作的關係時，以藏傳佛教文化爲背景的民族文化思維就形成了它獨有的觀念、信仰乃至詩學的理念，並對作家創作產生了潛在的影響。

以藏傳佛教文化爲基礎的傳統觀念、信仰與當代藏族漢語小說形成了互文。以上從藏傳佛教信仰中的圓形時間觀念與札西達娃小說構成的互文，思辨性的民族文化心理與萬瑪才旦小說構成的互文，傳統人性觀與阿來小說構成的互文共三個方面來闡釋了傳統信仰與觀念對當代藏族漢語小說影響的幾個方面。具體來看，藏族漢語小說的時間敘事是很有特點的，以札西達娃、色波爲代表的作家敏感地將信仰層面的時間觀念植入到小說中，產生了有趣的敘事效果。在後現代敘事理論中，認爲時間與敘事「在實踐中，有一種忽略共時分析中可能具有的歷史維度的做法，還有一種傾向是，將敘事中內在的時間序列看成是敘事元素在空間或結構上的組織」〔註11〕，札西達娃顯然屬於後者。在札西達娃看來，可以將時間引入對意義的分析，建立在圓形時間觀念下的敘事，其時間序列同時構成小說結構，在圓形輪迴的敘事中，一種屬於藏民族的歷史敘事被建構，這恐怕就是學者張清華對札西達娃小說「新歷史敘事」界定的緣由所在。

每個民族都會在自身文化發展的過程中形成該民族獨有的思維模式，西方文化的邏輯性、個體性思維模式與東方文化的直覺性、整體性思維模式就大不相同。藏民族因爲藏傳佛教文化的濡染，強調修持佛道，其中，「大乘佛法的根本大法」——利他的菩提心與「明見性空的無上智慧」是兩大法寶，因此，「佛教從根本上說是以開發智力、提高智慧爲主」〔註12〕，這就逐漸形成藏民族思辨性的民族思維模式。這種思維模式亦構成以萬瑪才旦小說爲代表的藏族漢語小說的內在思辨性，並且這種思辨性展示了人性幽微的內在世界，展示了人對自身的存在不斷困惑又不斷追問、探索的過程。以敘事學眼

〔註11〕〔英〕馬克·柯里、寧一中：《後現代敘事理論》〔M〕，北京：北京大學出版社，2003年，第85頁。

〔註12〕多識：《愛心中爆發的智慧》〔M〕，北京：民族出版社，1996年，第21～22頁。

光看阿來的《格薩爾王》，我們認爲「英雄缺位／神子降生」這一功能可以置換爲隱喻代碼「欲望橫行／良知出現」，「拯救眾生／遭遇放逐」這一功能因爲考驗主題的深化也就可以置換爲「善／僞善」，「放逐／懲罰」可以置換爲「爲惡／爲善」的隱喻代碼。將這三個敘事代碼集中於一處時，善與惡的角力，欲望與良知的交鋒就成爲藏匿於故事之後的深刻思想，體現出阿來對藏族傳統的人性觀念的現代重構。從人物的行動來看，格薩爾、晉美、阿古頓巴三個人物從各自的行動位出發，分別以援助者、發送者及對抗者的模式展開各自的行動序列，其共有的行動是懷疑與追問，而懷疑與追問又構成思辨性，這一藏民族傳統思維模式的重要內涵。

因爲「民族」這一根植於人類深層意識的心理建構，我們在想像的過程中也同時完成著對民族的體認與認同。這種認同體現在文學藝術創作中，就呈現出鮮明的民族話語方式。筆者以次仁羅布與梅卓作爲個案，分別從民族化的語言風格、沉靜圓融的敘事策略來分析《放生羊》中單聲獨白話語的民族性表達；從《麝香之愛》中「等待者」的女性形象原型出發，闡釋了其間貫穿的女性聲音修辭。通過這兩個文本的分析，探尋到民族話語方式與民族性格、民族信仰及民族心理之間的內在聯繫。這種民族話語方式的歸結還延伸出兩個研究方向：藏族文學話語研究及女性文學研究。筆者在本章中所做的個案研究，基本歸納出了藏族漢語小說在這方面的基本藝術形態。

以這幾個層面對當代藏族漢語小說所做的歸結還遠遠不夠，母語文化思維觀照下的漢語小說創作的另外一些特徵會在今後被逐步發掘，漢語小說寫作在未來還有更多可能性。就以時間敘事爲例，除了札西達娃的時間敘事，阿來在《格薩爾王》這部「重述神話」的寫作中運用的時間敘事也獨有特點。盧卡奇在闡述小說類型學時，論及時間敘事問題，他認爲：「按照歌德和席勒的看法，對史詩的標準態度，就是對某種完全已成爲過去的事物的態度；所以，這裡所給出的時間是靜止的，並可在一瞥之間盡收眼底。作者和人物形象可以在時間中向任何方向自由運動，時間像任何空間一樣，有多種維度，卻沒有方向。」〔註13〕我們會發現阿來就運用了盧卡奇所說的史詩的時間表現方式，小說的空間維度有天界與人界，人界則分爲過去和現在。晉美與格薩爾各自與天界、人界的交流，與過去、現在的溝通就體現了這種特點。因

〔註13〕〔匈〕盧卡奇、燕宏遠等：《小說理論》〔M〕，北京：商務印書館，2012年，第112頁。

此，當格薩爾欲圖地獄救妻之時，他關於陽間、陰間的困惑，感覺到陰間不是「一個專門實在的地方」，「陽間地方同時也是陰間」的認識既是對人性兼善惡的隱喻，也是小說時間與空間意識的複雜體認。阿來將自己的史詩時間敘事與小說文本的意義聯繫起來，形成了一種有意味的形式。以這個例子來看，我們有理由期待藏族漢語小說藝術在未來呈現出更多的可能性。

三、「母語文化思維」視角的意義及其研究走向

鄂溫克族作家烏熱爾圖曾撰文就人類學界的一樁公案表達自己的看法，這就是美國人類學家瑪格麗特・米德因為《薩摩亞人的青春期》一書引發不滿，學者德里克・弗里曼深入調查，以《米德與薩摩亞人的青春期》為題揭示了米德研究的根本性錯誤。這一事件已經過去，烏熱爾圖的思索卻未停止。他以《不可剝奪的自我闡釋權》為題，表達出對整個少數族裔的發言權、闡釋權的思考，認為米德的行為「實質上是抑制和佔有薩摩亞人的自我闡釋權，替代了薩摩亞人的聲音」〔註 14〕。身為少數民族作家的烏熱爾圖表達的這一觀點顯然是富有深意的。

轉移到民族文學研究，長期以來，民族文學研究一直受到多重話語霸權的影響，難以做到真正的自我闡釋。對於這一點，曹順慶的《三重話語霸權下的少數民族文學研究》一文闡釋得較為準確。他認為，少數民族文學一直受到西方話語、漢語話語、精英話語三重話語霸權的影響，使得民族文學研究的原貌出現一定程度的扭曲與變形，應該批判這三重話語霸權，「促進民族文學生態的正常化」〔註 15〕。這種話語霸權導致民族文學研究中存在一些問題。例如，在文學史寫作過程中，民族文學史的體例受到西方文學體裁四分法的影響，一些少數民族歷史悠久的文學體裁因為無法被界定在四種門類之中而未被細緻書寫，諸如少數民族文學豐富的散韻結合體文類，像藏族古代散韻結合的文體「貝瑪」、古代彝族詩體「雨斗」〔註16〕等。仍然是因為這種主流話語的影響，學界對西方文藝理論的借鑒和運用十分豐富，但對於古代文論和民族文論的運用還不夠重視，造成批評話語運用的失衡。研究過程中

〔註14〕烏熱爾圖：《不可剝奪的自我闡釋權》〔J〕，讀書，1997 年 2 月，第 34 頁。

〔註15〕曹順慶：《三重話語霸權下的少數民族文學研究》〔J〕，民族文學研究，2005年 3 月，第 5 頁。

〔註16〕彭書麟、于乃昌、馮育柱：《中國少數民族文藝理論集成》〔Z〕，北京：北京大學出版社，2005 年，第 199、436 頁。

視角的偏移也受到話語霸權的影響。一些研究者以「他觀」視角來進行研究，本應努力獲得一種客觀的態度，但是由於與研究對象之間的文化隔膜，容易造成「他觀」視角的偏移，形成薩義德所謂的「好奇」與「注視」的想像方式。與此相對應的是「自觀」視角，如果不能保持一個理性的研究態度，「自觀」很容易流於文學的民族沙文主義，從而形成另一種「話語霸權」。如同埃里克・霍布斯鮑姆所認為的那樣：「並不是民族創造了國家和民族主義，而是國家和民族主義創造了民族」〔註17〕，文學的民族主義能夠催生文學的民族性，但文學的民族沙文主義一定不利於其文學生態的平衡。因此，消除話語霸權，積極構建交流與對話的文學研究架構，促進文學生態的多樣化，是多民族文學研究努力的一個方向。

從母語文化思維角度去探討這種思維方式及其觀念對非母語創作的影響，顯然是一個困難重重的課題，即使研究者沒有族別障礙，但想要清晰地梳理這種思維方式對寫作的影響，仍有可能造成一些偏差。尤其在今天，伴隨文化相對主義觀念與尊重異質文化理念已達成學界共識，少數民族文學的研究者身份趨向於跨族際與跨國際已經是一個現實，因此，可以試想諸多合力會使母語文化思維與非母語寫作研究有一個較為深入和廣泛的發展。在這個過程中，有幾個關鍵點將直接影響我們研究的水準。

首先是文化持有者眼光的問題。人類學描寫一直有「族內人」、「外來者」的區別，當代闡釋人類學家克利福德・吉爾茲對此持質疑態度，認為最重要的還不是精通語言，主觀認知和客觀分析不一定能實現最佳的配合。將這一觀點移植到民族文學研究領域，「自觀」與「他觀」的合理性也將受到質疑。這就提出了一個民族文學研究角度與眼光的問題，吉爾茲對此提出的觀點是「文化持有者眼光」。吉爾茲認為他所做的是闡釋學的工作，這源於他對「本文」一詞的理解，他認為「本文本身就是一個文化描寫的系統（system），它既可以是文字的，亦可以是行為學意義上的——『文化即本文』」〔註18〕，因此，就文化人類學研究的闡釋學方法與視角，他提出對被理解的客體應持有「文化持有者的內部眼界」，即「在不同的個案中，人類學家應該怎樣使用原

〔註17〕〔英〕埃里克・霍布斯鮑姆、李金梅：《民族與民族主義》〔M〕，上海：上海世紀出版集團，2006年，第9頁。

〔註18〕〔美〕克利福德・吉爾茲、王海龍、張家瑄：《地方性知識：闡釋人類學論文集》〔M〕，北京：中央編譯出版社，2000年，第10頁。

材料來創設一種與其文化持有者文化狀況相吻合的確切的詮釋」〔註19〕。如果將這個「本文」的概念回歸到文學,那麼吉爾茲的「文化持有者眼光」仍然是適用的,尤其在民族文學研究上富有借鑒意義。「母語文化思維」這一視角是一種文化持有者的眼光,作為「族內人」,自認為這一視角與藏族文學漢語寫作有莫大的關係。藏族作家的表現方式、語言風格、內在心理等等諸多因素都受到母語文化思維的內在程式的驅動。如果以這種眼光來展開研究,去闡釋和理解本文內在的「文化語法」,相信這一課題在未來仍有繼續生發的可能。

在這個選題的研究過程中,筆者努力摒棄一般的結論,立足於具體的文本,立足於形成本文的具體情境,去尋找本文中內在的個別,這在闡釋學上被解釋為「地方性知識」。在吉爾茲的理論裏,「地方性知識」涉及的是一種知識觀念,知識生成的「特定情境」,因此,深入藏族文學漢語寫作這個知識形成的特定情境,既要有對「知識學」進行把握的理性,又要具備生命體驗的激情與感性,要努力在知識考古與感性超越兩個層面上相結合。母語文化思維這個視角關注藏族作家習得藏族文化過程中形成的思維方式,而思維方式,「是個人選擇、評價和組織外界刺激的過程,即將外界刺激轉換為個人體驗的過程」〔註20〕。因此,在文化持有者眼光的前提下,「體驗」成為一個十分重要的方法。「體驗」關乎我們每一個人的生命感受、生存感受。藏族作家的人生感受與認識通過其主體體驗呈現出來時,會有位移、變焦等等不同狀況。作為研究者,選擇「體驗」這一緊密聯繫於我們自身的生命存在方式的手段,去感受作家這一內在的精神活動,相信能夠更接近本文的特定情境與核心所在。

長期從事民族文學研究的學者札拉嘎在提出「文學平行本質」理論時有過如下論述:「統一性不是千差萬別的泯滅,而是多種事物在平衡發展狀態下的不可分離;普遍性不『優於』個別性,而是與個別性相互依存;個性與個性之間不是相互排斥,而是相互補充」〔註21〕。區別於傳統哲學的「普遍性」

〔註19〕 〔美〕克利福德·吉爾茲、王海龍、張家瑄:《地方性知識:闡釋人類學論文集》〔M〕,北京:中央編譯出版社,2000年,第10頁。

〔註20〕 許曄:《論中外文化、思維在翻譯中的差異》〔J〕,湖北教育學院學報,2006年1月,第130頁。

〔註21〕 札拉嘎:《哲學視域中的比較文學問題——平行本質與文學平行本質的比較研究》〔J〕,文學評論,2003年4月,第173頁。

優於「個性」，札拉嘎的觀點為民族文學與整體文學的關係進行了哲學上的定位。學者關紀新一直從事民族文學研究，他也有相似的論斷：「在我們討論 20 世紀中國少數民族文學整體演進態勢的時候，可以分明地感受到存在著兩種相輔相成的作用力。……這第一種作用力是屬於趨同性質的力量。而第二種作用力呢，則是要求少數民族文學盡力保持自身個性特徵的力量。……這種作用力，主要是個性化的追求，它追求的是在『趨同』大環境下面的『存異』。」〔註22〕兩位學者都強調了民族文學個性的重要性。民族文學的個性是構成文學多樣化的重要內涵，基於這個理由，筆者認為「母語文化思維與藏族作家漢語創作」這一選題的價值就在於它從一個微小的層面為藏族文學的個性傳達增添了些許意義。

〔註22〕關紀新：《緒論》〔A〕，關紀新：《20 世紀中華各民族文學關係研究》〔C〕，北京：民族出版社，2006 年，第 3～4 頁。

參考文獻

（按照作者姓名音序排列）

1. 〔德〕埃德蒙德·胡塞爾、倪梁康：《現象學的觀念》〔M〕，北京：人民出版社，2007 年。

2. 阿來：《塵埃落定》〔M〕，北京：人民文學出版社，1998 年。

3. 阿來：《格薩爾王》〔M〕，重慶：重慶出版社，2009 年。

4. 阿來：《舊年的血迹》〔M〕，北京：作家出版社，2000 年。

5. 阿來：《空山（三部曲）》〔M〕，北京：人民文學出版社，2009 年。

6. 〔英〕埃里克·霍布斯鮑姆、李金梅：《民族與民族主義》〔M〕，上海：上海世紀出版集團，2006 年。

7. 〔英〕艾略特、李賦寧：《艾略特文學論文集》〔M〕，南昌：百花洲文藝出版社，2010 年。

8. 阿信：《阿信的詩》〔M〕，烏魯木齊：新疆美術攝影出版社，2008 年。

9. 班果：《雪域》〔M〕，西寧：青海人民出版社，1991 年。

10. 巴赫金、白春仁、曉河：《小說理論》〔M〕，石家莊：河北教育出版社，1998 年。

11. 〔俄〕巴赫金、劉虎：《陀思妥耶夫斯基的詩學問題》〔M〕，北京：中央編譯出版社，2010 年。

12. 本尼迪克特·安德森、吳叡人：《想像的共同體——民族主義的起源與散佈》〔M〕，上海：上海世紀出版集團，2005 年。

13. 鮑曉蘭：《西方女性主義研究評介》〔C〕，北京：三聯書店，1995 年。

14. 才讓草：《藏族新詩學》〔M〕，蘭州：甘肅民族出版社，2001 年。

15. 次仁羅布：《放生羊》〔J〕，西藏文學，2011 年 1 月，第 4～14 頁。

16. 〔加〕查爾斯·泰勒、程煉：《現代性之隱憂》〔M〕，北京：中央編譯出版社，2001 年。

17. 曹順慶：《三重話語霸權下的少數民族文學研究》〔J〕，民族文學研究，2005 年 3 月，第 5 頁。

18. 才旺瑙乳、旺秀才丹：《藏族當代詩人詩選》〔Z〕，西寧：青海人民出版社，1997 年。

19. 〔法〕蒂博代、趙堅：《六說文學批評》〔M〕，北京：三聯書店，2002 年。

20. 德本加、萬瑪才旦：《人生歌謠》〔M〕，西寧：青海民族出版社，2012 年。

21. 〔法〕蒂費納・薩莫瓦約、邵煒：《互文性研究》〔M〕，天津：天津人民出版社，2003 年。

22. 德吉草：《詩意的棲居——藏族當代作家心路歷程》〔M〕，成都：四川民族出版社，2006 年。

23. 鄧敏文：《中國多民族文學史論》〔M〕，北京：社會科學文獻出版社，1995 年。

24. 德欽卓嘎、廖東凡：《西藏民間歌謠選》〔Z〕，拉薩：西藏人民出版社，1985 年。

25. 多識：《愛心中爆發的智慧》〔M〕，北京：民族出版社，1996 年。

26. 道幃多吉：《聖地：誕生》〔M〕，香港：香港天馬圖書有限公司，1994 年。

27. 〔美〕戴衛・赫爾曼、馬海良：《新敘事學》〔M〕，北京：北京大學出版社，2002 年。

28. 旦正：《恰嘎・旦正論文集》〔C〕，北京：中國藏學出版社，2003 年。

29. 丹珠昂奔：《佛教與藏族文學》〔M〕，北京：中央民族學院出版社，1988 年。

30. 丹珍草：《藏族當代作家漢語創作論》〔M〕，北京：民族出版社，2008 年。

31. 〔法〕方丹、陳靜：《詩學：文學形式通論》〔M〕，天津：天津人民出版社，2001 年。

32. 〔瑞士〕費爾迪南・德・索緒爾、高明凱：《普通語言學教程》〔M〕，北京：商務印書館，1980 年。

33. 〔美〕弗朗茲・博厄斯、金輝：《原始藝術》〔M〕，上海：上海文藝出版社，1989 年。

34. 〔瑞典〕高本漢、聶鴻飛：《漢語的本質和歷史》〔M〕，北京：商務印書館，2010 年。

35. 顧建平：《聆聽西藏——以詩歌的方式》〔Z〕，昆明：雲南人民出版社，1999 年。

36. 關紀新：《創建並確立中華多民族文學史觀》〔J〕，民族文學研究，2007年2月，第5～11頁。

37. 關紀新：《20世紀中華各民族文學關係研究》〔C〕，北京：民族出版社，2006年。

38. 關紀新：《雪域歌揚民族魂》〔J〕，民族文學研究，1993年1月，第39～42頁。

39. 關紀新、朝戈金：《多重選擇的世界——當代少數民族作家文學的理論描述》〔M〕，北京：中央民族大學出版社，1995年。

40. 格勒：《藏族早期歷史與文化》〔M〕，北京：商務印書館，2010年。

41. 〔日〕高山樗牛、隋樹森：《釋迦傳》〔M〕，拉薩：西藏人民出版社，1984年。

42. 耿予方：《藏族當代文學》〔M〕，北京：中國藏學出版社，1994年。

43. 黃寶生：《梵語詩學論著匯編（上下冊）》〔Z〕，北京：崑崙出版社，2008年。

44. 何峰：《藏族生態文化》〔M〕，北京：中國藏學出版社，2006年。

45. 〔德〕胡戈·弗里德里希、李雙志：《現代詩歌的結構》〔M〕，南京：譯林出版社，2010年。

46. 〔美〕華萊士·馬丁、伍曉明：《當代敘事學》〔M〕，北京：北京大學出版社，2005年。

47. 姜安：《彌漫在雪域的藏傳佛教》〔M〕，蘭州：甘肅民族出版社，1992年。

48. 降邊嘉措：《格薩爾論》〔M〕，呼和浩特：內蒙古大學出版社，1999年。

49. 尖·梅達、洛嘉才讓：《尖·梅達的詩》〔Z〕，北京：作家出版社，2012年。

50. 〔美〕克利福德·吉爾茲、王海龍、張家瑄：《地方性知識：闡釋人類學論文集》〔M〕，北京：中央編譯出版社，2000年。

51. 〔美〕克林斯·布魯克斯、郭乙瑤等：《精緻的甕——詩歌結構研究》〔M〕，上海：世紀出版集團，2008年。

52. 李鴻然：《中國當代少數民族文學史論（上下卷）》〔M〕，昆明：雲南教育出版社，2004年。

53. 呂豪爽：《中國新時期少數民族小說研究》〔M〕，開封：河南大學出版社，2010年。

54. 〔匈〕盧卡奇、燕宏遠等：《小說理論》〔M〕，北京：商務印書館，2012年。

55.〔法〕羅蘭・巴爾特、李幼蒸：《符號學歷險》〔M〕，北京：中國人民大學出版社，2008年。

56.〔法〕羅蘭・巴爾特、李幼蒸：《寫作的零度》〔M〕，北京：中國人民大學出版社，2008年。

57. 劉俐俐：《文學「如何」：理論與方法》〔M〕，北京：北京大學出版社，2009年。

58.〔美〕拉・莫阿卡寧、江亦麗、羅照輝：《榮格心理學與西藏佛教——東西方精神的對話》〔M〕，北京：商務印書館，1994年。

59.〔以色列〕里蒙・凱南、姚錦清等：《敘事虛構作品》〔M〕，北京：三聯書店，1989年。

60. 李陶等：《中國少數民族古代近代作家文學概論》〔M〕，瀋陽：遼寧民族出版社，2001年。

61. 梁庭望等：《中國民族文學研究六十年》〔M〕，北京：中央民族大學出版社，2010年。

62. 梁庭望、黃鳳顯：《中國少數民族文學》〔M〕，太原：山西教育出版社，2003年。

63. 梁庭望、李雲忠、趙志忠：《20世紀中國少數民族文學編年史》〔M〕，瀋陽：遼寧民族出版社，2004年。

64.〔法〕列維・布留爾、丁由：《原始思維》〔M〕，北京：商務印書館，2010年。

65. 李文實：《西陲古地與羌藏文化》〔M〕，西寧：青海人民出版社，2001年。

66. 李怡：《中國現代新詩與古典詩歌傳統》〔M〕，重慶：西南師範大學出版社，1999年。

67. 朗櫻、札拉嘎：《中國各民族文學關係研究》〔M〕，貴陽：貴州人民出版社，2005年。

68. 莫福山：《藏族文學》〔M〕，成都：巴蜀書社，2003年。

69.〔美〕M・H・艾布拉姆斯、酈稚牛等：《鏡與燈——浪漫主義文論及批評傳統》〔M〕，北京：北京大學出版社，1989年。

70.〔英〕馬克・柯里、寧一中：《後現代敘事理論》〔M〕，北京：北京大學出版社，2003年。

71. 馬麗華：《雪域文化與西藏文學》〔M〕，長沙：湖南教育出版社，1998年。

72. 瑪拉沁夫：《中國新文藝大系（1976～1982）・少數民族文學集》〔Z〕，北京：中國文聯出版公司，1985年。

73. 馬紹璽：《在他者的視域中》〔M〕，北京：社會科學文獻出版社，2007年。

74. 〔法〕馬特、汪煒：《海德格爾與存在之謎》〔M〕，上海：華東師範大學出版社，2011年。

75. 馬學良、梁庭望、李雲忠：《中國少數民族文學比較研究》〔M〕，北京：中央民族大學出版社，1997年。

76. 馬學良、梁庭望、張公瑾：《中國少數民族文學史（修訂本）（上、中、下冊）》〔M〕，北京：中央民族大學出版社，2001年。

77. 馬學良、恰白·次旦平措、佟錦華：《藏族文學史》〔M〕，成都：四川民族出版社，1985年。

78. 梅卓：《梅卓散文詩選》〔M〕，貴陽：貴州人民出版社，1998年。

79. 梅卓：《人在高處》〔M〕，西寧：青海人民出版社，2009年。

80. 梅卓：《麝香之愛》〔M〕，拉薩：西藏人民出版社，2007年。

81. 南色：《新時期藏族小說研究》〔M〕，北京：民族出版社，2004年。

82. 〔加〕諾思羅普·弗萊、陳慧、袁憲軍等：《批評的解剖》〔M〕，天津：百花文藝出版社，2006年。

83. 彭蘭：《碎片化社會背景下的碎片化傳播及其價值實現》〔J〕，今傳媒，2011年10月，第9～11頁。

84. 彭書麟、于乃昌、馮育柱：《中國少數民族文藝理論集成》〔Z〕，北京：北京大學出版社，2005年。

85. 曲景春、耿占春：《敘事與價值》〔M〕，上海：學林出版社，2005年。

86. 色波：《瑪尼石藏地文叢·中篇小說卷·月光裏的銀匠》〔Z〕，成都：四川文藝出版社，2002年。

87. 索寶：《雪域情》〔M〕，北京：民族出版社，1989年。

88. 薩班·貢嘎堅贊、次旦多吉等：《薩迦格言》〔M〕，拉薩：西藏人民出版社，1985年。

89. 申丹：《敘述學與小說文體學研究》〔M〕，北京：北京大學出版社，2004年。

90. 〔美〕斯蒂·湯普森、鄭海等：《世界民間故事分類學》〔M〕，上海：上海文藝出版社，1991年。

91. 〔美〕蘇珊·S·蘭瑟、黃必康：《虛構的權威：女性作家與敘述聲音》〔M〕，北京：北京大學出版社，2002年。

92. 〔美〕薩義德、李琨：《文化與帝國主義》〔M〕，北京：三聯書店，2003年。

93. 〔美〕薩義德、王宇根：《東方學》〔M〕，北京：三聯書店，1999年。

94. 〔美〕薩義德、單德興：《知識分子論》〔M〕，北京：三聯書店，2002 年。

95. 陶東風：《文學理論基本問題》〔M〕，北京：北京大學出版社，2007 年。

96. 〔法〕托多羅夫、蔣子華：《巴赫金對話理論及其他》〔M〕，天津：百花文藝出版社，2001 年。

97. 〔英〕特雷·伊格爾頓、伍曉明：《二十世紀西方文學理論》〔M〕，北京：北京大學出版社，2007 年。

98. 特·賽音巴雅爾：《中國少數民族當代文學史》〔M〕，北京：北京十月文藝出版社，1999 年。

99. 吳重陽：《中國當代民族文學概觀》〔M〕，北京：中央民族學院出版社，1986 年。

100. 〔美〕韋恩·布斯、付禮軍：《小說修辭學》〔M〕，南寧：廣西人民出版社，1987 年。

101. 〔俄〕維克托·什克洛夫斯基、方珊等：《俄國形式主義文論選》〔C〕，北京：三聯書店，1989 年。

102. 〔美〕韋勒克·沃倫、劉象愚等：《文學理論》〔M〕，北京：文化藝術出版社，2010 年。

103. 萬瑪才旦：《流浪歌手的夢》〔M〕，拉薩：西藏人民出版社，2011 年。

104. 萬瑪才旦：《烏金的牙齒》〔J〕，青海湖，2011 年 5 月，第 9 頁。

105. 烏熱爾圖：《不可剝奪的自我闡釋權》〔J〕，讀書，1997 年 2 月，第 34 頁。

106. 〔臺灣〕王孝廉：《中國的神話世界》〔M〕，北京：作家出版社，1991 年。

107. 王沂暖、華甲：《格薩爾王傳·貴德分章本》〔Z〕，蘭州：甘肅人民出版社，1981 年。

108. 西北民族學院民族研究所：《藏漢佛學詞典》〔Z〕，西寧：青海民族出版社，1988 年。

109. 徐岱：《小說敘事學》〔M〕，北京：商務印書館，2010 年。

110. 西慧玲：《西方女性主義與中國女作家批評》〔M〕，上海：上海社會科學院出版社，2003 年。

111. 〔美〕希利斯·米勒、申丹：《解讀敘事》〔M〕，北京：北京大學出版社，2002 年。

112. 許暉：《論中外文化、思維在翻譯中的差異》〔J〕，湖北教育學院學報，2006 年 1 月，第 130 頁。

113. 楊春：《中國少數民族現代散文概論》〔M〕，北京：中央民族大學出版社，2008 年。

114. 伊丹才讓：《雪域集》〔M〕，成都：四川民族出版社，1992 年。

115. 〔法〕雅克・德里達、杜小眞：《聲音與現象》〔M〕，北京：商務印書館，2010年。

116. 〔古希臘〕亞理斯多德、羅念生：《詩學》〔M〕，北京：人民文學出版社，1962年。

117. 葉舒憲：《神話——原型批評》〔C〕，西安：陝西師範大學出版總社有限公司，2011年。

118. 禹燕：《女性人類學》〔M〕，北京：東方出版社，1988年。

119. 札巴：《藏族當代文學研究》〔M〕，北京：民族出版社，2008年。

120. 札布：《藏族文學史（上下卷）》〔Z〕，西寧：青海民族出版社，2008年。

121. 中國社會科學院民族文學研究所：《紀念中國社會科學院建院三十週年學術論文集・民族文學研究所卷》〔C〕，北京：方志出版社，2007年。

122. 中國社會科學院民族文學研究所：《民族文學論叢》〔C〕，呼和浩特：內蒙古大學出版社，2000年。

123. 中國現代文學館：《馮至代表作》〔Z〕，北京：華夏出版社，2011年。

124. 中國作家協會編：《新中國成立60週年少數民族文學作品選・理論評論卷》〔C〕，北京：作家出版社，2009年。

125. 莊晶：《倉央嘉措情歌》〔A〕，黃顥、吳碧雲：《倉央嘉措及其情歌研究（資料匯編）》〔Z〕，拉薩：西藏人民出版社，1982年。

126. 張京媛：《當代女性主義文學批評》〔M〕，北京：北京大學出版社，1992年。

127. 札拉嘎：《哲學視域中的比較文學問題——平行本質與文學平行本質的比較研究》〔J〕，文學評論，2003年4月，第173頁。

128. 查良錚、趙毅衡、張子清、紫芹：《T・S・艾略特詩選》〔Z〕，成都：四川文藝出版社，1992年。

129. 卓瑪：《關於中國少數民族神話感生主題原型的女性人類學闡釋》〔J〕，青海民族學院學報，2009年3月，第129頁。

130. 〔美〕詹姆斯・費倫、陳永國：《作爲修辭的敘事：技巧、讀者、倫理、意識形態》〔M〕，北京：北京大學出版社，2002年。

131. 〔英〕詹姆斯・喬治・弗雷澤、徐育新等：《金枝（上下）》〔M〕，北京：大眾文藝出版社，1998年。

132. 張清華：《從這個人開始——追論1985年的札西達娃》〔J〕，南方文壇，2004年2月，第37頁。

133. 周煒：《西藏文化的個性：關於藏族文學藝術的再思考》〔M〕，北京：中國藏學出版社，1997年。

134. 札西才讓：《七扇門》〔M〕，北京：大眾文藝出版社，2010年。

135. 哲學大辭典‧邏輯學卷編輯委員會：《哲學大辭典‧邏輯學卷》〔Z〕，上海：上海辭書出版社，1988 年。

136. 札西達娃：《騷動的香巴拉》〔M〕，北京：作家出版社，1993 年。

137. 札西達娃：《西藏，隱秘歲月》〔M〕，武漢：長江文藝出版社，1993 年。

138. 趙熙方：《後殖民理論》〔M〕，北京：北京大學出版社，2009 年。

139. 張岩冰：《女權主義文論》〔M〕，濟南：山東教育出版社，1998 年。

140. 中央民族學院《藏族文學史》編寫組：《藏族文學史》〔M〕，成都：四川民族出版社，1985 年。

141. 〔日〕佐佐木教悟、楊曾文等：《印度佛教史概說》〔M〕，上海：復旦大學出版社，1989 年。

142. 藏族簡史編寫組：《藏族簡史》〔M〕，拉薩：西藏人民出版社，2006 年。

143. 朱自清：《新詩雜話》〔M〕，桂林：廣西師範大學出版社，2004 年。

144. 趙志忠：《民族文學論稿》〔M〕，瀋陽：遼寧民族出版社，2005 年。

145. 1979～2011 年間，發表在學術刊物上的少數民族文學研究論文約有 2290 篇，其中，藏族文學研究論文約有 370 篇，其中參考論文約 200 餘篇，此處不再一一列舉。

146. 洛嘉才讓、才旺瑙乳、旺秀才丹、桑丹、剛傑‧索木東、瘦水、阿頓‧華多太等詩人以及德本加、次仁羅布、龍仁青等作家在《民族文學》《西藏文學》《青海湖》等刊物、網站及一些地區民刊上發表的漢語作品此處不再一一列舉。

後　記

　　以少數民族文學爲研究領域，以藏族文學爲具體研究方向這樣一個學術
選擇帶有很大的個人性。作爲一個青藏高原土生土長的藏人，我卻從小學習
漢語長大，並最終以漢語文學研究與教學作爲自己的職業選擇。然而，漢語
以及漢語文學的魅力已印刻在我的骨血之中，無法用「職業」這個字眼來輕
浮地帶過。榮格曾說：「我的生命就是我所做的工作即我的科學著作，二者不
可分離。」〔註1〕在他看來，他的研究就是他的生活，文學研究之於我，也有
同樣的意義。我生長的阿亥達拉草原和我的族群汪什代海部落是我的血統印
記，而我的精神卻不斷在漢藏雙語之間，在漢語文學所構築的世界中自由穿
行。我能深深領受我的信仰帶給我的心靈安寧，我也時時能感受到藏族作家
穿行於漢語中時所產生的融合、分裂和迷惑，以及那不斷奔突、衝撞的情感
激流。我生活在這樣一種隨時感受不同情感噴湧的狀態之中，所以，我的學
術興趣跟我生活的結合就變得自然而然而又帶有難以擺脫的宿命感。

　　帶著這種複雜感受，我選擇了這樣一個較有挑戰性的課題。想要清晰地
呈現漢語作品中隱現的藏族作家的母語文化思維脈絡，是對我既有的知識儲
備的一種考量，也是對我體驗與感受力敏銳與否的一種考驗。好在這個考驗
的過程我還不是獨自一人，我的導師李怡教授給予了我所能給予的一切幫
助，從選題的萌生到最後確定，如果沒有老師的指導，我可能無法最終確定
這個選題。李怡老師以他慣常的敏銳思維，開闊的學術視野在我思考的過程
中給予了我十分重要的指導。在論文的開題、預答辯環節中，錢振剛、劉勇、

〔註1〕〔美〕拉‧莫阿卡寧著，江亦麗等譯：《榮格心理學與西藏佛教》，商務印書
　　　館 1996 年，第 40 頁。

鄒紅、黃開發、楊聯芬諸位老師還針對論文選題及內容各自發表了獨到的見解，給予了我豐富的教益。還有張清華、張檸老師課堂上的精彩觀點，都常常賦予我思考的更大空間。這份對老師們的感念，似乎無法用「感謝」一詞就這樣帶過。身為人師，北師大文學院的老師們踐行著「木鐸金聲」的師道學品，而治學之餘，我必將這份精神財富積累並施予他人。我堅信，美好與信念就在這傳遞之中漸次生長，次第花開。

　　在對民族文學的執著中，我選擇了這個多少難以梳理清晰的課題，在導師及諸位老師的鼓勵中，我堅信這個選題開放性的視角還有許多值得深入探討的領域，我必為之付出孜孜不倦的努力。

2013 年 3 月 20 日